B. E. PFEIFFER & FANNY BECHERT

ICH WETTE, DU VERLIEBST MICH NICHT

Erotischer Liebesroman

STERNENSAND

www.sternensand-verlag.ch | info@sternensand-verlag.ch

1. Auflage, Juli 2020

Umschlaggestaltung: Juliane Schneeweiss
Lektorat / Korrektorat: Sternensand Verlag GmbH | Martina König
Korrektorat Druckfahne: Sternensand Verlag GmbH | Jennifer Papendick
Satz: Sternensand Verlag GmbH
Druck und Bindung: Smilkov Print Ltd.

ISBN-13: 978-3-03896-136-9
ISBN-10: 3-03896-136-9

F: »Ich habe viel darüber nachgedacht, wem ich dieses Buch widmen möchte, aber … ich möchte es eigentlich nur dir widmen, Betty.«

B: »Fanny, ich würde es auch nur dir widmen …«

F: »Ich weiß nicht, ob wir das tun können.«

B: »Oh ja, das können wir tun!«

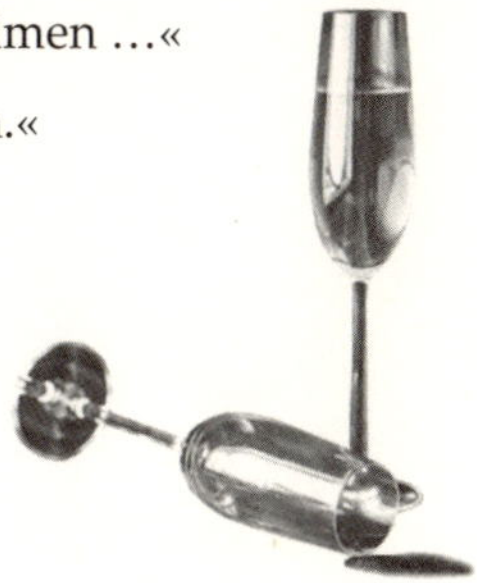

Für Betty,
die mich immer wieder zu
schreiberischen Höchstleistungen antreibt

Für Fanny,
deren sonniges Gemüt mich
auch an Regentagen durchhalten lässt

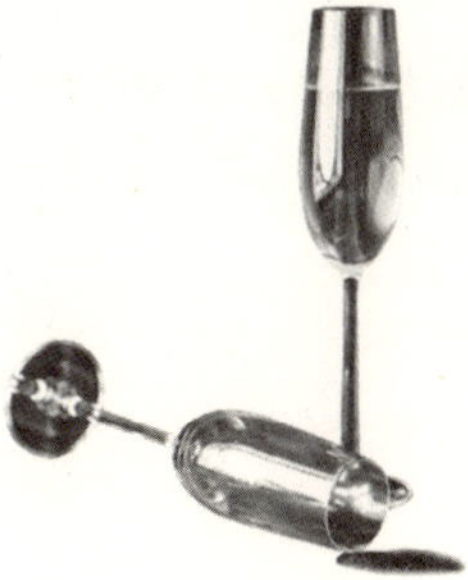

KAPITEL 1

Liz

Ich lasse meine Hände über seinen Hosenbund streichen. Mit einer schnellen Bewegung löse ich den Gürtel und streife ihm die Jeans ab. Noch während ich vor ihm auf die Knie gehe, hole ich ein Kondom aus der Verpackung.

Tim … Oder war es Jim? Mist, mir fällt sein Name nicht ein. Dabei sind wir seit rund vier Wochen ein Paar. Na ja, wenn man es so nennen will.

Jedenfalls legt Tim oder Jim seinen Kopf in den Nacken und gibt dieses seltsame Grunzen von sich, das ich anfangs sexy fand und jetzt genauso nervtötend finde wie den Typen selbst. Das wird unser letztes Mal sein, er weiß es nur noch nicht.

Ich nehme das Latexteil zwischen die Lippen, weil die meisten Männer es total erotisch finden, wenn ich ihnen den Gummi mit dem Mund anlege. Und Jim … Tim? … braucht ein wenig Unterstützung. Denn obwohl er bereits stöhnt, als hätte ich ihn schon im Mund, ist sein Ständer gerade einmal auf halbmast.

Wie habe ich es noch gleich vier Wochen mit ihm ausgehalten, ohne fremdzugehen? Ich weiß es nicht mehr. Man sollte mir einen Orden verleihen.

Ich lege meine Hand an seinen Schaft und öffne meine Lippen etwas mehr, bevor ich sein bestes Stück in den Mund nehme und mit meinen Fingern den Gummi behutsam abrolle. Soll ja nicht reißen.

Die Behandlung wirkt, der Ständer wird fest.

»Oh Wahnsinn, Liz«, keucht Tim und versucht, meinen Kopf mit seinen Händen zu umfassen, damit ich ihn mit dem Mund befriedige.

Nein, heute ganz sicher nicht. Noch bevor seine Finger meine Haare berühren, stehe ich auf. Jim gibt einen seltsamen Laut von sich und legt seine Hände an meine Hüften. Er will mich vermutlich umdrehen, so wie er es immer macht. Er kann nämlich nur eine Stellung wirklich gut.

Ich gebe ihm nicht die Möglichkeit, mich über den Tisch zu beugen. Stattdessen küsse ich ihn stürmisch, was ihn aus dem Konzept bringt, und dränge ihn auf die Couch in meinem Büro. Ich drücke ihn auf die Kissen, hebe meinen Rock an und setze mich auf ihn.

»Du hast keine Unterwäsche an«, stöhnt er, als ich beginne, ihn zu reiten. »Wie heiß du bist …«

Ich habe nie Unterwäsche an, wenn ich mir einen Mann spätabends ins Büro einlade, denke ich.

Aber das muss er nicht wissen. Denn streng genommen verabschiede ich mich an etwa drei von vier Abenden im Büro von meinem Höschen.

Tim legt seine Hände an meinen Hintern und beginnt, ihn zu kneten. Ihm gefällt das, weil er dann wohl denkt, er kann mein Tempo bestimmen.

Falsch gedacht.

Ich verändere meine Position leicht, bis ich ihn dort spüre, wo ich ihn spüren will. Der Sex mit ihm war nie besonders, wenn ich kommen wollte, musste ich selbst dafür sorgen. Zumindest ist Jim gut bestückt, wenn er mal steif wird.

Vielleicht habe ich es deswegen vier Wochen ausgehalten. Immerhin bin ich fast jedes Mal gekommen, wenn ich ihn geritten habe. Deswegen und weil er mit seinen dunklen Haaren und dem Dreitagebart irgendwie sexy aussieht. Den Mund sollte er allerdings nicht aufmachen, und wenn, dann nur, um zu knutschen. Obwohl … das kann er auch nicht so richtig.

Ich bewege mich in meinem Rhythmus, auch wenn er versucht, mir seinen aufzuzwingen. Er fühlt sich gut an zwischen meinen Beinen, sodass es nicht lange dauert, bis ich heiser stöhne.

Jeder Stoß schickt eine kleine Welle der Lust durch meinen Körper, die sich in meiner Mitte sammelt. Noch wenige Stöße, dann darf sich die aufgestaute Lust entladen. Ich werde langsamer, genieße diesen Augenblick zwischen Verlangen und Erlösung und lege den Kopf in den Nacken, als ich komme.

Tim darf ruhig hören, dass ich fertig werde. Seinen Namen keuche ich nicht, weil ich ohnehin nicht weiß, wie er heißt, dafür gebe ich mir keine Mühe, mein Stöhnen zu unterdrücken.

Ich bewege mich noch langsamer, genieße das Nachbeben, bevor ich die Augen öffne. Jim grinst mich an.

»Du bist so heiß, wenn du kommst«, sagt er, setzt sich auf und platziert seine Lippen an meinem Ohr. »Aber jetzt will ich dich richtig ficken.«

Wortlos rutsche ich von ihm herunter, komme auf der Couch auf alle viere und warte, bis er mich – wie immer – in dieser Stellung nimmt. Er packt meine Hüften und stößt zu. Er versucht vermutlich, tief einzudringen, aber es gelingt ihm nicht. Obwohl ich gerade gekommen bin, nehme ich ihn kaum wahr. Ja, auch in dieser Stellung ist er eher schlecht, aber das ist nach diesem Abend nicht mehr mein Problem.

Mein Kopf ist schon längst bei den Dingen, die ich nachher noch für morgen vorbereiten will, während Tim zu keuchen beginnt. Seine Finger verkrampfen sich fast schmerzhaft in meiner Haut und er stößt langsamer, dafür fester zu. Endlich spüre ich etwas, aber es ist nicht besonders erregend.

»Oh Gott, Liz«, brüllt er fast, als er kommt.

Das ist auch so etwas, das mich an ihm nervt. Er kommt immer, als hätte er gerade vierzig Tage enthaltsam gelebt.

Jim sinkt auf mich und ringt noch um Atem, da rücke ich bereits von ihm ab. Er grunzt wieder und gleitet aus mir heraus.

»Das war gut.« Er grinst mich an und verknotet das Kondom. »Gehen wir für die zweite Runde zu dir oder zu mir?«

Ich streiche meinen Rock glatt und versuche, von meiner Aufsteckfrisur zu retten, was noch zu retten ist. Aber ich werde sie wohl öffnen, sobald er weg ist.

»Weißt du, Jim«, beginne ich und sehe ihn an. Er widerspricht mir nicht. Offenbar ist Jim sein Name. »Ich habe nachgedacht. Wir beide wissen doch, dass wir nicht wirklich zusammenpassen.«

Jim hat sich gerade die Hose angezogen und hält beim Versuch, den Gürtel zu schließen, inne. »Wie meinst du das? Wir haben doch echt tollen Sex!«

Du vielleicht, schnaube ich gedanklich und schenke ihm mein Geschäftslächeln, das ich störrischen Kunden meiner Eventmanagement-Agentur gern schenke, wenn sie behaupten, sie hätten für etwas bezahlt, das nie zur Debatte gestanden hat, und es nun fordern.

»Ich denke, wir sind als Paar nicht kompatibel«, versuche ich es diplomatisch.

Ich möchte ihm nicht erklären, dass ich ihn für dumm halte und ernsthaft überlege, ob ich jemanden kommen lassen soll, der mein Haus ausräuchert, weil ich Jims Geruch nach Fast Food und Tabak in meinen eigenen Wänden nicht ertrage. Ab jetzt sollte ich die Typen lieber in einem Hotel oder bei ihnen ficken und nicht mehr zu mir mitnehmen …

Er reißt die Augen auf. »Was? Aber … aber der Sex!«, stammelt er.

Ich frage mich erneut, wie ich es überhaupt vier Wochen mit ihm ausgehalten habe. An dem Abend, als wir uns kennenlernten, muss ich ziemlich betrunken gewesen sein.

»Hör mal, Tim … ich meine, Jim«, sage ich mit meiner schmeichelndsten Stimme, verschränke aber die Arme, als er mich hoffnungsvoll ansieht. »Man soll mit manchen Dingen aufhören, wenn es am schönsten ist.« Dass ich dabei nicht zu würgen beginne, ist eine Meisterleistung. Ich bin stolz auf mich. »Also würde ich sagen, wir hatten eine gute Zeit, aber diese ist nun vorüber. Wir haben uns doch nichts zu sagen.«

Er nickt und ich habe fast Mitleid mit ihm. Bis er aufsteht und auf mich zukommt. »Aber wir könnten uns trotzdem hin und wieder treffen, um uns gegenseitig zu verwöhnen. Ich kenne kaum eine Frau, die so heiß ist wie du, Liz, und noch nie hat mir eine so einen geblasen wie du.«

Er beugt sich nach vorn und scheint mich küssen zu wollen. Ich mache einen Schritt zurück und er grunzt.

»Danke für das Angebot. Aber ich denke, wir sollten einen sauberen Schnitt machen.«

Jim nickt wieder und fährt sich durch die Haare. »Schade. Aber falls du deine Meinung änderst, meine Nummer hast du ja.«

»Ja, danke«, murmle ich und nehme mir vor, diese Nummer sofort zu blockieren, wenn er fort ist. »Du findest den Fahrstuhl allein?«

Jim nuschelt etwas und verlässt das Zimmer. Ich atme erleichtert durch, reiße die Fenster auf und überlege, auch mein Büro ausräuchern zu lassen.

Noch während ich auf dem Handy Jims Nummer blockiere, klopft es an der Tür. Er wird doch nicht …

»Na, bist du ihn losgeworden?«, fragt Cynthia, meine Geschäftspartnerin. Sie hat eine Flasche Sekt und zwei Gläser in der Hand. Ein lieb gewonnenes Ritual, wenn ich eine meiner Bettgeschichten abserviere.

»War einfacher, als ich gehofft hatte«, erwidere ich und bestätige das Blockieren der Nummer. »Ihm ging es wohl auch nur um den Sex.«

»Wie den meisten, Süße«, meint Cynthia und entkorkt den Sekt.

Sie ist optisch so ziemlich das Gegenteil von mir. Mit ihrer blonden Mähne und den hellblauen Augen wirkt sie wie ein Engel, weswegen sie auch unsere Kunden bezirzt. Ich komme erst ins Spiel, wenn es um den Vertrag geht. Meine brünetten, meist aufgesteckten Haare und mein Make-up, das mir einen Femme-fatale-Look verleiht, flößen wohl Respekt ein. Denn ich schließe fast jeden Vertrag ab. Mit einigen der Kunden sogar mehr.

»Wovon sprichst du?«, frage ich gereizt, als ich den Sekt entgegennehme.

»Liz, du reißt dir Typen auf, die in Wahrheit nur ein schnelles Abenteuer sind. Und weil du dir manchmal beweisen willst, dass du nicht nur für kurze Affären zu haben bist, gehst du mit ihnen Alibibeziehungen ein.«

»Das stimmt doch gar nicht …«, brumme ich.

»Nein?« Cynthia zwinkert. »Wann warst du zuletzt mit einem Mann zusammen, mit dem du nicht am Abend davor ziemlich betrunken gevögelt hast?«

Ich räuspere mich. »Ist vermutlich länger her.«

»Quod erat demonstrandum«, belehrt Cyn mich, die eine Jura-Ausbildung hat und deswegen manchmal mit Latein um sich wirft. Ich glaube, dieser Satz heißt in etwa so viel wie »Was zu beweisen war«.

Ich strecke ihr die Zunge heraus. »Ich mag Sex. Wenn ein Mann gut vögelt, behalte ich ihn eben ein wenig.«

»Jim fandest du vom ersten Moment an schrecklich«, fährt Cyn ihre Belehrung fort. »Trotzdem warst du fast vier Wochen mit ihm zusammen, weil es wieder einmal so weit war mit deinem ›Ich kann auch eine Beziehung führen‹-Tick. Nebenbei gesagt sind vier Wochen auch die längste Zeit, die du mit einem Typen aushältst.«

Wir stoßen an und ich trinke das Glas in einem Zug leer. »Besser, als in einer Beziehung zu versauern, in der nichts mehr läuft. Ich meine, wozu mehrere Wochen Dates haben und vielleicht eine Verbindung aufbauen, wenn es dann im Bett nicht läuft? Soll ich dann fremdgehen oder die Beziehung beenden?«

Cyn schnaubt. »Hast du überhaupt schon mal versucht, einen Mann kennenzulernen, bevor du mit ihm schläfst?«

Ich zucke mit den Schultern. »Wozu? Kennst du einen, kennst du alle.«

»Das heißt, du kannst das gar nicht«, überlegt meine Geschäftspartnerin laut.

»Wenn ich wollte, könnte ich eine Beziehung mit einem Mann beginnen, ohne mit ihm geschlafen zu haben.«

Cyn hebt eine Augenbraue. »So? Denkst du, du könntest mit einem Mann tatsächlich Gespräche führen, die weder schmutzig noch geschäftlich sind? Ihn richtig kennenlernen, über einen Zeitraum von ... sagen wir, vier Wochen? Und erst dann mit ihm schlafen?«

Ich zucke erneut mit den Schultern. »Wenn ich wollte ...«

Sie grinst und ich ahne Schlimmes. »Wollen wir eine Wette abschließen, Liz?«

»Welche?«

»Dass du nicht in der Lage bist, dir einen Typen auszusuchen, mit dem du eine Beziehung führst. Eine richtige, mit Dates, die Abende zusammen verbringen, ihm körperlich nahe sein, mit ihm reden ... ohne vier Wochen lang mit ihm Sex zu haben?«

Ich schenke mir Sekt nach. »Was ist der Wetteinsatz?«

Ihr Grinsen wird breiter. »Du erinnerst dich an dieses Hochzeitsbankett, das du nicht ausrichten wolltest, weil Hochzeiten nicht dein Ding sind?«

»Ja, das war letzte Woche. Soll grauenhaft gewesen sein. Den Wedding Planner hätte ich verklagt.«

»Genau. Ich möchte, dass wir ab jetzt sehr wohl Hochzeiten ausrichten.« Sie hält mir ihr Sektglas hin und ich schenke auch ihr nach. »Wenn du verlierst, erwarte ich, dass du artig mitmachst, sobald ich einen Kunden habe. Du schläfst nicht mit dem Bräutigam oder mit dem Trauzeugen, sondern planst den schönsten Tag der Braut gemeinsam mit mir.«

»Ich bin kein Wedding Planner«, brumme ich. »Ich organisiere Geschäftseröffnungen, Weihnachtsfeiern und Jubiläumsfeste. Hin und wieder lasse ich mich zu einer Bar-Mizwa hinreißen, aber nur weil ich dort gute Kontakte knüpfe. Mit so einem Mist wie Gefühlen oder Romantik habe ich wirklich nichts am Hut.«

»Aber du hast die besten Kontakte zu Cateringfirmen, Blumenhändlern und Co. Außerdem bist du die Kreative von uns. Ich bin nur das nette Mäuschen, das niemand als Bedrohung wahrnimmt und deswegen die Aufträge bekommt.« Sie hält mir ihre freie Hand hin. »Gewinnst du die Wette, fange ich nie wieder mit Hochzeiten an. Gewinne ich, nehmen wir ab jetzt auch solche Aufträge an.«

»Wir regeln das vertraglich?«, frage ich skeptisch. Nur ein schriftlicher Vertrag ist in meiner Welt bindend.

»Natürlich. Du darfst dir den Kerl sogar aussuchen, mit dem du dich auf diese Herausforderung einlässt. Allerdings muss ich zustimmen, also musst du ihn mir vorher zeigen. Ab dem Moment beginnen die vier Wochen zu laufen. Und das innerhalb der nächsten sechs Monate. Ich will schließlich nicht erst mit siebzig Hochzeiten ausrichten.«

Ich hebe mein Sektglas und sie stößt lächelnd mit mir an, bevor wir uns die Hände reichen. »Was man nicht alles macht, um nichts mehr von Hochzeiten zu hören. Diese Wette wird so einfach zu gewinnen sein …«

»Oh, wir werden sehen.« Cyn schmunzelt. »Wir werden sehen.«

KAPITEL 2

Tony

Verdammte Scheiße«, brumme ich, als mir der dicke Wälzer zum Thema IT-Management von dem Stapel anderer dicker Wälzer über Computertechnik rutscht und aufgeschlagen und mit umgeknickten Seiten auf dem Boden landet. Als ich mich bücke, um ihn aufzuheben, reiße ich zudem meine Notizen vom Tisch, sodass sich zu dem Buch noch ein Stapel beschriebener Blätter gesellt.

Dass ich nicht zusätzlich meine Tasse Tee umkippe, grenzt an ein Wunder …

Ich schiebe meinen Stuhl zurück, hebe die Sachen auf und versuche, halbwegs Ordnung auf meinem Schreibtisch zu schaffen.

Vielleicht sollte ich es für heute lassen, mich in ein Gebiet einzulesen, von dem ich so gut wie keine Ahnung habe, nur um irgendwann einen Job zu bekommen, den ich hassen werde – soweit ich das nach der bisherigen Lektüre einschätzen kann.

Vielleicht sollte ich tun, was alle Single-Männer Anfang dreißig an einem Freitagabend tun: in irgendeiner Bar ein paar Cocktails kippen und mit ein bisschen Glück eine halbwegs heiße Blondine aufgabeln, die einen mit noch etwas mehr Glück mit zu sich nach Hause nimmt.

Vielleicht reicht es aber auch schon, mich einfach mit einem Bier vor den Fernseher zu knallen, um den Kopf frei zu kriegen. Für mich ist selbst das schon etwas Besonderes, schließlich ist es noch nicht mal acht Uhr.

Ich schnappe mir die Teetasse, schlurfe in die kleine Küche und denke dabei an die Worte meiner Mutter: »Anthony«, sagt sie, wann immer sich die Gelegenheit bietet, »wenn du nicht endlich aus deinem Schneckenhaus kriechst, werde ich niemals Enkel bekommen. Such dir einen Job und eine Frau und fang endlich an, zu leben!«

Sie hat nicht unrecht, das weiß ich.

Leider habe ich mich dazu entschieden, mit dem Job anzufangen. Das kam mir leichter vor – ich bin deutlich schlauer als schön und auf meinem Gebiet, der Softwareprogrammierung, macht mir keiner was vor.

Allerdings habe ich noch keinen Job gefunden, der mich fesselt. Die großen Konzerne mit echten Herausforderungen haben keine freien Stellen und um für irgendeine Rumpelbude das Kassensystem zu warten, bin ich mir einfach zu schade.

Also versuche ich, mein Wissen derart zu erweitern, dass die Großen nicht mehr an mir vorbeischauen können und lieber jemand anderen entlassen, als mich abzuweisen. Geklappt hat das bisher … na ja, eher semioptimal.

Zumindest bin ich nicht fest in einer dieser Rumpelbuden beschäftigt, auch wenn ich ab und zu kleinere Aufträge übernehme, um überhaupt Geld zu verdienen. Die großen Konzerne hingegen ignorieren mich immer noch.

Semioptimal, sag ich ja.

Im Bereich Frauen sieht es nicht anders aus. Ist ja nicht so, dass ich es nicht versucht hätte. Aber es geht schon damit los, überhaupt eine geeignete Kandidatin kennenzulernen. Ich bin kein Typ, der sich in Diskotheken oder auf Konzerten rumtreibt. Und auch vom *Wutschen und Wedeln* auf diversen Dating-Apps halte ich nicht viel. Das läuft ohnehin alles nur auf schnelle Vögelei hinaus und einen Orgasmus kann ich auch gut mit mir allein haben, danke. Da kann ich mir den Small Talk sparen.

Klar läuft auch mir ab und an mal eine gut aussehende Frau über den Weg. Das kann überall passieren: an der Tankstelle, beim Bäcker, in der Bibliothek. Nur … Dass ich *sie* bemerke, heißt noch lange nicht, dass es andersrum auch der Fall ist.

Rein optisch bin ich nicht gerade auffällig: kurzes schwarzes Haar, ein Gesicht ohne jeden markanten Zug, abgesehen von meinen Lachgrübchen, die ich gut zu verbergen weiß, und ein schlanker Körper mit Muskeln, die unter Kleidung irgendwie unsichtbar werden. Noch dazu bin ich etwas … na ja, ich bezeichne es liebevoll als zurückhaltend, meine Mutter nennt es schüchtern, mein Mitbewohner Owen schimpft mich einen Hosenscheißer.

Seufzend stelle ich die leere Tasse in die Spüle, öffne den Kühlschrank und löse ein Bier aus dem Sixpack, das im untersten Fach liegt.

Ja, okay – ich habe vielleicht ein kleines Problem damit, Frauen anzusprechen, die mir gefallen. Aber was soll's. Ich kann damit leben, also sollten es alle anderen auch.

Im Vorbeigehen schnappe ich mir die Fernbedienung vom Tisch und lasse mich auf den grauen Ohrensessel fallen, in dem schon meine Tante Agatha ihre Groschenromane gelesen hat. Unschlüssig beginne ich, durch das Freitagabendprogramm zu zappen, während ich einen Schluck von meinem Bier nehme.

Pretty Woman … Romantikschnulze, pfui.

Schluck Nummer zwei und weiter.

The Living Desert … So langweilig bin noch nicht mal ich, dass ich mir jetzt einen Dokumentarfilm reinziehe.

Schluck Nummer drei, weiter.

Late Night with … Ich habe nicht die geringste Ahnung, wer der Typ ist, der dort gerade irgendeinen C-Promi interviewt.

Schluck vier und nächster Sender.

Als ich gerade zum fünften Schluck ansetzen will, um auch die aktuellen Musikcharts vom Bildschirm zu kicken, höre ich Stimmen im Hausflur. Die Wände in dem Mehrfamilienhaus, in dem unsere geräumige Vierzimmerwohnung liegt, sind nicht gerade schallisoliert und ich begreife sofort, dass es Owen ist, der gerade vor meiner Tür steht und einer weiblichen Kichererbse erklärt, dass er sie nun ins Paradies entführen werde.

Ich stöhne auf. Echt jetzt? Es ist gerade mal dunkel draußen und er bringt bereits seine heutige Trophäe nach Hause?

Keine zwei Sekunden später geht auch schon die Tür auf und Owen kommt herein. Seine braunen Locken stehen wirrer denn je von seinem Kopf ab, so als wären sie einmal kräftig durchgewuschelt worden. Sein von Protein-Shakes und täglichem Jogging geformter Körper steckt wie immer in Klamotten, die besser zu einem College-Studenten gepasst hätten. Böse Zungen würden behaupten, er versuche, jünger auszusehen, als er ist.

Ich habe keine böse Zunge. Vielleicht böse Gedanken, aber die behalte ich für mich.

Hinter ihm schlüpft eine groß gewachsene Blondine in die Wohnung, die meinen Mitbewohner selbst ohne ihre High Heels um fast einen Kopf überragen dürfte.

Ich komme mir ein bisschen vor wie Blofeld, James Bonds Erzfeind, während ich in meinem Sessel dem Eingang gegenübersitze und die zwei mustere. Nur dass ich meine Bierflasche an die Lippen setze, statt eine weiße Perserkatze zu streicheln.

»Ich habe Sie erwartet, Mr. Bond«, kann ich mir nicht verkneifen, zu sagen, als Owen mich angrinst.

»Bond? Ich dachte, du heißt Owen?«, fragt seine Begleitung mit quietschiger Stimme. Es klingt ein wenig, als würde man eine Kiste mit rostigen Scharnieren öffnen.

Rostig ist wohl auch ihr Hirn, den Witz hat sie zumindest nicht verstanden.

»Hallo, Sandy«, grüße ich und proste der Blondine zu.

Owens Eroberungen bekommen bei mir grundsätzlich Namen nach ihrer Haarfarbe. Alle blonden heißen Sandy, alle Brünetten Chantal und die Rothaarigen Foxy. Kreativ, ich weiß, aber da ich selten eine von ihnen zweimal sehe, lohnt es nicht, sich ihre echten Namen zu merken.

Sandy sieht mich noch irritierter an als zuvor, doch bevor sie nachfragen kann, wen ich damit meine, wende ich mich an Owen.

»Ihr seid früh dran«, meine ich mit einem Blick auf meine imaginäre Armbanduhr. »Ist die Party schon vorbei, auf die du wolltest?«

»Nee …« Sein Grinsen wird noch breiter. »Daisy und ich wollen uns gerade dafür fertig machen. Ich will noch mal duschen, bevor wir losziehen.« Er zwinkert mir zu und die Frau hinter ihm kichert.

Daisy also – na ja, da kann ich auch bei Sandy bleiben.

Owen zieht sie weiter in die Wohnung hinein und schiebt sie am Fernseher vorbei in Richtung Badezimmer. »Geh schon mal vor,

Babe, ich bin sofort bei dir«, schnorrt er ihr ins Ohr, was ihr abermals dieses aufgesetzte Kichern entlockt.

Sie wirft mir einen kurzen Blick zu, der mir zeigt, dass es ihr peinlich ist, dass ich hier im Wohnzimmer sitze, während sie gleich mit gespreizten Beinen unter unserer Dusche stehen wird. Dann schüttelt sie diese Hemmung jedoch ab und verschwindet im Bad.

»Heißes Teil, oder?« Owen wackelt mit den dichten Brauen und funkelt mich mit seinen grünen Augen verschwörerisch an.

»Wenn man auf viel Möpse statt Hirn steht, bestimmt ...«, erwidere ich abwertend, richte meine Aufmerksamkeit wieder auf den Fernseher und schalte durch die Programme, als würde mich die Anwesenheit meines Freundes und dieser Püppi überhaupt nicht interessieren.

Einerseits tut es das auch nicht, nichts läge mir ferner, als so eine Möchtegern-Grazie abzuschleppen. Andererseits bin ich auch nur ein Mann und komme nicht umhin, mir vorzustellen, wie sie in ebendiesem Augenblick aus ihrem schwarzen Röckchen und der grünen Bluse schlüpft ... Kann es sein, dass die Zimmertemperatur gerade steigt?!

»Nicht neidisch sein, Tony«, meint Owen und wirft etwas auf meinen Schoß. »Dir hab ich auch was mitgebracht.«

Ich unterdrücke ein Zischen, als etwas auf meinem Halbsteifen landet. So ein Arsch, da hat er doch mit Absicht hingezielt!

Er geht zum Badezimmer und schlüpft ohne anzuklopfen hinein. Ein gespielter Aufschrei des Entsetzens ertönt, gefolgt von Owens kehligem Brummen, das ich schon so oft gehört habe.

Die Wände sind wirklich viel zu dünn. Aber ich weiß jetzt, dass ich mit meiner Vorstellung von dem, was Sandy da drinnen tut, vermutlich richtiggelegen habe.

Während im Badezimmer die Dusche angeht und sich die Geräusche paarungswilliger Tiere mit dem Plätschern von Wasser vermengen, betrachte ich den Gegenstand auf meinem Schoß.

Es ist eine Zeitung, genauer gesagt der Teil mit den Stellenanzeigen aus dem ›Daily Express‹. Ich überfliege die Angebote, bis mein Blick auf eines fällt, das Owen mit rotem Lippenstift eingekreist hat.

Eine Event-Agentur sucht Verstärkung für ihr Team zur Verbesserung ihres Online-Auftrittes. Gutes Gehalt, flexible Arbeitszeiten und ein angenehmes Klima werden versprochen. Kenntnisse im Online-Marketing, Programmierung und texterische Fertigkeiten sind Voraussetzung.

Ich ahne, was mein werter Herr Mitbewohner vorhat. Wir sollen uns gemeinsam auf diese Stelle bewerben. Ihm dürfte es als studierter Journalist kaum schwerfallen, ein paar hübsche Texte zu verfassen, noch dazu, wenn es um Partys und Sex geht.

Websites zu erstellen und diese suchmaschinentauglich zu gestalten, ist wiederum für mich so einfach wie das Umschalten von Fernsehprogrammen – allerdings auch genauso langweilig.

Noch dazu würde es bedeuten, dass ich mindestens doppelt so viel Arbeit haben würde wie er, den Lohn würde Owen aber mit Sicherheit Hälfte-Hälfte aufteilen. Ich kenne ihn doch …

Nichts da, Kumpel!

Ich schütte den letzten Rest des Bieres in mich hinein und springe auf. Eine Sekunde brauche ich, um mich zu fangen – ich vertrage echt keinen Alkohol! Dann gehe ich mit großen Schritten auf die Badezimmertür zu.

Ein gekeuchtes »Ohhh-Ohhhhwen« lässt mich kurz innehalten.

Manchmal frage ich mich, ob mein Mitbewohner wirklich so heißt oder sich selbst diesen Namen gegeben hat, weil er sich von Frauen besonders gut stöhnen lässt.

Ich atme tief durch, wappne mich für den gleich folgenden Anblick und reiße die Tür auf.

Warmer Wasserdampf drängt mir entgegen und es dauert einen Moment, bis ich in dem stickigen, fensterlosen Raum etwas erkennen kann.

Owen und Sandy stehen tatsächlich unter der Dusche. Beide nackt, versteht sich.

Ein kindlicher Verstand würde meinen, die Blondine hätte etwas verloren und Owen würde sie freundlicherweise am Becken festhalten, während sie danach sucht. Aber tatsächlich nimmt er sie gerade ordentlich von hinten, während sie sich an der gläsernen Duschwand abstützt.

Ja, sie hat wirklich so viel Busen, wie es ihr an Hirn fehlt. Und ich bin in diesem Moment echt neidisch auf Owen, wie mir der plötzlich schwindende Platz in meiner Hose suggeriert.

Die beiden haben mein Eintreten nicht bemerkt oder es ist ihnen schlichtweg egal, denn Sandy stöhnt unverhohlen auf, als Owen noch zweimal kräftig in sie hineinstößt.

Okay, das reicht. Ich bin zwar nicht prüde, aber Owen zuzusehen, wie er mit seiner läufigen Hündin spielt, bringt mich doch an eine gewisse Grenze.

»Alter, das ist nicht dein Ernst?!«, unterbreche ich die beiden mit barscher Stimme.

Sandy quietscht überrascht auf und will sich aufrichten. Owen lacht jedoch nur und macht keine Anstalten, sich aus ihr zurückzuziehen oder sie loszulassen.

»Willst du mitmachen, Tony?«, fragt er herausfordernd.

Auch Sandy hat den ersten Schreck überwunden und grinst mich schief an.

»Weder bei dem einen noch bei dem anderen«, erwidere ich kühl und halte die Zeitung in die Luft. »Glaub ja nicht, dass ich den Wordpress-Affen für irgend so eine Schmuddelagentur mime, damit du eine Plattform bekommst, um dich über all deine Abenteuer auszulassen.«

Owen lacht erneut. »Alter, das ist eine Event-Agentur, kein Escortservice!«

Hups ...

»Also nur die Partys. Reicht ja auch«, grummle ich zurück.

»Ach komm schon, lass uns doch mal unverbindlich anhören, was genau die suchen, und vor allem, was sie zahlen. Ich wette, da verdienst du mit weniger Arbeit viel mehr als bei diesen blöden Abrechnungsdingern, die du sonst machst. Und es kommt regelmäßig Geld rein, was wollen wir mehr?«

»*Ich* würde gern endlich einen Orgasmus haben«, wirft Sandy ein. »Also entweder kommst du her und machst mit oder du verschwindest.« Dabei sieht sie mir unverhohlen auf den Schritt und fährt sich mit der Zunge über die Lippen.

Okay, nun wird mir die ganze Situation doch peinlich. Ich spüre, wie mein Kopf heiß wird, und bin mir sicher, dass meine Ohren so rot glühen wie die untergehende Sonne.

Welcher Teufel hat mich geritten, einfach so hier reinzuplatzen? Diese Diskussion hätte wirklich warten können, bis Sandy ihr finales ›Ohhhhhweeeeeeeen‹ gebrüllt hat ... Verdammter Alkohol!

»Vergiss das hier einfach«, sage ich kurz an Owen gewandt und werfe die Zeitung auf den bereits feuchten Fliesenboden.

»Tony, komm schon«, bettelt Owen, als ich mich bereits umdrehe und das Bad verlasse.

»Lass ihn doch«, säuselt Sandy. »Reicht doch, wenn ich für dich komme.«

Als ich die Tür hinter mir zuziehe, schüttle ich mich. Ob ich dieses Bild jemals wieder aus dem Kopf bekomme, ist fraglich.

»Ich brauche dringend einen Therapeuten«, murmle ich und gehe zum Kühlschrank.

»Hallo, Dr. Budweiser, mein Name ist Anthony, ich bin einunddreißig, Single und habe gerade meinem Mitbewohner dabei zugesehen, wie er es einer Blondine, die mich zu einem Dreier eingeladen hat, unter der Dusche besorgt.«

Ich bekomme ein Zischen zur Antwort, als ich den Verschluss der Bierflasche öffne.

»Wie nett, dass Sie mir helfen werden, diesen Anblick zu vergessen«, bedanke ich mich bei meinem Getränk und nehme einen großen Schluck, ehe ich mich in mein Zimmer zurückziehe, begleitet von einem lauten »Oh-Oh-Owen«.

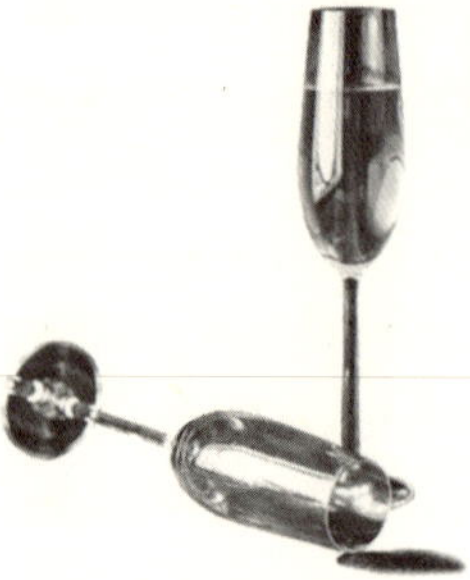

KAPITEL 3

Liz

Ich wippe nervös auf meinem Schreibtischstuhl hin und her. Diesmal werde ich der Versuchung nicht nachgeben. Nein, ich werde stark bleiben. Ich kann das. Ich …

Ach verdammt, wem mache ich etwas vor? Natürlich werde ich nicht widerstehen können, also kann ich mir die nächsten fünf Minuten voller Willenskraft auch sparen und die Lade öffnen, um die Verpackung rauszuholen und meinem Verlangen nachzugeben.

Genau das mache ich auch. Ich ziehe die Schreibtischschublade auf und hole eine Schachtel Gummis raus. Auf diese Süßigkeit habe ich aber heute keine Lust, ich will die Trüffelpralinen, die ich mir nur bei besonders schweren Anrufen erlaube. Und einen solchen hatte ich gerade.

Seit Wochen suchen wir einen Webdesigner, der unsere etwas überholungsbedürftige Website in Schuss bringt. Aber bisher waren nur Luschen dabei, die keine selbstständigen Texte zustande brachten oder deren Designs so grottenschlecht waren, dass ich wirklich überlegte, ein Kindergartenkind statt sie mit dem Auftrag zu betrauen.

Ich öffne die Pralinenschachtel und seufze beglückt, als der Duft nach edler Schokolade aufsteigt. Das ist wirklich mein einziges Laster. Ich nasche gern. Süßes und Männer.

Während die erste Praline in meinem Mund schmilzt und sich der reichhaltige Geschmack nach Kakao und Whiskey auf meiner Zunge ausbreitet, versuche ich, das Gespräch von vorhin zu vergessen. Immerhin hat dieser Kandidat noch nicht einmal meinen Namen aussprechen können. Ich heiße Elizabeth Johnston. Nicht Bronston. Wenn man sich bei einer Agentur bewirbt, die ›Johnston & Martin‹ heißt, sollte man die Namen der beiden Chefinnen kennen und aussprechen können.

Da war das Gespräch eigentlich schon gelaufen, aber der Kerl musste noch einen draufsetzen und mir erklären, wie ich mein Geschäft zu leiten hätte. Ich sollte doch Sexpartys ins Programm aufnehmen, das wäre der Hit.

Ich bin keine Zuhälterin! Es gibt Grenzen. Als er mir dann auch noch ein Angebot gemacht hat, von wegen, ich könne ihn ja anders bezahlen, wenn ich mir seine Dienste nicht leisten kann, habe ich mit meinem Anwalt gedroht.

Ich seufze erneut, als ich mir die zweite Praline gönne. Schokolade versteht mich einfach.

Eigentlich sollte ich mich längst auf den heutigen Abend vorbereiten. Die Eröffnungsfeier für eine Zweigniederlassung einer bekannten Luxusmöbelkette steht an. Es ist der Abschluss für diesen Auftrag und damit breche ich keine meiner eigenen Regeln mehr, wenn ich …

»Liz?« Cynthia klopft, öffnet die Tür einen Spalt und tritt ein, ohne auf meine Antwort zu warten. Als ihr Blick auf mich fällt, hebt sie eine ihrer viel zu perfekten Augenbrauen und mustert die

Pralinenpackung vor mir. »Ich hatte eigentlich erwartet, dass du bereits die Unterwäsche für heute Abend probierst.«

»Deswegen bist du ohne Aufforderung reingekommen?«, ziehe ich sie auf und halte ihr die Pralinen vor die Nase.

Sie setzt sich, greift zu und hebt einen Mundwinkel. »Na ja, heute ist doch der Abend, an dem du dich mit unserem Auftraggeber vergnügen willst, oder?«

»Ach, war das so offensichtlich?« Ich schmunzle und rufe mir das Bild von Tiziano Salvini vor Augen.

Er ist Halb-Italiener, stammt angeblich aus altem Adel in Europa. In den USA hat er sich durch seine exquisiten Möbelstücke, die in einer kleinen Manufaktur hergestellt werden, einen Namen gemacht. Der Mann sieht verboten gut aus mit seinem dunklen Teint, den mokkafarbenen Haaren und diesen unnatürlich blauen Augen. Dass er ein Playboy ist, weiß ich, so wie er wissen sollte, dass auch ich nichts anbrennen lasse.

Der Balztanz, den wir die letzten Monate umeinander aufgeführt haben, lässt aber nur einen Schluss zu: Wir sind aneinander nicht nur beruflich interessiert. Allerdings habe ich eine Regel: Ich schlafe mit Kunden erst, wenn der Auftrag abgeschlossen ist. Was heute der Fall wäre.

»Hörst du mir eigentlich zu?«, reißt Cyn mich aus meinen Gedanken. »Oder überlegst du gerade, wie du es Tiziano gleich vor den Cocktails besorgen kannst?«

Ich winke ab. »Ich mache so etwas immer spontan.«

»Wer's glaubt«, hustet Cyn. »Wie auch immer. Ich habe hier eine neue Bewerbung auf unsere Anzeige im ›Daily Express‹.«

Ich stöhne und stopfe mir noch eine Praline in den Mund. »Muss das sein? Ich habe gerade ein höchst nervtötendes Gespräch geführt.«

»Ja, das hat man im ganzen Haus gehört.«

»Du übertreibst«, brumme ich, frage mich aber gedanklich, wie laut ich wirklich geworden bin und wie viel man von meiner Drohung, dem Typen erst meinen Anwalt und anschließend meinen Tierarzt zur Kastration auf den Hals zu hetzen, wohl verstanden hat. »Warum muss ich mich eigentlich um alle Bewerber kümmern? Ich habe genug mit dem Event heute und den Reservierungen für die ganzen Weihnachtslocations zu tun.«

»Es ist April.« Meine Geschäftspartnerin rollt mit den Augen, was mich auf die Palme bringt.

»Die besten Locations sind kurz nach Weihnachten bereits für das Folgejahr ausgebucht, Cyn. Das weißt du so gut wie ich. Ich grase gerade alles ab, was wir noch bekommen können.«

»Dann sieh dir diese Bewerbung an und falls sie dir zusagt, kann ich mich ja mit den Herren treffen.«

Bei dem Plural werde ich hellhörig. »Herren?«, hake ich nach.

»Ja, sie bewerben sich zu zweit.« Cyn wirft mir die Akte hin.

Ich hebe sie auf und kann mir ein Lachen nicht verkneifen. Wer auch immer diese Bewerbungsfotos gemacht hat, hat eine strahlende Karriere als Polizeifotograf vor sich. Wie kann jemand auf Fotos so unvorteilhaft getroffen sein?

Mein Blick schweift über den Lebenslauf von einem Owen Sanders. Mit den braunen Locken, die wild in alle Richtungen stehen, erinnert er mich an diese Figur aus der Fernsehserie ›Die Simpsons‹, die ich als Kind gern gesehen habe. Obwohl die Figur rote Haare hatte. Egal. Er ist jedenfalls nicht ernst zu nehmen, obwohl dieser Blick schon etwas hat. Offenbar hat er Journalismus studiert, also sollte er mit Worten umgehen können. Das Anschreiben, das fehlerlos und wirklich kreativ ist, stammt vermutlich aus seiner Feder. Gut, schreiben kann er.

Der zweite Lebenslauf gehört einem Anthony Evans. Seine schwarzen Haare sind dicht und kurz, seine blauen Augen wirken müde. Überhaupt sieht er aus, als hätte man ihn zu dem Foto gezwungen. Er hat wohl Informatik studiert, aber bisher keine großartigen Erfahrungen gesammelt. Ebenso wenig wie Owen Sanders.

Ich schlage die Mappe zu und sehe Cyn an, bevor ich ihr die Unterlagen zurückgebe. »Ehrlich, das sind zwei ewige Studenten! Die sind älter als wir und haben kaum Erfahrung in ihren Berufen gemacht.«

»Deswegen müssen sie nicht schlecht sein«, wirft meine Partnerin ein und schnappt sich noch eine Praline. »Das Anschreiben war wirklich kreativ und die Referenzen, die sie angegeben haben, stimmen. Außerdem brauchen wir dringend Hilfe und ich denke, die beiden könnte man sich zurechtbiegen.«

Ich schnaube, nehme mir die letzte Praline und werfe die Packung in den Mülleimer. Ich muss mir dringend mehr Schokolade besorgen. Gleich nachdem ich eine Stunde auf dem Laufband verbracht habe, um diese hier abzutrainieren.

»Lass sie uns doch ansehen, Liz. Was kann schon passieren?« Cyn schiebt ihre Unterlippe vor. Das macht sie immer, wenn sie mit Argumenten nicht gegen mich ankommt. Weil ich dann Schwierigkeiten habe, ihr etwas abzuschlagen.

»Du kannst sie dir ja gern einladen«, brumme ich, weil ich wirklich keine Lust habe, diese zwei Loser zu treffen. »Ich denke, die beiden glauben, wir führen einen Escortservice und suchen den schnellen Spaß mit unseren Angestellten.«

»Klingt in der Bewerbung nicht so. Außerdem sind sie süß. Einer für dich, einer für mich?« Meine Geschäftspartnerin zwinkert.

»Oh bitte, was fange ich mit denen an?« Genervt hebe ich meine Hände und lasse sie wieder auf den Tisch knallen. »Ich brauche nicht noch einen Tim in meinem Leben.«

Cyn hebt verwirrt eine Augenbraue. »Du meinst Jim, richtig? Der Kerl, den du letzte Woche abserviert hast …«

»Jim, genau, Jim. Wieso merke ich mir den Namen nicht?«

Sie zuckt mit den Schultern. »Ist vielleicht ohnehin besser, wenn du mit keinem von denen was anfängst. Immerhin arbeiten sie dann für uns.«

»Na, wir waren uns doch einig, vorläufig nur einen Beratervertrag zu vergeben, bis wir sicher sind, dass die Person zu uns passt.«

»Richtig, Berater können wir ja vögeln, nicht wahr?« Cyn zwinkert und steht auf. »Möglicherweise ist ja einer von ihnen der eine, mit dem du deine Wette antreten willst? Den Italiener heute Abend legst du ja flach, damit ist er schon mal kein Wettmaterial.«

»Das wäre er sowieso nicht«, erwidere ich.

Tiziano mag vieles sein, aber kein Beziehungstyp. Wobei, es könnte einfacher mit ihm werden, da er nie da sein wird. Allerdings will ich mir diese Nacht voller Leidenschaft nicht entgehen lassen. Nach den vier Wochen mit Jim-Tim brauche ich dringend richtig guten Sex mit einem Mann.

»Ich rufe diesen Owen Sanders jetzt an und vereinbare einen Termin für heute Abend«, verkündet Cyn und bevor ich sie anschnauzen kann, dass ich an diesem Abend beschäftigt bin, hebt sie die Hände. »Ich treffe sie allein. Zu einem Cocktail. Klopfe sie ab. Und wenn ich zustimme, wirst du ihnen eine Chance geben?«

»Mit abklopfen meinst du, du schleppst sie beide ab oder suchst dir den Attraktiveren aus?«, brumme ich und verwünsche mich dafür, dass ich noch mehr Schokolade in mich reinstopfen will.

Der Abend soll bald kommen, damit ich auch kommen kann. Mehrmals. Mit einem heißen Halb-Italiener, nicht mit diesen beiden Gefängnisfoto-Bewerbern.

»Nein, ich halte das professionell. Es sei denn, sie sind ungeeignet, dann reiße ich vielleicht doch einen von ihnen auf. Ich habe nämlich keine Batterien mehr für meinen Massagestab.«

»Verschon mich, Cyn«, erwidere ich.

Dass meine Freundin sich lieber allein mit Vibratoren vergnügt statt mit richtigen Männern, verstehe ich immer noch nicht. Wobei, wenn ich an Jim-Tim denke, hätte ich mit einem Vibrator mehr Spaß gehabt.

»Jaja, schon in Ordnung.« Cyn hebt beschwichtigend ihre Hände. »Also, ich treffe die beiden Jungs heute und falls ich denke, sie könnten für uns arbeiten, mache ich für morgen früh einen Termin für dich hier im Büro mit ihnen aus.«

»Cyn, wenn morgen früh vor zwölf Uhr heißt, kannst du es vergessen. Ich habe vor, die ganze Nacht zu vögeln.« Ich werfe ihr einen vielsagenden Blick zu, der keinen Widerspruch duldet.

»Gut, dann eben ein Termin zum Lunch«, wiegelt sie ab. »Hier, auf unserer Dachterrasse. Man muss ein wenig angeben, wenn man dicke Fische fangen will.«

»Du hast von Männern echt keine Ahnung, oder?« Ich seufze und hole die Packung Gummizeugs aus der Lade. »Die sind vermutlich beeindruckt, wenn sie dich in deinem Casual-Business-Outfit mit Jeans sehen.«

Sie blickt an sich herab. »Ich trage ein graues Etuikleid.«

»In dem wirst du sie umhauen, Schatz. Vermutlich kriegst du sie dann zusammen zum Preis von einem.« Cyn hebt ihre Mundwinkel und ich fühle mich genötigt, »Als Berater« hinzuzufügen.

»Wie auch immer.« Sie zwinkert mir zu. »Ich treffe sie heute, du genießt deinen Italiener und morgen bist du nett zu ihnen, wenn ich sie herbestelle.«

»Ich bin immer nett«, erwidere ich. »Selbst zu Luschen wie denen.«

Cyn seufzt und schüttelt mitfühlend den Kopf. »Bereite dich mal auf deinen Abend vor. Du ziehst bestimmt das schwarze Cocktailkleid an, oder?«

»Definitiv. Ich überlege gerade, ob ich einen BH brauche oder nicht.«

»Was ist mit einem Höschen?«, fragt sie und lacht gleich darauf. »Schon klar, kein Höschen. Wie konnte ich das vergessen. Dann würde ich den BH auch weglassen. Hoffentlich schafft ihr es zum Zimmer, nicht, dass ihr wirklich auf der Party rummacht und sie so sprengt.«

»Würde mir nicht im Traum einfallen«, entgegne ich.

Cyn geht zur Tür und ich winke ihr zu, während ich so tue, als würde ich mich auf die Unterlagen auf meinem Tisch konzentrieren. Sie soll mein Grinsen nicht sehen.

Die Vorstellung, Tiziano hinter der Bar in dem Luxushotel, das wir für die Feier gebucht haben, zu vögeln, gefällt mir. Vielleicht sollte ich es tatsächlich in Betracht ziehen, selbst wenn ich dann leise sein muss.

KAPITEL 4

Tony

In meinem besten Anzug – ein dunkelbraunes Secondhand-Teil aus ›Tati's used Things‹ – sitze ich auf unserer Couch und starre ins offene Badezimmer, in dem Owen gerade versucht, seine Locken in einem Dutt zu bändigen – ein Kampf, den er definitiv verlieren wird, so wie die Dutzenden Male zuvor.

»Ich kann immer noch nicht fassen, dass ich mich dazu habe überreden lassen …«, brumme ich.

Ja, ich habe Owen tatsächlich gestattet, eine Bewerbung zu dieser komischen Agentur zu schicken, wenn auch nur aus dem Grund, dass ich gerade nicht weiß, wo ich meinen Anteil der Miete nächsten Monat herzaubern soll.

Klar, Owen kann mir das Geld leihen (das er sich wiederum von seiner Mutter pumpt), aber ich kenne ihn. Hätte ich ihm nicht dieses furchtbare Foto für das Anschreiben gegeben, hätte er mich finanziell abblitzen lassen. Und dann hätte ich wiederum zu meiner Mutter gehen und betteln müssen, was ich unbedingt vermeiden will. Auf ihr ›Krieg dein Leben in den Griff‹-Gerede habe ich keine Lust, nicht schon wieder.

Der Punkt ist, dass ich nicht damit gerechnet habe, dass wir auch nur den Hauch einer Chance auf ein Vorstellungsgespräch haben. Schließlich habe ich meinen Lebenslauf bewusst runterfrisiert, absolute No-Gos in mein Anschreiben eingebaut und ein Foto ausgewählt, auf dem ich in etwa so motiviert aussehe wie der Esel aus ›Winnie the Pooh‹.

Und trotzdem hat Owen vorhin einen Anruf von der Chefin erhalten, die sich heute Abend mit uns zu einem ungezwungenen Kennenlernen treffen möchte – mit uns beiden, man stelle sich das vor!

»Ich sag dir, Tony, das ist der Beginn einer steilen Karriere, ich hab's im Ur… Ach, verdammte Scheiße, wieso bleiben diese Haare nicht in diesem bescheuerten Haargummi?!«

»Weil sie zu kraus sind«, gebe ich monoton Antwort.

Ich sehe auf meine Hände hinab, betrachte meine Nägel und frage mich, ob ich nicht doch noch mal mit der Nagelfeile drüber gehen sollte. Gepflegte Hände seien bei einem Vorstellungsgespräch sehr entscheidend, habe ich mal gelesen.

Oh Mann, habe ich das wirklich gerade gedacht?

Eigentlich ist mir dieser Job doch egal, ich will ihn eh nicht. Oder doch? Zumindest bin ich zu nervös, als dass ich behaupten könnte, der Ausgang dieses Abends sei mir schnuppe.

Owen kommt aus dem Badezimmer, die Locken in gewohnt zerzauster Form. Vom Haargummi fehlt jede Spur, was mir ein Grinsen entlockt.

Auch Owen hat sich rausgeputzt, zumindest für seine Verhältnisse. Immerhin trägt er ein hellblaues Hemd, ungebügelt, versteht sich, und eine Anzughose.

»Kein Sakko?«, frage ich mit ängstlichem Unterton und mache Anstalten, meines ebenfalls abzulegen.

Ich will keinesfalls overdressed sein!

»Lass mal an«, bremst Owen mich. »Schließlich bist du der Seriösere von uns beiden, das soll sie ruhig gleich sehen.«

»Verarschst du mich?«

Er schüttelt den Kopf, grinst aber dabei. Dann wirft er einen Blick auf seine Uhr. »Okay, wir haben jetzt noch eine Viertelstunde, bis wir losmüssen«, denkt er laut. »Zeit, sich noch ein bisschen vorzubereiten.«

Ich straffe mich und bereite mich innerlich darauf vor, Owen die klassischen Fragen eines Vorstellungsgespräches zu beantworten: Was sind meine Stärken, wo sehe ich mich in zehn Jahren, was sind meine Gehaltsvorstellungen, bla, bla.

Owen wendet sich jedoch ab, geht zu unserer offenen Küche hinüber und nimmt zwei Dosen Bier aus dem Kühlschrank. Er wirft mir eine davon zu – mutig, wenn man bedenkt, dass so ein Manöver schon mehr als einmal schiefgegangen ist, wie die Flecken auf dem Teppich bezeugen. Zum Glück gelingt es mir, die Dose aufzufangen.

»Das ist doch nicht dein Ernst«, sage ich in abfälligem Tonfall. »Vorglühen zu einem Bewerbungsgespräch?«

»Du musst locker werden, Tony«, intoniert Owen mit der gedehnten Stimme eines vollgedröhnten Kiffers.

»Vor allem muss ich noch fahren«, halte ich dagegen. »Oder willst du laufen, quer durch die ganze Stadt? Dann sollten wir jetzt …«

»Siehst du, genau das meine ich.« Owen kommt zu mir und lässt sich neben mir auf die Couch fallen. Er öffnet seine Dose, tauscht sie mit der, die ich in der Hand halte, und stößt mit mir an, nachdem er auch diese geöffnet hat. »Sei nicht so aufgedreht, bleib ruhig. Wir nehmen ein Taxi, ich geb eins aus.«

»So ein Quatsch, ich kann …«

»Alter, wir treffen uns mit dieser Ms. Martin in einer Cocktailbar. Ich will nicht dumm dastehen, wenn sie einen ordentlichen Drink ordert. Und ich will nicht, dass du es versaust, weil du einen Stock im Hintern hast.« Sein Tonfall wird ernst. »Ich *will* diesen Job, okay? Ich meine, ich will ihn mit dir. Bist du dabei?«

Ich seufze. Auch wenn mich die Arbeit bei dieser Agentur an sich nicht reizt, die Vorstellung, es mit Owen zusammen durchzuziehen, hat was. Außerdem hat Owen mir auf seine subtile Art gerade seine brüderliche Liebe gestanden – wie könnte ich ihm da jetzt einen Korb geben?

»Okay, ich bin dabei«, sage ich, stoße meine Dose erneut gegen seine und nehme einen großen Schluck.

Während wir im Taxi sitzen, studiere ich noch einmal die Website der Agentur ›Johnston & Martin‹. Sie bietet den klassischen Service des Event-Managements an, die Organisation verschiedenster Anlässe, von offiziellen Empfängen über Film- und Kunstpremieren bis hin zu privaten Familienfeiern. Bucht man sie, braucht man sich um nichts mehr selbst zu kümmern, außer am Tag des Events anwesend zu sein – so verspricht die Homepage zumindest.

Der Web-Auftritt ist jedoch so schnarchend langweilig, dass ich sicher bin, dass ihre Akquise nicht online erfolgen kann. Dann wären sie mit Sicherheit schon lange pleite. Sie haben ein Standard-Template gewählt, ohne Fly-Out-Menü, ohne ein stimmiges Farbschema und ohne eine strategische Nutzerführung. Nicht mal ein Foto von ›Johnston & Martin‹ ist zu finden …

Als das Taxi schließlich an der Fußgängerzone hält, in der unser Ziel liegt, habe ich es noch immer nicht geschafft, mich zum Kontaktformular vorzukämpfen.

»Wenn wir diesen Job kriegen, kommt ein ganzer Haufen Arbeit auf uns zu«, grummle ich, während wir die wenigen Meter zur Cocktailbar hinter uns bringen. »Hast du dir deren Web-Auftritt mal angesehen?«

»Jap«, antwortet Owen knapp, während er die Tür des Lokals aufdrückt und mich hineinwinkt. »Viel Arbeit: ja. Schwere Arbeit: nein.«

Dafür, dass es erst kurz nach acht ist, ist die Bar schon überraschend gut besucht. Am Tresen gibt es keinen freien Platz mehr und nur noch wenige Tische sind völlig unbesetzt. Einem ersten Blick nach handelt es sich vor allem um Zweiergespanne – Pärchen oder Freundinnen –, die vermutlich den Feierabend einläuten.

Owen sieht sich um und hebt die Hand, als er eine einzelne Person in einer der Nischen erkennt, die sich erhoben hat und uns mit einem breiten Lächeln zuwinkt.

Ein Kribbeln breitet sich über meine Haut aus, als ich die Frau betrachte. Der Anzeige und der Website nach habe ich eine zugeknöpfte ältere Dame erwartet, so im Stil der Fräulein Rottenmeier aus ›Heidi‹. Dort steht nun aber eine junge Ausgabe von Marylin Monroe: wallendes blondes Haar, weiche Gesichtszüge mit vollen Lippen und eine Figur, der auch das graue Kostüm, das sie trägt, keinen Abbruch tut.

Ich kann mich nicht entscheiden, ob ich sie beschützenswertniedlich finde oder verführerisch-heiß.

Oh Mann, was denke ich da eigentlich?! Wo bitte ist meine Seriosität geblieben?

Wahrscheinlich in der Bierdose zu Hause, die ich viel zu schnell geleert habe …

Owen lässt sich nicht davon beeindrucken. Zielstrebig und gleichsam lässig schlendert er zu ihrem Tisch, während ich ihm wie ein braves Hündchen hinterherdackele.

»Sie müssen Mr. Sanders sein«, begrüßt sie ihn mit sanfter Kinderstimme und streckt ihm ihre feingliedrige Hand entgegen.

»Richtig, Mrs. ... Martin?«, erwidert mein Mitbewohner.

Er checkt nicht wirklich gleich in der ersten Sekunde ab, ob sie verheiratet ist?!

Doch, tut er. Und sie fällt voll drauf rein.

»*Miss* Martin, genau.«

»Sehr angenehm«, erwidert Owen und kann ein Grinsen kaum unterdrücken. »Und das ist mein geschätzter Kollege Mr. Evans«, meint er und deutet auf mich.

»Schön, dass Sie kommen konnten.« Ms. Martin schüttelt auch mir die Hand und lässt sich dann wieder auf den Stuhl sinken, auf dem sie vor unserem Erscheinen gesessen hat.

Auch wir setzen uns – ich mich neben unsere vielleicht zukünftige Chefin, Owen ihr gegenüber.

Nun denn, lasst die Spiele beginnen ...

»Wir müssen ja echt Eindruck bei Ihnen hinterlassen haben, wenn Sie sogar Ihren Feierabenddrink mit uns teilen möchten«, meint Owen, legt die Unterarme auf dem Tisch ab und neigt sich etwas nach vorn.

Ich hingegen versteife mich und nehme eine derart gerade Haltung ein, dass man meinen könnte, ich käme frisch von der Militärschule. Wenn das Owens Vorstellung von einer perfekten Eröffnung eines Vorstellungsgespräches war, dann ist dies hier das erste und letzte, das wir zusammen erleben.

Ms. Martin zieht überrascht eine Augenbraue nach oben. »Ich kann Ihnen nicht ganz folgen. Feierabend ist bei uns in der Regel nicht vor zehn.«

Am liebsten würde ich sofort wieder aufstehen. Wir haben ohnehin schon verspielt, warum sich also rumquälen.

Doch dann lächelt die Frau kokett, deutet auf ein halb volles Martini-Glas vor sich und fügt hinzu: »Was einen Drink zu früherer Stunde nicht ausschließt. In unserer Branche kommt man manchmal gar nicht drum herum.«

Owen grinst. »Das macht Sie als Arbeitgeberin sehr attraktiv.«

Langsam kriege ich das Gefühl, Owen hätte den Job ebenfalls bereits abgeschrieben und stattdessen beschlossen, Ms. Martin von seinen anderen Qualitäten zu überzeugen. Bilder von ihr unter unserer Dusche flammen in meinem Kopf auf und ich spüre, wie ich rot werde. Zum Glück ist das Licht hier in der Nische nicht besonders gut und keiner der beiden bemerkt etwas.

»Beginnen wir also mit der wichtigsten Frage«, sagt Ms. Martin gerade. »Was möchten Sie trinken?«

Sie drückt mir die kleine Pappkarte in die Hand und ich überfliege das Angebot.

Dass diese Frage wirklich wichtig, vielleicht sogar entscheidend ist, verstehe sogar ich. Sie will gleichzeitig unseren Geschmack, unser Niveau und unsere Souveränität testen.

Ich unterdrücke meinen ersten Impuls, die Karte einfach an Owen weiterzureichen und ihn für uns beide bestellen zu lassen. Sie muss eh schon den Eindruck gewonnen haben, er wäre mit Abstand der Extrovertiertere von uns beiden.

Vielleicht sollte ich das Gleiche bestellen wie Ms. Martin. Aber ich habe noch nie Martini getrunken, keine Ahnung, ob mir das schmeckt – und wie stark das Ding ist. Nach zwei Schlucken vom Stuhl zu kippen, würde sicher nicht für eine Anstellung sprechen.

Schweiß tritt mir auf die Stirn. Wie kann einen die Entscheidung, etwas zu trinken zu bestellen, nur so unter Druck setzen?

Schnell wandern meine Augen über das Angebot. Okay, es gibt alkoholfreie Cocktails – jippie. Aber Moment, wie sieht das aus, was sagt das über mich aus? Dass ich ein Schwächling bin, ein Langweiler, ein Nerd. Alles das, was es für eine Event-Agentur nicht braucht – selbst wenn ich nur der Typ hinterm Rechner bin.

In dieser Sekunde tritt auch noch ein Kellner an unseren Tisch. »Darf's schon was sein?«, fragt er pflichtbewusst.

»Äh, ja«, sage ich und nenne das Letzte, was ich gelesen habe, ohne auch nur den Hauch einer Ahnung zu haben, was ich da bestelle. »Einen Cuba Libre bitte.«

»Für mich auch«, ergänzt Owen und Ms. Martin schließt sich mit einem Fingerzeig an.

»Gute Wahl«, sagt sie an mich gewandt und ich kann ein Grinsen nicht unterdrücken. »Wir sind ein sehr kleines Unternehmen«, beginnt sie dann endlich mit dem förmlichen Teil dieses Treffens. »Meine Partnerin und ich haben es vor ein paar Jahren übernommen und zu zweit von einem Cateringservice zu einer renommierten Event-Agentur aufgebaut. Wir haben einen ansehnlichen Kundenstamm, der uns auch stetig weiterempfiehlt, sodass wir uns in puncto Auftragslage nicht beschweren können.« Ihre Augen leuchten, während sie spricht. Sie liebt ihren Job und ihre Firma, ohne Frage. »Unser Hauptbetätigungsfeld sind Betriebsfeiern aller Art sowie die Begleitung kultureller Ereignisse.«

»Die Eröffnung dieser abstrus teuren Möbelkette heute Abend wird von Ihnen ausgerichtet, richtig?«, werfe ich ein.

Jaaaaa, ich habe mich informiert.

»Sehr gut, da hat jemand seine Hausaufgaben gemacht.« Anerkennend lächelt Ms. Martin mich an. »Meine Partnerin ist vor Ort, es ist immer eine von uns dabei, wenn die Veranstaltungen stattfinden. Kundennähe ist uns sehr wichtig.« Sie macht eine kurze Pause und mustert uns.

Der Kellner kommt und stellt vor jeden von uns ein großes Glas, gefüllt mit einer dunkelbraunen Flüssigkeit, Eis und einem Strohhalm. Zumindest basiert der Drink auf Cola, wie ich erleichtert feststelle. Rein geschmacklich kann es also schon mal nicht so schlimm werden.

Ms. Martin bedankt sich, hebt ihr Glas und wir stoßen an. Dann trinken wir.

Owens Glas ist halb leer, als er es wieder abstellt, und auch die Dame scheint ganz schön durstig zu sein.

Also nehme auch ich einen kräftigen Zug.

Heilige Scheiße! Da ist Wodka drin, oder Rum oder so was. Zumindest brennt es höllisch in meiner Kehle, als ich die Flüssigkeit herunterschlucke.

Owen bemerkt, dass ich mit mir kämpfe, nicht zu röcheln, und lenkt Ms. Martins Aufmerksamkeit auf sich. »Wenn Sie so gut ausgelastet sind, wieso suchen Sie dann jemanden, der Ihre Marketingstrategie im World Wide Web verbessert?«

»In letzter Zeit mehrt sich ganz einfach das Feedback zu unserem Internetauftritt, und zwar nicht im Positiven. Einige Neukunden haben uns klar zu verstehen gegeben, dass sie unsere Website eher abgeschreckt hat und nur der gute Zuspruch unserer Bestandskunden sie dazu bewogen hat, uns doch zu buchen.«

»Das wundert mich überhaupt nicht«, werfe ich ein und beiße mir gleich darauf auf die Zunge.

Nun ist ihr Blick hart, als sie mir den Kopf zuwendet. »Wir haben damals mit sehr wenig Budget angefangen und ich habe diese Seite selbst erstellt.«

Ich greife schnell nach meinem Glas und trinke einen weiteren Schluck, um ihr nicht ins Gesicht sehen zu müssen.

Dabei höre ich, wie sie mit wesentlich milderer Stimme ergänzt: »Allerdings hatte und habe ich von so was kaum eine Ahnung, was man sicherlich sieht … Deswegen, und weil wir natürlich die Wichtigkeit eines digitalen Auftritts erkennen, möchten wir uns nun professionelle Unterstützung holen.«

Als ich mein Glas wieder abstelle, bemerke ich, dass ich in meiner Verlegenheit bereits drei Viertel des Drinks getrunken habe. Hoffentlich ist das Zeug nicht so stark, wie es schmeckt.

»Damit sind Sie bei uns an genau der richtigen Adresse«, bestätigt Owen und Ms. Martin wendet sich wieder ihm zu.

Daraufhin hält er ihr einen Vortrag darüber, dass eine gute Webpräsenz genauso von Design und Inhalt wie auch von technischen Hintergründen abhängt und wie wir beide als perfekt eingespieltes Team ein Rundum-sorglos-Paket liefern können.

Dem Alkohol, den ich viel zu schnell in mich hineingekippt habe, gibt das genügend Zeit, sich in meiner Blutbahn auszutoben und sich in meinem Kopf einzunisten. Das Gespräch der beiden wirkt plötzlich weiter weg, als würde ich am Nachbartisch sitzen und versuchen, Fremde zu belauschen. Außerdem drängt sich das Bild von Ms. Martin in unserem Badezimmer wieder in meinen Kopf.

Owen würde in so einem Fall nichts anbrennen lassen. Was genau er mit ihr machen würde, hat er ja mit Sandy schon demonstriert. Ich hingegen … Ich würde ihr maximal durch einen Türspalt ein Handtuch ins Zimmer reichen. Okay, vielleicht würde ich zumindest einen Blick riskieren.

Und wenn sie die Initiative ergreift? Sie könnte die Tür aufstoßen, in ihrer ganzen Nacktheit vor mich treten, ein laszives Grinsen im Gesicht. Dann würde sie einfach vor mir auf die Knie gehen und mich abwartend betrachten. Ich würde mit einer Hand durch ihr blondes Haar fahren, während ich mit der anderen meine Hose öffne, um …

»Was denken Sie, Mr. Evans?«, holt mich Ms. Martins Stimme in die Realität zurück.

Okay, ich habe keine Ahnung, was sie mich gerade gefragt hat. Alles, was ich weiß, ist, dass ich einen knallroten Kopf bekomme – und einen handfesten Ständer habe.

Himmel, was ist nur los mit mir? Tagträume von einer nackten Frau sind nicht wirklich meine Art, schon gar nicht, wenn die Frau direkt neben mir sitzt!

»Die Farbe«, sage ich schnell, in der Hoffnung, sie sind immer noch beim Thema Design, und rutsche ein Stück näher an den Tisch, damit sie ja nicht die Beule in meinem Schritt entdeckt.

»Die … Farbe?« Sie sieht mich irritiert an.

»Ja, die Farbe«, gebe ich mich souverän. »Damit fängt alles an, sie ist ein wichtiger Faktor bei einer Entscheidung dafür oder dagegen.«

Mist, ich hoffe, es fällt nur mir auf, wie schwer und schleppend meine Zunge die Worte formt.

»Aha … Und, wie ist deine Entscheidung – *der Farbe nach*?«, fragt Owen belustigt.

Mich beschleicht das Gefühl, etwas verpasst zu haben.

»So wie es jetzt ist, natürlich nein. Völlig trist und langweilig. Aber wenn wir auf Rot gehen oder sogar Grün … Das würde mich ansprechen!«

»Also dann lieber einen Tequila Sunrise? Oder einen Caipirinha?«, schlägt Ms. Martin vor.

Und da begreife ich endlich.

Es geht gerade nicht um die Website – sie wollen noch etwas zu trinken bestellen. Und da ich während meines kleinen gedanklichen Ausflugs in unser Badezimmer unbewusst mein Glas geleert habe, beziehen sie mich in die neue Runde mit ein. Um dankend abzulehnen, ist es vermutlich zu spät, obwohl es genau das ist, was ich tun sollte.

»Ich weiß nicht«, spiele ich den Ball an Owen. »Was meinst du?«

»Caipirinha klingt klasse«, erwidert der.

So ein Arsch! Er merkt genau, dass ich bereits einen sitzen habe. Aber anstatt mich zu retten, würgt er mir eins rein. Danke, Kumpel!

Nachdem wir wieder volle Gläser vor uns haben, gehen die Fachgespräche weiter.

»Sie finden also, Farbe ist ein wichtiger Faktor«, spricht mich Ms. Martin an. »Was meinen Sie dazu im Hinblick auf unsere Seite?«

Ich räuspere mich. »Na ja, Sie haben ein Schema durchgezogen, das ist schon mal gut«, versuche ich, mit dem Positiven anzufangen. »Aber wie Sie auf Grau gekommen sind, ist mir echt ein Rätsel. Es wirkt absolut abweisend, fast deprimierend – als wären Sie ein Beerdigungsinstitut. Dreckig sieht es aus, einfach unattraktiv.«

Wieder schaffe ich es, ihr das Lächeln praktisch aus dem Gesicht zu wischen.

Als ich den Blick abwenden will, fällt mir ihr Kostüm ins Auge – mausgrau, genau wie ihre Website.

Super, ich habe also gerade meine zukünftige Arbeitgeberin als dreckig und unattraktiv bezeichnet. Zumindest hat sie es so aufgefasst, wenn ich ihren Blick richtig deute.

»Ich meine, Grau kann auch sexy sein, wenn es nur die Umverpackung von etwas richtig Heißem ist«, rede ich mich raus und nicke ihr mit einem debilen Grinsen zu.

Nein, das hat es nicht besser gemacht. Ihre Augen werden groß, ihr Mund öffnet sich leicht und wenn ich mich nicht irre, werden ihre Wangen etwas rot.

Ich muss jetzt irgendetwas von mir geben, etwas Geistreiches, etwas Charmantes, etwas …

»Ich muss aufs Klo«, sage ich viel zu laut und springe so schwungvoll auf, dass der Stuhl hinter mir beinahe umkippt.

Mit dieser Aktion mache ich der Frau unmissverständlich klar, dass ich sie sogar ziemlich heiß finde – denn mein Becken ist nun genau auf Höhe ihres Gesichts und die Beule in meiner Hose nicht kleiner geworden.

»Die Blase muss ja sehr voll sein«, murmelt Ms. Martin.

Völlig beschämt drehe ich mich um, bahne mir einen Weg durch die mittlerweile ziemlich volle Bar und lande erst in der Küche, bevor mir der Beikoch die richtige Tür zeigt.

»Tony, verdammt …«, knurre ich, nachdem ich mir ein wenig Wasser ins Gesicht geworfen habe. »Was ist nur los, wieso führst du dich so endpeinlich auf?«

Ich schaue in den Spiegel, aus dem glasige Augen zurückblicken und versuchen, die Pissoirs hinter mir zu fixieren, die sich wie auf einem Schiff ganz leicht hin und her wiegen.

»Fuck«, stoße ich aus, stütze mich auf dem Waschbecken ab und sehe mir selbst tief in die Augen.

Gut, ich bin also betrunken. Von einem einzigen Longdrink. Bei einem Bewerbungsgespräch.

Aber hey – sehen wir es positiv. Man sagt doch, solange man noch selbst merkt, dass man betrunken ist, ist es noch gar nicht so schlimm. Oder?

»Reiß dich zusammen, Junge!«, sage ich, was meine Mutter sagen würde. »Du wirst jetzt da rausgehen, diesen blöden Caipi-Dingsda nicht anrühren und Owen noch ein bisschen mit der netten Dame plaudern lassen, in der Hoffnung, sie ist überhaupt noch da.«

Ich trockne mich ab, versuche, meinen Haaren einen halbwegs seriösen Sitz zu verpassen, und streiche mein Jackett glatt.

Als ich zum Tisch zurückkomme, sind Owen und Ms. Martin in eine angeregte Unterhaltung vertieft.

»So einfach ist das also?«, fragt sie und sieht Owen an, als hätte er gerade das Rad erfunden. »Wir müssen nur einen Bericht über diese Möbelhauseröffnung schreiben und in Zukunft werden alle, die ebenfalls so eine Eröffnung planen, auf unseren Artikel stoßen und somit auf unsere Agentur aufmerksam?«

»Na ja, es müssen ein paar Kriterien hinhauen und bestimmte Einstellungen auf der Homepage stimmen. Aber im Grunde: Ja, so einfach ist das.«

Ohne mein Wiederauftauchen zu kommentieren, setze ich mich auf meinen Platz, während Owen weiter die Vorteile vom Bloggen erklärt. Er preist uns wirklich sehr gut an, das muss man ihm lassen.

Als er erwähnt, dass dafür natürlich die komplette Website umstrukturiert werden müsste, sieht Ms. Martin mich fragend an. In Gedanken ermahne ich mich, dass ich mich nicht mehr am

Gespräch beteiligen wollte. Also nicke ich nur lächelnd, greife schnell zu meinem Glas und trinke, um nichts sagen zu müssen.

Dass ich auch das nicht mehr tun wollte, habe ich irgendwie vergessen.

Als Owen sich eine Weile später mit verschränkten Armen zurücklehnt und sagt: »Geben Sie's zu – ich habe Sie vollkommen überzeugt«, stelle ich fest, dass mein Glas leer ist.

Das Zeug ist aber auch lecker im Vergleich zu dem vorher.

»Davon, dass wir professionelle Hilfe brauchen, auf jeden Fall«, lacht Ms. Martin. »Und ich glaube Ihnen sogar, dass Sie das perfekte Team für diesen Job sind.« Sie macht eine Pause, dann sieht sie mich direkt an. »Eines interessiert mich aber noch: Wieso möchten Sie bei uns anfangen? Also, mit Ihren Referenzen könnten Sie doch sicher für Größen wie die National Bank oder so arbeiten.«

Da ich vermutlich nicht um eine Antwort herumkomme, entscheide ich mich für die Wahrheit. Ehrlich währt am längsten und so.

»Wissen Sie«, sage ich und versuche zu ignorieren, wie verwaschen meine Sprache klingt, »das is definitiv keine freiwillige Enscheidung. Isch würde liebend gern für ne Bank arbeitn. Aber diese ganzen großn Arschlöcher gebn uns Kleinen einfach keine Schance.« Ich zucke übertrieben mit den Schultern. »Wer weiß, vielleich sieht das in paar Jahrn anners aus, aber jetz müssn wir ja auch von irgndwas leben. Also bleibt uns nix weiter übrich, als in ner kleinen Rumpelbude anzufangn. Da sin Sie perfekt.«

Ich grinse debil. Fast will ich anfangen, zu hecheln wie ein Hund, der für sein Kunststück ein Leckerli erwartet.

Ms. Martin grinst nicht, lächelt nicht, schaut nicht mal ansatzweise freundlich.

Hab ich was Falsches gesagt? Gut, zweiter Versuch!

»Un außerdem isses toll, wenn man Hobby un Beruf vereinen kann. Wissen Sie, isch geh unheimlich gern auf irgndwelche Partys.«

Nein, sie ist nicht überzeugt. Ein Beispiel muss her, dass ich der absolute Tanztiger bin – oder heißt das Feierpuma? Partylöwe? Ja, genau das!

»Erst letztens warn wir in diesm Club, der neu aufgemacht hat. Owen, weißte noch, wie der hieß? Der, wo du hin bist, nachdem du Sandy in unsrer Dusche gevögelt hast?«

Owen öffnet den Mund, sagt aber nichts. Na ja, er ist ja ständig unterwegs, da kann man einen Namen auch mal vergessen …

»Tanzen, grölen, trinken – das is voll mein Ding«, füge ich an und greife zum Beweis nach einem der Gläser, das noch nicht mal zur Hälfte geleert ist, und kippe den Rest in einem Zug in mich hinein.

Na, wenn ich sie jetzt nicht überzeugt habe, dann weiß ich auch nicht.

Erst als ich ihren schockierten Blick sehe, wird mir bewusst, dass ich gerade ihren Drink getrunken habe.

»Oh Mann, sorry, ich hol Ihn einen neuen«, sage ich und springe auf.

Dieses Mal fällt der Stuhl hinter mir wirklich um. Ich wirble herum und bücke mich, um ihn wieder aufzuheben. Da beginnt die Welt sich plötzlich zu drehen, so wild und unkontrollierbar wie in diesem Teetassen-Karussell, die es auf Jahrmärkten oft gibt.

Ich verliere das Gleichgewicht, schaffe es aber, mich mit den Händen auf dem Stuhl abzustützen.

Glück gehabt, das hat sicher keiner bemerkt!

Ich greife die Lehne, richte mich und den Stuhl wieder auf und …

Oh Gott, ist mir schlecht!

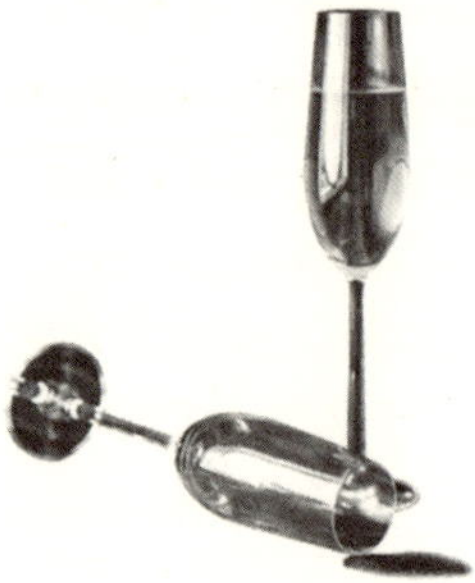

KAPITEL 5

Liz

Die sanften Klänge des Klaviers setzen ein, nachdem Tiziano Salvini sich im Applaus seiner Gäste gesonnt hat. Er hat eine wunderbare Rede über die Entwicklung gehalten, die seine Firma in den letzten Jahren gemacht hat, und dann seine Visionen präsentiert. Es ging nur um Möbel, aber bei Gott, ich schwöre, dass ich nicht die einzige Frau in diesem Raum war, die dabei beinahe einen Höhepunkt hatte, als er mit leuchtenden Augen und erotischer Stimme über verschiedene Ölungen und Muster sprach. Verdammt, ich bin wirklich heiß auf ihn!

Um mich beginnen die ersten Gespräche, Gläser klirren und Kellner servieren dekadente Häppchen mit Kaviar und Hummer. Alles ist auf Luxus ausgerichtet, genau wie Tiziano Salvini es wollte.

Da ich meinen Auftraggeber im Getümmel verloren habe, mache ich das, was ich am besten kann: Kontakte knüpfen, während ich sicherstelle, dass alles reibungslos abläuft. Gerade unterhalte ich mich mit einem Geschäftsmann um die vierzig, der sich auf Schmuck spezialisiert hat und demnächst wohl eine Jubiläumsfeier ausrichten will, als ich Tiziano erblicke.

Unsere Augen treffen sich und ich stecke meinem Gesprächspartner schnell eine Visitenkarte zu, bevor ich mich höflich mit der Ausrede verabschiede, noch etwas mit Tiziano klären zu müssen.

Als ich den Halb-Italiener erreiche, hält er mir ein Sektglas hin.

»Sie haben heute noch nichts getrunken, Elizabeth«, stellt er mit seiner erotischen Stimme fest.

»Weil ich noch im Dienst bin«, erwidere ich, stoße aber mit ihm an.

»Noch länger?«, will er wissen und seine dunkelbraunen Augen gleiten über meinen Körper. Ich erkenne den Anflug eines Lächelns auf seinen Lippen. Ihm gefällt, was er sieht.

Das enge schwarze Kleid ist aber auch schmeichelhaft und die Riemchen-Stilettos werden mich vermutlich demnächst umbringen, aber ich habe auch nicht vor, sie noch viel länger anzuhaben. Sagen wir, ich habe nicht vor, dass sie noch sehr viel länger den Boden berühren.

»Das kommt darauf an, Tiziano«, hauche ich und führe das Glas zu meinen Lippen. »Sind Sie mit der Feier zufrieden oder sehen Sie irgendwo noch Handlungsbedarf?«

Er setzt zu einer Antwort an, als einer seiner Mitarbeiter mit einem Klemmbrett zu ihm kommt. Offenbar möchte er für den ersten Verkaufstag noch etwas an der Aufteilung im Geschäft verändern.

»Das hat bis morgen Zeit«, erklärt Tiziano ihm. Sein Mitarbeiter wirkt verlegen und als sein Blick auf mich fällt, entschuldigt er sich und verschwindet. »Wo waren wir? Ach ja«, nimmt Tiziano den Faden wieder auf und hebt den Arm. »Würden Sie mir folgen? Ich hätte da noch etwas zu klären.«

Ich weiß, was er klären will. Genau dasselbe wie ich. Sein Blick ist nicht anders zu deuten, Verlangen lodert darin, während er mich wohl gedanklich gerade auszieht. Denn während ich nicke, erhasche ich eine Vorahnung von dem, was mich in seiner Hose erwarten wird. Oh ja, er hat eindeutig schmutzige Gedanken.

Wir stellen die Sektgläser auf einem Tisch ab und ich folge ihm in die Lobby, wo er den Aufzug ruft. Nachdem wir eingestiegen sind und sich die Türen geschlossen haben, sehen wir uns einen Moment lang an.

»Sie möchten also etwas klären?«, frage ich kokett und befeuchte meine Lippen.

Das genügt, um Tiziano endgültig aus der Reserve zu locken. Bis jetzt hat er mich zwar mit den Augen ausgezogen, sich aber von mir ferngehalten, keinen Körperkontakt gesucht. Jetzt tritt er auf mich zu, legt seine großen, warmen Hände an mein Gesicht und hebt es ein wenig an. Er ist für einen Italiener recht hochgewachsen, weswegen ich trotz der hochhackigen Schuhe zu ihm aufsehen muss.

»Ja, ich hätte etwas mit Ihnen zu klären, Elizabeth. Hiermit sind Sie nicht mehr im Dienst, außer, es zählt dazu, endlich mit mir zu vögeln.«

»Oh, ich nehme kein Geld für diese Art von Geschäftsbeziehung«, erkläre ich.

Mir ist sehr wohl bewusst, dass es fast so klingt, als wäre ich ein Callgirl. Aber Tiziano scheint es zu verstehen, denn seine Mundwinkel heben sich und er bringt sein Gesicht näher an meines.

Gierig bedeckt er meine Lippen mit seinen, lässt seine Hände sinken und beginnt, meinen Körper damit zu erforschen. Das ist auch mein Startschuss, endlich herauszufinden, ob der Mann tatsächlich so gestählte Muskeln hat, wie ich vermutet habe.

Sein Mund wandert meine Wange zu meinem Hals hinab und er schiebt eine Hand unter den Stoff meines Kleides. Ich habe mich doch für ein Höschen entschieden, einfach weil es mehr Stil hat und ich hoffe, dass er es mir mit den Zähnen ausziehen wird.

Er gibt ein forderndes Knurren von sich, als ich meine Beine ein wenig öffne, damit er mich berühren kann.

»Oh Madonna«, raunt er, nachdem er seine Hand zurückgezogen hat und ich das Glänzen darauf sehen kann.

Ja, ich bin feucht. Ziemlich feucht. Weil ich seit Tagen an nichts anderes als Sex mit ihm denken kann.

Das *Ping* des Fahrstuhls hält mich davon ab, ihm das Hemd aufzureißen, das er unter einem dunklen Sakko trägt. Tiziano zückt eine Schlüsselkarte und hält mir seine Hand hin. Er führt mich durch den Gang mit fast zu dunkler Beleuchtung, bis wir vor einer großen Doppeltür stehen bleiben.

Es blinkt grün, nachdem er die Karte vorgehalten hat, und er stößt die Tür für mich auf. Überall sind Kerzen entzündet, auf einem Tisch neben einem Sofa steht ein Kübel mit einer Champagnerflasche und zwei Gläsern sowie einem Teller. Als wir näher kommen, sehe ich, dass es in Schokolade getunkte Erdbeeren sind.

»Ich hatte gehofft, du würdest mit mir kommen«, sagt Tiziano, während er den Champagner, eine unglaublich teure Marke, öffnet. »Beinahe dachte ich schon, du willst mich nicht.«

»Wie kommst du darauf?«, erwidere ich mit einem verführerischen Lächeln, als ich das Glas entgegennehme.

»Du hast mich keines Blickes gewürdigt, als ich auf dieser Tribüne stand und über mein Geschäft sprach.«

»Oh doch, das habe ich«, entgegne ich und stoße mit ihm an. »Und ich habe mir dabei überlegt, wie ich dich irgendwo allein erwische, um dir schmutzige Dinge ins Ohr zu raunen.«

Ich trinke einen Schluck Champagner, während er mich mit diesem heißen Blick mustert.

Tiziano Salvini ist alles, was eine Frau sich wünschen könnte. Von treu vermutlich abgesehen. Aber er ist gerade einmal fünfunddreißig, reich, aus gutem Haus, clever, charmant. Er hat Stil und gutes Benehmen. Ich hatte schon reiche Auftraggeber, die mich wie einen Menschen zweiter Klasse behandelt haben. Oder jene, die mich im Klo ficken wollten, weil sie sich für ein Hotelzimmer zu schade waren, obwohl sie Geld wie Heu besitzen.

»Wieso siehst du mich so an?«, fragt er und reißt mich aus meinen Gedanken.

»Ich habe nicht erwartet, dass du all diesen Aufwand für eine Nacht mit mir betreibst.«

Er stellt sein Glas auf den Tisch, nimmt mir meines ab und platziert es neben seinem. Dann legt er seine Hände an meine Hüften und sieht mir tief in die Augen. Ich hoffe, meine Beine knicken nicht weg, denn bei diesem Blick wird mir heiß und kalt zugleich.

»Ich finde, eine Frau verdient eine angemessene Behandlung. Du bist wie ein Juwel, Madonna. Ein Juwel klopft man nicht in Form.« Seine Stimme ist nicht mehr als ein Flüstern, während seine Hände langsam meinen Körper hinabwandern und seine Lippen über meinen schweben. »Man schleift ihn mit Bedacht.« Er haucht einen Kuss auf meinen Mund, bevor seine Hände wieder an meinen Hüften landen. »Lass mich dich langsam schleifen, Madonna. Ich verspreche, du wirst es nicht bereuen.«

Ich nicke und Tiziano dreht mich sachte um, öffnet den Reißverschluss meines Kleides. Ich fühle seinen Atem an meinem Nacken, bevor er seine Lippen auf meine Haut legt, während er mir die breiten Träger des Kleides über die Arme schiebt.

Ich stehe nur noch in Stilettos und Unterwäsche vor ihm, als ich mich wieder umdrehe.

Seine Augen sind glasig, als er eine Hand in meinen Nacken schiebt und mich küsst. Seine Zunge dringt in meinen Mund ein, umspielt meine, lässt mich beinahe wieder taumeln. Er weiß, was er tut, hält mich fest und drängt sich gegen mich.

Ich kann seine Erregung deutlich spüren. Verdammt, der Mann ist besser bestückt, als ich erwartet hatte.

Er löst sich von mir und betrachtet mich mit seinen intensiven Augen, lässt eine Hitze in mir aufsteigen, die ich schon lange nicht mehr gefühlt habe.

»Setz dich auf das Sofa und spreiz deine Beine«, fordert er mit tiefer Stimme.

Jedes Härchen an meinem Körper stellt sich auf, als ich seiner Aufforderung nachkomme und meine Beine bereitwillig öffne. Ich trage immer noch ein Höschen, aber das scheint ihn nicht zu stören. Er geht vor mir in die Knie, während er mir in die Augen blickt, und lässt einen Finger unter den schwarzen Spitzenstoff gleiten.

Ein Stöhnen entringt sich meiner Kehle, als er mich zu streicheln beginnt. Ich wage es nicht, den Blickkontakt zu unterbrechen, bis er den Stoff ein Stück zur Seite schiebt und seine Zunge in kreisenden Bewegungen fortsetzt, womit seine Finger begonnen haben.

Ich lege meinen Kopf in den Nacken. Das fühlt sich zu gut an und ich hatte seit Tagen keinen richtigen Sex mehr. Ich werde gleich kommen. Wie peinlich ist das denn?

Tiziano saugt an mir, leckt schließlich wieder, lässt zuerst einen, dann zwei Finger in mich gleiten, die er rhythmisch bewegt. Aber immer wenn ich denke, dass sich meine Lust in einem fulminanten Orgasmus entlädt, ändert er den Rhythmus.

Ich bin zwar immer noch wahnsinnig erregt, genieße seine himmlische Behandlung, komme aber nicht. Das stört mich allerdings kein bisschen. Von mir aus kann der heiße Italiener mich die ganze Nacht auf diese Art verwöhnen.

Meine Stimme ist schon heiser von dem Stöhnen, das er mir entlockt. Ich weiß nicht, ob er erst seit fünf Minuten vor mir kniet oder bereits die halbe Nacht vergangen ist. Es ist aber auch unwichtig, weil ich in diesem Zustand nur noch schwebe. Noch nie hat mich jemand so erregt.

Meine Schenkel zittern bereits so sehr, als wäre ich fünf Mal gekommen. Wie sich wohl der Orgasmus mit ihm anfühlt?

»Ich glaube, es wird Zeit, dich zu erlösen«, raunt er und schmunzelt, bevor er mich wieder leckt.

Hitze breitet sich in meiner Mitte aus und ich fühle, wie sich die Erregung sammelt. Seine Zunge berührt mich kaum noch und dennoch ist alles intensiv.

»Oh Gott, ich komme!«, keuche ich und gebe mich der Welle hin, die mich erfasst hat.

Die Welt um mich verschwimmt und ich ringe noch um Atem, als Tiziano sich erhebt. Er zieht sein Sakko aus und beginnt lasziv, die Knöpfe seines Hemdes zu öffnen. Darunter kommt ein wohldefinierter Sixpack zum Vorschein. Sogar die Bewegung, mit der er seine Jeans öffnet und zu Boden fallen lässt, sieht sexy aus.

Ich kann nicht anders, ich muss mir über die Lippen lecken, als sein stattlicher Ständer zum Vorschein kommt.

Das ist der heißeste Mann, den ich jemals gesehen habe. Ich will ihn vernaschen. Und genau das würde ich jetzt auch tun, ihn in meinen Mund nehmen und ihn den lieben Gott um Erlösung anflehen lassen. Aber ich habe immer noch keine Kraft, mich zu bewegen, und Tiziano legt sich bereits ein Kondom an.

»Würdest du deine Unterwäsche ausziehen?«, fragt er mich mit dieser tiefen, verruchten maskulinen Stimme.

Ich nicke und öffne meinen BH. Verführerisch lasse ich ihn zu Boden fallen und schiebe mein Höschen über meine Beine hinab. Als ich mich an den Riemchen der Schuhe zu schaffen mache, schnalzt Tiziano mit der Zunge.

»Die behältst du an«, meint er, hält mir seine Hand hin und zieht mich hoch. »Ich weiß, wir könnten es hier überall machen, aber ich will dich in meinem Bett, Madonna«, haucht er an meinem Ohr und ich lasse mich von ihm in den abgetrennten Schlafbereich führen. »Leg dich auf den Bauch und lass dich fallen.«

Ich habe keine Ahnung, was er vorhat, und es liegt mir an sich nicht, die Kontrolle abzugeben. Aber Tiziano … er dürfte alles mit mir anstellen.

Also steige ich in das Bett und lege mich auf den Bauch. Ich fühle, wie sein Gewicht die Matratze neben mir hinunterdrückt, und halte den Atem an, als er meine Hände mit seinen umfasst und sie über meinen Kopf schiebt.

»Entspann dich und lass mich dich ficken«, flüstert er und ich kann wieder nur stumm nicken.

Er liegt auf mir, sein Ständer drückt gegen meine Oberschenkel. Willig öffne ich sie weiter für ihn, fühle bereits seine Spitze, die an mir reibt, bis er endlich in mich eindringt.

Ein heiseres Seufzen entringt sich meiner Kehle und schwillt zu einem Stöhnen an, als er sich zurückzieht und tiefer eindringt. Er lässt sich Zeit und ich fühle ihn so intensiv an den richtigen Stellen, dass mein Körper sofort reagiert.

Ich merke, wie feucht ich werde, als Tiziano in mein Ohr stöhnt. Sein Gewicht auf mir verstärkt mein Empfinden. Bevor ich weiß, wie mir geschieht, komme ich noch einmal. Nicht so intensiv wie beim ersten Mal, aber dafür so laut, dass vermutlich das gesamte Hotel weiß, was wir gerade machen.

Das kümmert mich aber nicht. Sex ist nichts Schmutziges. Im Gegenteil, es ist etwas ganz Natürliches und ich habe gerade den geilsten Sex mit dem geilsten Mann auf dieser Erde.

Tiziano presst seine Lippen an meinen Nacken und zieht eine heiße Spur meinen Rücken hinab, als er sich aus mir zurückzieht. »Dreh dich um«, raunt er und seine Stimme ist noch tiefer als vorhin.

Natürlich drehe ich mich um. Der Mann hat mir gerade zwei Megaorgasmen bereitet. Er mustert mich mit seinen dunklen Augen und mein Blick wandert zu seinem Ständer, der immer noch prall und aufgerichtet ist.

»Ich wollte es langsam angehen lassen, aber ich muss dich jetzt hart nehmen, bevor wir weitermachen, ja?«

»Einverstanden«, erwidere ich.

Er hebt mein Gesäß ein wenig an und schiebt ein Kissen darunter, bevor er meine Beine an seine Brust lehnt und näher rückt. Dann stößt er fest zu und ich keuche. Er ist nicht brutal, nur kraftvoll, und ich hätte nicht damit gerechnet, dass er mich auch so nehmen würde. Er zieht mein Becken näher heran und stößt noch einmal zu, bevor er seinen Rhythmus findet.

Ich kann nicht anders, selbst die Art, wie er mich so vögelt, hat etwas Erregendes. Besonders weil hinter ihm ein Spiegel steht und ich ihn so auch von hinten sehen kann.

Ich starre erst auf seinen knackigen Hintern, dann in sein Gesicht, als sein Atem schneller geht.

Er legt den Kopf in den Nacken und gibt ein fast animalisches Knurren von sich, bevor er noch einmal fest zustößt, dann noch einmal und ich spüren kann, wie er in mir pulsiert.

Seine Zunge fährt über meinen Knöchel, bevor er sich zu mir herabbeugt und mich küsst. Er ist kein bisschen erschöpft, obwohl das gerade Leistungssport war.

»Vergib mir, Madonna. Aber ich habe mich so lange danach gesehnt, mit dir zu schlafen, dass ich wohl ein wenig Druck abbauen musste.«

»Ach, wie lange denn?«, frage ich und schenke ihm ein aufreizendes Lächeln.

Ich will, dass er mich gleich noch einmal fickt! Genau so, nur soll er sich etwas mehr Zeit lassen, damit ich mit ihm gemeinsam kommen kann!

»Seit dem Moment, als ich in dein Büro kam«, erwidert er und erhebt sich. Er gleitet aus mir heraus und steigt aus dem Bett. »Komm, wir trinken ein wenig Champagner, bevor er warm wird, und stärken uns, bevor wir weitermachen.«

Er hält mir wieder seine Hand hin und ich folge ihm, nackt, bis auf meine Stilettos, zu dem Sofa zurück. Während ich seinen makellosen Körper mit der gebräunten Haut bewundere, stelle ich mir vor, wie es wäre, mit einem Mann wie Tiziano zusammen zu sein. Ich glaube, mit ihm würde ich es länger als vier Wochen aushalten.

Scheiß auf die Wette mit Cyn, denn ich würde keinen Tag auf Sex mit diesem Gott in Menschengestalt verzichten. Soll sie ihre beiden Leuchten, mit denen sie sich getroffen hat, einstellen. Obwohl ihre Nachricht, die ich vorhin bei der Party empfangen habe, seltsam klang.

Du hast morgen ein Gespräch mit Ernie und Bert. Zieh bloß nichts Graues an. Ansonsten könnte man die beiden formen und mit einem Butterbrot abspeisen. – Cyn

Ich bin mir nicht sicher, was ich damit anfangen soll, aber ich stelle die beiden Clowns ein, damit sie aus uns Wedding Planner machen, nur damit ich mit Tiziano richtig anfangen kann.

Als er sich zu mir setzt, hält er mir eine Erdbeere vor die Lippen. Ich lege meinen Kopf leicht schief und knabbere daran. Mein kleines Spiel mit dem Mund verfehlt seine Wirkung nicht. Das Verlangen in seinen Augen flackert erneut auf. Ja, er will mich!

»Ich hoffe, du bist ausgeruht, denn ich werde dich heute Nacht nicht schlafen lassen«, sagt er und beobachtet mich, wie ich weiterhin an der Erdbeere in seiner Hand knabbere. »Ich bereue fast, meinen Flug schon um zehn Uhr morgens zu haben. Ich hätte dich gern länger verwöhnt.«

»Du könntest doch bleiben«, schlage ich vor.

Ja, mit einem Mann wie Tiziano würde ich zusammen sein wollen.

Er schmunzelt, beugt sich nach vorn und küsst meinen Mundwinkel. »Madonna, wenn ich es nicht besser wüsste, würde ich sagen, du schlägst mir etwas Langfristiges vor. Und ja, ich würde dich gern wiedersehen, aber weder du noch ich sind für Beziehungen gemacht.«

»Käme auf den Versuch an«, murmle ich und streiche über seinen perfekten Sixpack.

»Oh Madonna.« Er lacht und schüttelt den Kopf. »Falls ich wieder in die Stadt komme, vernasche ich dich, wenn du es möchtest. Aber wir würden uns gegenseitig auf Dauer nicht guttun. Dafür sind wir nun einmal nicht bestimmt.«

Ob er da recht hat? Oder ob er das nur sagt, weil ich nicht in seiner Liga spiele? Ich gehöre keinem alten Geldadel an, so wie er. Ich habe lange für meine Agentur gekämpft, die im Vergleich zu seinem Business wohl einfach nur lächerlich aussehen muss.

»Ich werde vermutlich in einigen Wochen wieder hier sein«, reißt er mich aus meinen Gedanken und lässt alles Weitere unausgesprochen.

Ich nehme mir eine Erdbeere und halte sie jetzt ihm vor den Mund, um meine Gedanken einen Moment zu sortieren. Gut, das war eine Abfuhr, wie ich sie nicht verdient habe. Aber was komme ich auch auf die dumme Idee, mir vorzustellen, ich könnte mit ihm eine Beziehung beginnen.

Nein, ich werde mich jetzt auf die Wette konzentrieren, die ich mit Cyn laufen hatte. Nur um ihr zu beweisen, dass sie unrecht hatte. Keine Hochzeiten, keine Romantik. Das Gespräch morgen werde ich so knallhart führen, dass die beiden Luschen, die sich bei uns beworben haben, sich in die Hosen pinkeln werden.

Irgendwann muss ich ihr schreiben, dass sie den Termin um zehn ansetzen soll, weil Tiziano bis dahin ohnehin fort ist und ich dann noch die ganze Wut im Bauch haben werde.

Wozu brauchen wir einen Webauftritt, wenn ich die meisten Aufträge bei Partys wie diesen an Land ziehe? Und ich bin sicher, Tiziano empfiehlt uns weiter. Was brauche ich mehr? Außer ihn … den ich nicht haben kann, zumindest nicht als festen Bestandteil meines Lebens. Aber vermutlich hat er recht: Für so was bin ich nicht geeignet.

Nachdem Tiziano mit der Erdbeere fertig ist, reiche ich ihm mein Champagnerglas und rutsche vom Sofa. Diesmal knie ich mich zwischen seine Beine, denn ich will ihm zeigen, was er sich auf Dauer entgehen lässt.

KAPITEL 6

Tony

Orte, an denen ich gerade sein sollte: mein Bett, eine Klinik oder auch gleich ein Grab – vielleicht das, das ich mir selbst geschaufelt habe.

Der Ort, an dem ich bin: ein karg eingerichtetes Vorzimmer, dessen Wände in einem Gelbbraun gestrichen sind, das mich doch sehr an das erinnert, was ich heute Morgen in dem Eimer neben meinem Bett vorgefunden habe.

Ich sitze breitbeinig auf einem unbequemen Stuhl, habe mich mit den Unterarmen auf meinen Oberschenkeln abgestützt und versuche, ruhig zu atmen. Ich habe immer noch ein flaues Gefühl im Magen, an dem auch das ›beste Katerfrühstück der Welt‹ nichts ändern konnte, das Owen mir grinsend serviert hat.

Na ja, zumindest habe ich es bei mir behalten …

Mein Mitbewohner sitzt neben mir, wippt unablässig mit den Beinen und befummelt die Falten seiner Cordhose. Ihm geht es blendend. Warum auch nicht? Die zwei Drinks, die er gestern hatte – Bier wertet sein Körper vermutlich gar nicht mehr als Alkohol –, haben bei ihm keinerlei Spuren hinterlassen.

Bei mir hingegen …

Ich richte mich seufzend auf, greife in meine Hosentasche und ziehe den Blister mit den Schmerztabletten hervor, den ich in weiser Voraussicht mitgenommen habe. Obwohl ich schon zwei genommen habe, werden meine Kopfschmerzen einfach nicht besser.

Als ich eine der elliptischen weißen Tabletten herausdrücken will, legt Owen seine Hand auf meine.

»Vielleicht versuchst du heute mal, dich nicht zuzudröhnen«, meint er. »Ob mit Alkohol oder Drogen, spielt da keine Rolle.« Er versucht, seiner Stimme einen ernsten Klang zu geben, kann die Belustigung darin aber nicht ganz unterdrücken.

Ich gebe ein unverständliches Brummen von mir, schüttle ihn ab und genehmige mir eine weitere Tablette. Ohne etwas zu trinken, lässt sie sich schwer schlucken und ich muss gegen den Würgereiz ankämpfen, den dieses Manöver sofort wieder heraufbeschwört. Aber schließlich gelingt es mir.

»Wir haben uns doch ohnehin darauf geeinigt, dass ich mich heute völlig raushalte«, brumme ich. »Ich halte meine Klappe und du sorgst dafür, dass ich nichts sagen muss.«

»Nachdem du gestern bewiesen hast, dass du auch auf nonverbaler Ebene fähig bist, es zu versauen, gehe ich heute lieber auf Nummer sicher«, entgegnet Owen. Dann lacht er. »Echt, diese Nummer gestern! Ich wusste ja, dass du nichts verträgst, aber dass du …«

Abwehrend hebe ich eine Hand. »Bitte, du brauchst es mir nicht noch mal zu erzählen.«

Ich lehne mich zurück und stütze den Hinterkopf an der Wand in meinem Rücken ab. Mich überkommt eine Gänsehaut und ich spüre, wie mein Kreislauf absackt. Wieder atme ich tief durch, während mir durch den Kopf geht, was Owen mir über den Ausgang unseres Vorstellungsgesprächs berichtet hat.

Ich wollte Ms. Martin einen weiteren Cocktail holen und hatte ein kleines Gerangel mit einem Stuhl. Ja, so weit reicht auch meine eigene Erinnerung noch. Und ich weiß, dass mir dabei schlecht geworden ist. Danach herrscht jedoch Ebbe, Dunkelheit in meinem Kopf.

Laut Owen habe ich mich daraufhin wieder zu Ms. Martin umgedreht, vermutlich, um mich wortreich zu entschuldigen. Es kam auch ein ganzer Schwall aus mir heraus, allerdings waren das keine Wörter. Röchelnd und gurgelnd habe ich mich übergeben – mitten in der Bar und zu allem Überfluss auch noch direkt auf den Schoß unserer potenziellen Arbeitgeberin. Und als ich dann nach Servietten greifen wollte, um mein *Missgeschick* zu beseitigen, habe ich auch noch den letzten Caipirinha verschüttet, ebenfalls auf Ms. Martin.

Es muss keine schöne Mischung gewesen sein: Caipi auf der Bluse, Kotze auf dem Rock.

Ich will mir das gar nicht vorstellen!

Es muss ein ganz schönes Aufsehen gegeben haben und ohne Owens Eingreifen hätte ich vermutlich richtig Ärger bekommen. Aber so hat der Typ von der Security mich nicht zu Brei geschlagen, sondern mich mütterlich umsorgt und mir auf dem Klo Händchen gehalten, während Owen sich um Ms. Martin gekümmert hat.

Dass wir jetzt hier sitzen, im Vorzimmer zu ihrem Büro, geht noch immer nicht in meinen Kopf.

»Wie hast du sie nur überzeugen können, uns trotzdem einzuladen, nachdem ich mich so danebenbenommen habe?«, frage ich ihn und räuspere mich, als ich merke, wie belegt meine Stimme klingt. Als hätte ich gestern nicht nur gesoffen, sondern auch geraucht.

»Hab ich dir doch gesagt: Dem Charme des Owen Sanders widersteht niemand.«

»Im Ernst …«

Owen seufzt. »Ich hab ihr irgendwas von schlechten Burritos erzählt, die du am Tag vorher hattest, und dass es dir schon die ganze Zeit nicht gut ging, du aber keinesfalls auf diese tolle Chance verzichten wolltest. Und dann hab ich ihr aus ihren dreckigen Sachen geholfen, wenn du verstehst.« Er zwinkert mir zu.

Ich hasse ihn …

»Das Geld für die Reinigung zahlst du mir allerdings zurück«, schiebt er hinterher.

»Und warum musstest du gleich für heute Morgen das nächste Treffen arrangieren?«, werfe ich ihm vor und deute auf die Uhr, die gerade mal kurz vor zehn zeigt. »Dir war doch klar, dass es mir beschissen gehen würde.«

Er zuckt mit den Schultern. »Strafe muss sein.«

»Vergiss es, das bringt doch nichts«, murre ich und will aufstehen. »Nach der Aktion würde mir nicht mal meine eigene Mutter einen Job geben.«

Owen hält mich an der Schulter fest und drückt mich zurück auf den Stuhl. »Nichts da. Wir wollten das Ding zusammen durchziehen und das werden wir auch. Außerdem wollte sie uns beide sehen. Reiß dich zusammen, versuch, nett auszusehen, und überlass mir das Reden. Dann wird das schon.«

Ich will ihm gerade vorschlagen, mich doch aufgrund einer ernsteren Lebensmittelvergiftung zu entschuldigen, als ein leises *Ping* ertönt. Synchron wenden Owen und ich unsere Köpfe dem Aufzug zu, mit dem auch wir in diese Etage gekommen sind. Als die

Türen sich öffnen und eine Frau heraustritt, bleibt mir jedes weitere Wort im Halse stecken.

Sie ist eine Königin.

Sie ist eine Göttin.

Sie ist …

»Der Wahnsinn …«, höre ich Owen flüstern.

Ja, das trifft es. Ihr ganzes Erscheinungsbild haut einen einfach nur um. In einem engen schwarzen Etuikleid steckt ein perfekter Körper – weder mager noch dick noch zu sportlich. Ihr braunes Haar ist zu einem ordentlichen Knoten gebunden und lenkt die Aufmerksamkeit auf ihr markantes Gesicht. Irgendwie wirkt es hart, was wahrscheinlich durch das dunkle Make-up und den weinroten Lippenstift kommt. Gleichzeitig hat es aber eine Weichheit, die ich nicht beschreiben kann.

Wie sie wohl aussieht, wenn sie lächelt? Ihr Lächeln muss dem Begriff *Schönheit* eine ganz neue Dimension verleihen!

Komm, zeig es mir, bitte!, flehe ich in Gedanken.

Doch der Ausdruck in ihrem Gesicht bleibt ernst, als sie uns mustert. Dann, ohne auch nur ein einziges Wort an uns zu richten, rauscht sie vorbei und verschwindet hinter der Tür mit der Aufschrift *E. Johnston – Chief Executive Officer*.

Mit offenem Mund starre ich ihr nach.

»Also, wenn das Chefin Nummer zwei war«, raunt Owen mir zu, dem mein debiler Gesichtsausdruck nicht entgeht, »meinst du nicht, dass es sich dann doch lohnt, zu bleiben?«

Ich nicke nur und beginne erneut mit meinen Atemübungen, denn ich merke, wie sich mein Kreislauf nun ganz verabschieden will.

Kein Wunder, so schnell wie mein Herz gerade schlägt.

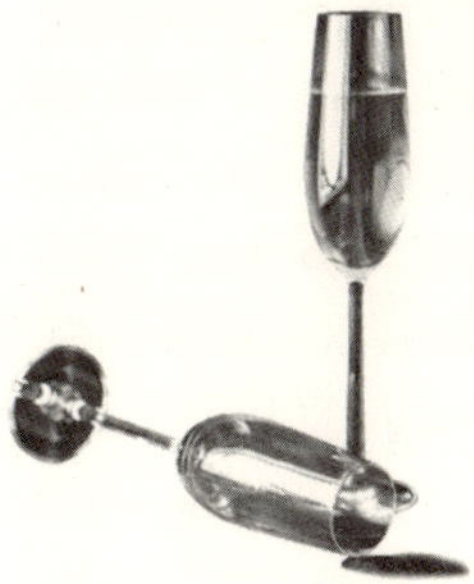

KAPITEL 7

Liz

Ich gebe dem Taxifahrer ein Trinkgeld und steige schwungvoll aus. Bezahlt hat das Taxi Tiziano, als er mit mir das Hotel verlassen hat. Der Abschied war – um es neutral zu formulieren – fast so, als hätten wir gerade ein Meeting über Absatzzahlen geführt. Ein Händedruck, ein höflich distanziertes Lächeln. Wenn nicht mein gesamter Unterleib immer noch köstlich schmerzhaft pulsieren würde, hätte ich gedacht, ich hätte alles nur geträumt.

Immerhin, wir haben tatsächlich bis in die frühen Morgenstunden gevögelt. Kurze Pausen, in denen wir uns gegenseitig mit Erdbeeren und Champagner verköstigten, oder die halbe Stunde wildes Gefummel im Whirlpool zähle ich da nicht mit.

Als ich mich kurz zurückziehen konnte, habe ich Cyn geschrieben und sie hat den Termin bestätigt. Das hat keine fünf Minuten gedauert und Tiziano erwartete mich mit einem harten Ständer und voller Verlangen zurück. Der muss doch irgendwelche Tabletten eingeworfen haben, um es so lange machen zu können. Jeder Marathonläufer wäre auf die Ausdauer neidisch, und damit meine ich allein die Tatsache, dass ihm bei dem ganzen Stöhnen und Ficken nicht die Luft ausgegangen ist. Von der Standhaftigkeit mal zu schweigen.

Ja, nach dem zweiten Höhepunkt musste ich mir Mühe geben, damit er noch mal in Stimmung kam, aber dann … DANN!

»Morgen, Liz«, grinst Cyn mich an und hält mir einen Starbucksbecher unter die Nase. »Siehst durchgevögelt aus. Und müde.«

»Ich kann fast nicht sitzen«, brumme ich und rieche an dem Kaffee. Ein dezentes Kokos-Aroma steigt auf und ich fühle mich gleich besser. Augentropfen wären nicht schlecht. Kaum denke ich darüber nach, hält Cyn mir ein Fläschchen hin. Augentropfen, tatsächlich. »Bist meine Heldin«, seufze ich, schiebe die Sonnenbrille auf meine Stirn und träufle die Flüssigkeit in meine geröteten Augen.

»Das nächste Mal bringe ich noch Kleidung zum Wechseln mit«, meint Cyn und betrachtet mich. »Hast du denn wenigstens bekommen, was du wolltest?«

»Was den Sex betrifft, ja. Und dabei möchte ich es belassen.« Ich will ihr nicht erklären, dass ich eine Abfuhr bekommen habe und die Verabschiedung von Tiziano, obwohl wir uns eine Nacht heiße Lust bereitet haben, mehr als kühl war. Dass er mich in ein Taxi gesteckt hat, lässt den Beigeschmack eines Callgirls zurück. Nachdem er im Raum stehen gelassen hat, dass er vermutlich demnächst mal wieder in der Stadt sei, habe ich nicht versucht, ihn erneut auf ein weiteres Treffen anzusprechen.

Langsam wird mir klar, wie die Männer sich von mir behandelt fühlen, wenn ich sie abserviere. Wobei … ob einer von denen wirklich dachte, dass aus uns mehr hätte werden können?

»Wie war dein Abend mit Ernie und Bert?«, frage ich also, um uns beide vom Thema abzulenken. »Und wer ist wer?«

Cyn schmunzelt und hält mir die Akte mit den beiden Lebensläufen hin. Sie hat zu jedem ein paar Notizen gemacht. »Du findest bald raus, wer wer ist. Aber der Abend war ganz nett. Mr. Sanders ist ein Aufreißer, aber hat etwas Charmantes an sich. Mr. Evans verträgt keinen Alkohol, ist aber irgendwie putzig.«

»Putzig«, hake ich nach und hebe eine Augenbraue.

»Ja, putzig. Du siehst ja gleich, was ich meine.« Sie hält mir ein Täschchen hin und nimmt mir Akte und Kaffee ab. »Richte dich mal vorzeigbar her, Liz. Die sollen wissen, wer der Boss ist, wenn sie dich sehen.«

Ich stoße den Atem aus, während ich in den luxuriösen Waschraum des Empfangsbereichs unseres Bürogebäudes gehe. Wir teilen ihn mit anderen Firmen, weswegen er für alle Kunden vorzeigbar sein muss. Cyn folgt mir.

»Er hat nach einem Cuba Libre schon nur noch Müll gequatscht«, erklärt sie mir, während ich meine Augenringe abdecke. »Nach einem Caipi ist er dann richtig aus dem Ruder gelaufen und hat nach einem etwas peinlichen Zwischenfall mit dem Stuhl nur noch vor sich hingestarrt und etwas von ›Leben versauen‹ gebrabbelt.«

Ich werfe ihr einen Blick über den Spiegel zu. »Und den willst du einstellen, ja?«

Sie zuckt mit den Schultern. »Er hat Talent, glaube ich. Seine Vorschläge, so seltsam sie klangen, waren sinnvoll und er hat sich über uns informiert. Und Mr. Sanders hat mir ebenfalls interessante Möglichkeiten aufgewiesen.«

»Du hast nicht mit ihm geschlafen, oder?«, hake ich nach, weil die Wortwahl zweideutig war.

»Nein. Noch nicht«, erwidert sie und zwinkert. »Wie wär's: Du einen, ich den anderen?«

»Verzichte«, brumme ich und bin sicher, die nächsten Tage nicht mal an Sex zu denken. »Sollte ich sonst was wissen?«

»Nein. Sei nett, höflich und handle sie runter. Sie können sich ja hochschlafen.« Meine Partnerin lacht.

»Na dann«, seufze ich, nehme die Akte und verlasse den Waschraum. Vor dem Aufzug bleibt Cyn stehen, während ich einsteige. »Kommst du nicht mit?«

»Nö. Ich hatte schon das Vergnügen. Du darfst sie beide ganz für dich haben. Bis später.«

Die Türen schließen sich und ich stoße leise Verwünschungen aus. Ich habe so was von keine Lust auf die beiden. Ich meine, auf ein Bewerbungsgespräch, natürlich. Toll, jetzt denke ich doch wieder an Sex. Aber sicher nicht mit den Luschen.

Als der Lift hält und die Türen aufgehen, entdecke ich sie im Wartezimmer. Tingeltangel-Bob trägt eine hellbraune Cordhose und sieht mich erwartungsvoll an. Und der andere ... Meine Güte, der muss gestern Abend wirklich abgestürzt sein. Er erinnert mich an einen Vampir. Oder an das letzte Opfer eines Blutsaugers, so bleich wie er ist. Das helle Hemd, das ihm mindestens eine Nummer zu groß ist, und die schwarze Jeans unterstreichen seinen offensichtlichen Hangover. Ich hoffe nur, er kotzt mir nicht auf den Teppich.

Er sieht mich an und seine Augen weiten sich, während sein Mund sich zu einem – immerhin lautlosen – ›Oh‹ formt. Auch Tingeltangel-Bob checkt mich ab, aber bei Weitem nicht so unschuldig wie Dracula.

Gut, ich bin der Boss und das sollen sie wissen. Männer können mich mal. Nein, nicht aufs Kreuz legen. Gestohlen bleiben. Richtig. Männer können mir gestohlen bleiben.

Wortlos rausche ich an ihnen vorbei und werfe die Tür hinter mir zu. Ich muss mich sammeln. Das kann nicht Cyns Ernst sein! Die beiden sind Clowns! Sanders sieht mich wie ein Lüstling an und bei Evans bekomme ich Milcheinschuss und Muttergefühle. Falls ich so was hätte.

Jungs wie die beiden esse ich zum Frühstück. Was mich darauf bringt, dass ich Schokolade brauche. Aber ich habe gestern alles aufgegessen. Verflucht! Wie soll ich den Tag ohne Schokolade überstehen?

Ich rufe Stacy an, unser Mädchen für alles, und lasse sie Wasser und Kaffee auf die Terrasse bringen. Dann gehe ich hinaus in den Wartebereich und baue mich vor den Schnarchnasen auf.

Tingeltangel-Bob springt auf und streckt mir seine Hand entgegen. Er lächelt und seine grünen Augen schweifen über meinen Körper. Für gewöhnlich finde ich das gut, aber nicht heute.

»Ms. Johnston, vielen Dank, dass Sie uns empfangen«, sagt er und versetzt seinem Kumpel einen dezenten Tritt, als dieser mich wie ein Zombie anstarrt. »Ich bin Owen Sanders, das ist mein Kollege Anthony Evans.«

»Ms. Johnston«, krächzt Dracula und hält mir zittrig seine Hand hin, während er sich auf die Beine kämpft. Ich habe fast Mitleid.

»Folgen Sie mir«, fordere ich sie ohne Umschweife auf und führe sie zur Terrasse.

Von Stacy ist nichts mehr zu sehen, dafür stehen Kaffee und Wasser auf dem Tisch. Ich biete den beiden einen Platz an, schlage ihre Akte auf und zücke meinen Füllfederhalter.

Mr. Evans schwankt, als er sich hinsetzt, und hebt seine Hand, als wollte er sich an die Schläfen fassen, lässt sie jedoch sinken, als er meinen Blick bemerkt. Mr. Sanders lehnt sich entspannt zurück und grinst mich an. Selbstbewusstsein hat er, aber das treibe ich ihm schon noch aus.

»Darf ich Ihnen Wasser einschenken?«, höre ich Mr. Evans fragen.

Er zuckt, als ich ihn ansehe, dann ringe ich mir ein Lächeln ab. »Ja, gern«, erwidere ich und lasse das Lächeln wieder verschwinden.

Gut, einer der beiden hat Manieren. Immerhin.

Ich überfliege ihre Lebensläufe, obwohl ich sie längst kenne. Aber ich will sie schmoren lassen. Was Mr. Sanders offenbar nicht verträgt.

»Wie Sie vermutlich sehen können, haben wir beide eine gewisse Erfahrung gesammelt«, beginnt er und hält inne, als ich ihn anfunkle.

»Ja, das sehe ich. Sie waren als Freelancer bei ein paar Blogs und kleinen Zeitungen vertreten, haben aber nirgendwo richtige Referenzen aufzuweisen.«

Mein Ton ist kalt und verfehlt seine Wirkung nicht. Sanders' Grinsen verschwindet und er scheint in sich zusammenzuschrumpfen. Vielleicht hat sein Charme bei Cyn Eindruck hinterlassen, bei mir gelingt das nicht.

»Und Ihr Kollege hat einen Abschluss einer renommierten Uni in Softwareprogrammierung, schlägt sich aber mit Gelegenheitsjobs durch.« Ich schlage die Akte zu und sehe zuerst Sanders an, der immer kleiner wird, bevor ich mich Evans zuwende. Seine blauen Augen sind auf mich gerichtet. Liebe Güte, mit dem Blick hätte er echte Chancen auf Mitleidssex. Ich meine, einen Mitleidsjob. Egal. »Ich sage Ihnen, was mir Ihr Lebenslauf verrät. Sie haben keine Lust, zu arbeiten.« Ich wende mich wieder Sanders zu, der mittlerweile fast so bleich ist wie sein Freund. »Ich habe zu viel Herzblut, Tränen und Schweiß in diese Agentur gesteckt, um ihre Zukunft in die Hände von zwei Möchtegern-Entrepreneuren zu legen.« Meine Aufmerksamkeit kehrt zu Evans zurück, der sich unbehaglich räuspert. Gut, dann soll er mir Rede und Antwort stehen. »Ich will nur einen Grund wissen, warum ich Sie einstellen sollte«, zische ich und sehe Evans dabei so eindringlich an, dass er noch ein Stück blasser wird.

Sanders setzt zwar zu einer Erwiderung an, aber der Vampir hebt zitternd seine Hand und sein Freund schweigt tatsächlich. Wundert mich.

»Ich habe mir Ihre Seite angesehen«, beginnt er und räuspert sich. Wobei ich fast das Gefühl habe, dass er sich beherrschen muss, um nicht zu würgen. »Und ich habe mir die wenigen Dinge angesehen, die man sonst über Sie im World Wide Web findet. Sie verstehen etwas von Ihrem Job, aber das erfahren nur diejenigen, die über Empfehlungen auf Sie aufmerksam werden.«

Er macht eine Pause und greift nach dem Glas Wasser. Behutsam trinkt er einen Schluck, dann noch einen. Das gibt mir Zeit, *ihn* abzuchecken. Ein Traum von einem Mann wie Tiziano ist er nicht, obwohl ich die schwarzen Haare gut finde. Wenn er sie etwas länger wachsen ließe, sähe er vermutlich richtig heiß aus. Etwas mehr Training und an seiner Haltung müsste er arbeiten. Aber er hätte Potenzial.

Am liebsten würde ich mir eine scheuern. Verflucht, nicht schon wieder ein Typ wie Jim-Tim. Nicht wieder so eine Mitleidsnummer.

»Wir könnten Ihnen helfen, die richtigen Leute anzusprechen«, fährt Dracula schließlich fort und stellt das Glas ab. Seine Hand zittert dabei so sehr, dass ich überrascht bin, als es unfallfrei auf dem Tisch ankommt. »Owen ist begnadet darin, die richtigen Worte zu finden, und ich kenne mich im Design genug aus, um Ihnen eine Online-Visitenkarte zu zaubern, mit der Sie jeden beeindrucken.«

Ich verschränke meine Finger und starre Evans an. »Sind Sie fertig?«, frage ich und er schluckt schwer, bevor er nickt. »Ich sagte bereits, Ihr Lebenslauf spricht nicht für Sie. Aber da ich immer schon eine Schwäche für verkorkste Menschen hatte, gebe ich Ihnen eine Chance.« Jetzt mache ich eine Pause und sehe Sanders an, der ebenfalls schwer schluckt. Perfekt, sie wissen, wer hier der Alpha ist. »Ich gebe Ihnen vierundzwanzig Stunden Zeit, mir ein Konzept zu präsentieren. Sie, Mr. Evans, zeigen mir in Bulletpoints, wer mein Zielkunde ist und wie ich ihn erreiche. Ich erwarte ein durchdachtes Farbschema. Und Sie, Mr. Sanders, zeigen mir den Ansatz einer Strategie, diesen Kunden zu erreichen.«

Die beiden Männer reißen ihre Augen auf, schweigen aber. *Mission erfüllt*, denke ich und stehe auf.

»Das wäre alles. Morgen um zwölf Uhr erwarte ich Sie mit einer Präsentation hier. Ms. Martin wird ebenfalls daran teilnehmen. Enttäuschen Sie mich nicht.« Ich schiebe ihnen einen Umschlag zu. »Das wäre unser Vorschlag für Ihr Einstiegsgehalt.«

Tingeltangel-Bob greift nach dem Kuvert und steckt es brummend ein.

Ich bin gespannt, wie sie den Vorschlag annehmen werden. Könnte sein, dass sie sich mehr zutrauen, als sie wirklich draufhaben.

Ich begleite sie zum Fahrstuhl und warte, bis sie fort sind. Dann gehe ich in mein Büro, werfe mich auf die Couch und schließe die Augen, fühle mich jetzt etwas besser als vorhin.

Ich habe die beiden so dermaßen eingeschüchtert, dass ich sie zumindest für eine Sache nutzen kann: meine Wette mit Cyn zu gewinnen und es vier Wochen mit einem Typen auszuhalten, ohne mit ihm zu schlafen.

KAPITEL 8

Tony

So eine arrogante Zippe«, schimpft Owen und pfeffert seine Umhängetasche schwungvoll auf unsere Couch. »Es ist mir ein Rätsel, wie Cynthia mit der zusammenarbeiten kann.«

»Cynthia?«, frage ich und lasse mich neben die Tasche fallen.

»Ms. Martin.«

»Ihr duzt euch?« Ich ziehe eine Augenbraue hoch.

Owen sieht mich vielsagend an. »Meinst du, nach einem Abend wie gestern sieze ich sie noch?«

Okay, damit besteht kein Zweifel mehr, dass er mit ihr im Bett war. Beste Voraussetzungen also, um bei der Agentur anzufangen – nicht.

»Was hältst du von der Sache?«, frage ich, um ihn davon abzuhalten, mir noch weitere Details der letzten Nacht zu offenbaren, die mir nur wieder auf den Magen schlagen.

»Ach, das können wir knicken«, meint er, während er in Richtung Kaffeemaschine geht. »Diese Johnston sucht keine Mitarbeiter – die sucht ein paar Idioten, die ihr für lau ein Konzept erstellen, das Cynthia dann stümperhaft umsetzt. Alles wäre besser …«

Den Rest seiner Worte verschluckt das laute Rattern der Maschine, als sie die Bohnen zermalmt.

Owen sieht mich fragend an und seinen Lippenbewegungen entnehme ich, dass er wissen will, ob ich auch einen Kaffee will. Ich gebe ihm ein ablehnendes Zeichen.

Kaffee ist in zweierlei Hinsicht gerade nichts für mich: Zum einen hebt sich mein Frühstück schon beim Gedanken an das bittere Getränk, das ich sonst eigentlich liebe. Und zum anderen holt die Lautstärke dieser Teufelsmaschine meine Kopfschmerzen zurück, welche die dritte Tablette erfolgreich vertrieben hatte. Je eher wieder Ruhe herrscht, desto besser.

»So eine abgebrühte Tussi«, wettert Owen weiter, als er mit einer dampfenden Tasse zurückkehrt. »Ich kann mir gut vorstellen, wie das dort läuft. Cynthia managt die ganzen Kundenkontakte und die Johnston macht die Finanzen. Anders kann ich mir nicht erklären, dass es bei ihnen läuft. Die kann man ja nicht auf Menschen loslassen.«

»Du bist doch nur angefressen, weil sie nicht so auf dich angesprungen ist, wie die Frauen es sonst tun«, stichle ich.

Ja, ich gebe zu: So scheiße ich mich fühle, ich bin froh, bei dem Treffen dabei gewesen zu sein. Zu sehen, wie Owen derart abgefertigt wurde, war Balsam für meine Seele.

Dass Ms. Martin nicht dabei war, hat die Sache auch leichter gemacht. Vielleicht hat sie ihrer Partnerin noch nicht mal von meinem furchtbaren Auftritt erzählt. Zumindest hat Ms. Johnston nicht unbedingt das Gefühl in mir geweckt, ich müsste mich für irgendetwas schämen.

»Nicht angesprungen? Hallo?« Owen schnaubt entrüstet. »Also, wenn die in dem Gespräch nicht die ganze Zeit an Sex gedacht hat, weiß ich auch nicht.« Er schüttelt den Kopf. »Glaub mir, Tony, ich kenne solche Frauen. Die hat ungefähr das gleiche Sexleben wie du, nur dass *sie* völlig frustriert davon ist.«

»Musst du immer alles auf dieser Ebene bewerten?«

»Ach komm, du Saubermann! Auf welcher Ebene hast du sie denn bewertet?«, kontert er.

Ich lehne mich zurück, verschränke die Hände hinter meinem Kopf und starre an die Decke. »Ich glaube, dass die beiden richtig geniale Geschäftsfrauen sind. Aber sie hängen in einem Zirkel fest, aus dem sie nicht rauskommen.«

Mit den Augen fahre ich den Umriss eines Flecks entlang. Der stammt von einem von Owens Versuchen, mir eine Getränkedose zuzuwerfen. Ob es Cola, Bier oder einer dieser roten Energydrinks war, weiß ich nicht mehr – nur, dass ich nicht gefangen habe. Die Konsequenz war, dass wir das Wohnzimmer streichen mussten. Nur bei der Decke hatten wir dann keine Lust mehr.

Ob es an dem Restalkohol in meinem Blut liegt, der mich so philosophisch stimmt, an einer Überdosis Kopfschmerztabletten oder einfach an dem beflügelnden Gedanken an Ms. Johnston, weiß ich nicht. Aber plötzlich wird mir klar, dass dieser Fleck dort oben mein Leben perfekt widerspiegelt. Nicht, weil er unförmig, störend oder hässlich ist, nein. Mit ihm ist es einfach wie mit allen anderen Dingen: Ich fange etwas an, bin gut darin (ja, um braune Flecken mit weißer Farbe zu überdecken, braucht es einiges an Geschick) und dann breche ich ab, werfe hin, gebe auf.

Ich sehe meinen Kumpel an. Er ist im Grunde nicht anders, was man schon an der Vielzahl seiner angefangenen Studiengänge sieht. Na ja, zumindest hat er wenigstens einen davon beendet, was er wiederum nur mir zu verdanken hat.

War ich früher schon so wankelmütig oder bin ich durch ihn so geworden?

Was für ein idiotischer Gedanke. Selbst wenn das der Fall ist – ich will Owen unter keinen Umständen in meinem Leben missen.

Aber ich möchte es ändern!

Schwungvoll richte ich mich auf und unterdrücke ein Stöhnen, als mein Kopf mit heftigem Pochen darauf reagiert.

»Wenn wir den beiden den Onlineauftritt verschaffen, der ihrer Arbeit gerecht wird«, sage ich und sehe Owen beschwörend an, »wird ihre Agentur durch die Decke gehen.« Owen will mir ins Wort fallen, aber ich rede einfach weiter. »Wir machen ihnen ein Konzept mit ganz simplen Optimierungen. Dinge, die jeder Laie machen würde, der den Begriff ›Online-Marketing‹ auch nur gegoogelt hat. Die beiden haben keine Ahnung von so was – solange genug Fachwörter drin sind, werden wir sie damit überzeugen. Sie *werden* uns einstellen, davon bin ich überzeugt.«

»Ja, aber zu einem Hungerlohn«, erinnert Owen mich an den Gehaltsvorschlag, den Ms. Johnston uns am Ende des Gesprächs durch ein Kuvert unterbreitet hat.

»Zu Anfang«, widerspreche ich. »Sobald wir mit der Arbeit angefangen haben, werden ganz schnell Resultate kommen – und seien es auch nur begeisterte Google-Bewertungen …«

»… die wir eingekauft haben.« Owens Augen werden etwas größer. Er hat begriffen. »Und kaum wackelt der erste Neukunde rein, der auf unser Konto geht …«

»… verhandeln wir das Gehalt neu und haben mit einem Schlag einen gut bezahlten und dabei extrem relaxten Job«, beende ich meine Ausführung und grinse ihn schief an.

Owen fährt sich über das glatt rasierte Kinn. Dabei bekommt sein Gesicht einen verträumten Ausdruck. »Gut, ich gebe zu, das klingt verlockend. Partys besuchen, Artikel darüber schreiben und währenddessen Cynthia auf ihren süßen Hintern glotzen.« Nun grinst er ebenfalls.

Mir hingegen vergeht das Lachen bei seinen Worten, die mich an den gestrigen Abend erinnern.

»Erst mal müssen wir den Job kriegen«, merke ich an.

Genervt wirft mein Gegenüber die Hände in die Luft. »Alter, gerade warst du noch mega-überzeugt, dass das ein Kinderspiel wird.«

»Ein Konzept zu entwickeln, das die Johnston überzeugt, ist auch nicht das Problem. Aber hallo: Du hast die Zweitchefin flachgelegt, nachdem ich ihr auf den Schoß gekotzt habe!«

Uhhh, Brüllen ist keine gute Idee, wie mir mein Kopf sofort entgegendröhnt.

Owen nippt an seinem Kaffee und murmelt dabei etwas in seine Tasse.

»Bitte?«, sage ich nun wieder ruhiger.

»Habe ich nicht«, wiederholt er, wenn auch kaum lauter. Dann sieht er mich an. »Ich hab mich für dich entschuldigt und dann ist sie abgehauen. Kein heißer Abschied, kein Entkleiden, kein Sex – nicht mal ein *Du* statt *Sie.*«

Ich stöhne frustriert. »Und warum hast du so einen Scheiß erzählt?«

Er zuckt mit den Schultern.

Das ist Owen. Ein echt lieber Kerl, aber ein Aufschneider vor dem Herrn!

»Aber hey – ist doch nur von Vorteil«, will er mich milde stimmen. »So muss es nur einem von uns peinlich sein, ihr über den Weg zu laufen.«

Am liebsten würde ich ihm eine reinhauen. Aber dann hätten wir Blutflecken auf dem Teppich und ich habe keine Lust, schon wieder zu renovieren.

»Lass uns einfach nicht mehr darüber reden«, winke ich stattdessen ab, »und hoffen, dass es Ms. Johnston ist, die in der Agentur die personellen Entscheidungen trifft.«

»Gut.« Voller Tatendrang springt Owen auf. »Ich hole meinen Laptop. Lass uns eine Präsentation fertig machen, die die beiden Miezen umhaut!«

Auch ich stehe auf, schüttle aber den Kopf. »Das kannst du knicken. In meinem Schädel schwimmt in Rum eingelegte Matschepampe statt eines funktionierenden Gehirns. Ich hau mich noch mal zwei Stunden aufs Ohr, danach können wir loslegen.«

Diese Frau schafft es, dass ich mich tatsächlich wieder wie auf der Highschool fühle.

Ich muss daran denken, wie wir mal einen Aufsatz über die aktuelle politische Lage in Chile schreiben mussten und dann irgend so ein hochrangiger Minister zu Gast war, der die besten drei Arbeiten gelesen und mit den Schülern besprochen hat. Mein Aufsatz war dabei und das Gefühl, als dieser Politiker-Bob ihn gelesen hat … Wie er dabei die Stirn gerunzelt und mir immer wieder prüfende Blicke zugeworfen hat …

Jap, in diesem Moment erinnert Ms. Johnston mich sehr an ihn.

Owen und ich haben eine zwölfseitige Mappe zusammengestellt, in der wir auf Website-Aufbau, Farbschema und Inhaltsspezifikation eingegangen sind – natürlich optimal auf die Zielgruppe von ›Johnston & Martin‹ abgestimmt: renommierte Familienunternehmen mit männlicher Führung.

Dass ich der Meinung bin, dass sie ihre Kundenansprache deutlich ausweiten sollten – vor allem auch auf das weibliche Klientel –, habe ich in meinen Ausführungen erst mal weggelassen. So was kommt später.

Falls es ein *später* gibt. Ms. Johnston sieht nämlich gerade nicht sonderlich begeistert aus. Gut, sie sieht auch nicht enttäuscht oder verärgert aus. Ihre Miene ist einfach nur ernst und konzentriert.

Ms. Martin hingegen, die dieses Mal auch anwesend ist, lächelt uns die ganze Zeit an – und zwar uns beide.

Während Owen ihr sein Wolf-trifft-Rotkäppchen-Lächeln schenkt, kann ich ihr nicht in die Augen sehen. Auch wenn sie kein Wort über meinen Fauxpas verloren hat, schwebt er doch zwischen uns wie ein unangenehmer Geruch.

Um nicht die ganze Zeit peinlich berührt auf meine Hände zu starren, die ich im Schoß gefaltet habe, versuche ich hin und wieder, Blickkontakt mit Ms. Johnston herzustellen. Ich scheitere kläglich, denn ihre Augen kleben an dem Papier in ihrer Hand.

Ich habe erwartet, sie würde es nur überfliegen, aber sie liest alles ganz genau. Ob sie doch mehr Ahnung von der Materie hat, als wir dachten? Wenn ja, wird sie sich von unserem Konzept verarscht fühlen und uns jeden Moment nach draußen scheuchen.

Nach quälend langen Minuten des Schweigens schließt sie die Mappe und sieht uns an.

Meine Nervosität steigert sich ins Unermessliche. Nicht etwa, weil ich endlich wissen will, ob wir diesen verdammten Job haben, sondern weil der Blick ihrer braunen Augen so tief in mich dringt, dass ich das Gefühl habe, von innen zu verglühen.

Ich fühle mich, als würde ein Superheld aus diesen X-Men-Filmen vor mir sitzen – der mit den Laseraugen, nur in weiblich und supersexy.

Wahnsinn, es wirkt fast, als würden ihre Augen golden leuchten. Ob sie wirklich Laser…

»Ich hätte schon etwas mehr Tiefgang erwartet«, reißt mich ihre Stimme aus meinen Gedanken.

Ich kann nicht verhindern, dass ich zusammenzucke, als sie die Mappe mit einem lauten Knall auf den Tisch wirft. Aber ich zwinge mich, den Blickkontakt zu halten.

Diese Augen … Ihre Sanftheit, ihr engelsgleiches Strahlen passt überhaupt nicht zu der herrischen Art und dem toughen Auftreten.

Mich überkommt der Drang, ein Gedicht über sie zu schreiben. Ich habe noch nie gedichtet, aber für sie …

Verdammt, Tony! Bist du völlig bescheuert?, schimpfe ich innerlich und lustigerweise haben meine Gedanken die Stimme von Owen.

Wenn der wüsste, was mir gerade durch den Kopf geht …

Ich werfe ihm einen raschen Seitenblick zu. Er hat sich gestrafft, wird wohl gleich ansetzen, Ms. Johnston unsere Überlegungen zu erläutern. Aber noch ruhen seine Augen auf ihrer Partnerin und *ich* weiß zumindest genau, woran *er* gerade denkt.

In der nächsten halben Stunde bin ich Zeuge eines echten Pingpong-Spiels. Owen und Ms. Johnston liefern sich einen Schlagabtausch, der sich gewaschen hat.

Aber ich bin stolz auf meinen Freund. Im Gegensatz zu gestern schrumpft er unter ihren Worten nicht zusammen, sondern bleibt völlig Herr der Lage, auch wenn er deutlich sachlicher argumentiert, als ich es sonst von ihm gewohnt bin. Er mimt den souveränen Geschäftsmann, anstatt wie sonst den Charmebolzen raushängen zu lassen.

Ich halte mich raus. Im Gegensatz zu gestern bin ich zwar heute fit wie ein Turnschuh und könnte stundenlang über die Merkmale einer funktionstüchtigen Website referieren, aber ich habe das Gefühl, dass mein Beitrag zu dem Ganzen schlichtweg niemanden interessiert. Beide Frauen sind auf Owen fixiert, der unser kleines Marketingschiff behände durch diese Agenturklippen steuert. Ich bin nur der Typ, der an der Reling steht und die Haie anstarrt, gleichermaßen verängstigt wie fasziniert.

Nein, ein Hai ist Ms. Johnston nicht. Eher eine Sirene, eine Meerjungfrau.

Oh Mann! Zum Glück bemerke ich selbst, wie sich mein Mund zu einem debilen Grinsen verziehen will. Was ist nur los mit mir?

Mit einem Mal wird mir klar, was ich hier mache. Ich will diesen verdammten Job – aber nicht wegen der tollen Arbeit, des Gefühls eines sicheren Einkommens oder der Aussicht auf leicht verdientes Geld. Ich will ihn wegen *ihr*.

Ich, der bisher völlig darauf fixiert war, Karriere zu machen (oder wenigstens eine anzufangen), kämpft gerade um einen absoluten Idiotenjob, nur weil ihn die potenzielle Chefin zu philosophischen Ergüssen anregt. Bin ich eigentlich vollkommen durchgeknallt?

»In Ordnung, Mr. Sanders ...«, meint diese gerade und tauscht einen Blick mit ihrer Partnerin. »Ich denke, wir sollten es miteinander versuchen. Wir haben hier einen Beratervertrag für Sie, den Sie bitte ...«

»Nein«, fällt Owen ihr ins Wort. »Wenn wir dieses Konzept für Sie umsetzen und weiter ausbauen sollen, dann nur als Ihre Mitarbeiter. Verträge dieser Art«, er deutet auf die Blätter, die Ms. Johnston gerade aus einer ihrer Schubladen gezogen hat, »können wir woanders zu deutlich besseren Konditionen bekommen. Schrauben Sie Ihre hoch oder bieten Sie uns eine Festanstellung. Sonst kommen wir nicht ins Geschäft.«

Ich unterdrücke den Impuls, über den Tisch zu greifen, ihr die Verträge aus der Hand zu reißen und meine Seele an den Teufel zu verkaufen. Owen hat recht, das hier läuft nur mit der Sicherheit eines echten Arbeitsvertrags.

Ms. Johnston verzieht die Lippen zu einer schmalen Linie. Ihr gefällt es nicht, dass wir mehr fordern. Aber hey, ihr muss doch klar sein, dass ihr Angebot im Rahmen von Beratertätigkeiten nahezu lächerlich ist.

Na gut, dann wird sie uns jetzt eine Absage erteilen.

Besser so, wirft mein Verstand ein.

Neeeeeein!, schreit der frisch erwachte Philosoph.

Wieder breitet sich diese unangenehme Stille aus, die schon vorhin geherrscht hat.

Dieses Mal ist es Ms. Martin, die sie unterbricht. »Ich denke, das lässt sich machen«, flötet sie, greift in ihre Aktentasche und schiebt uns schließlich zwei Dokumente über den Tisch, auf denen in großen Lettern ›ARBEITSVERTRAG‹ steht.

»Besten Dank, Ms. Martin«, meint Owen und nun kann er sich sein Flirty-Grinsen doch nicht verkneifen.

»Ach, nennen Sie mich Cynthia«, erwidert sie. »Wir sind jetzt schließlich Kollegen.«

»Noch nicht«, korrigiert Ms. Johnston. Ihr Blick ruht auf den Verträgen, die noch nicht unterzeichnet sind.

Dann finden ihre Augen meine und ich bin froh, zu sitzen, so weich werden meine Knie.

Letzte Chance für die Notbremse, Tony! Steh auf und geh, wenn du nicht dein ganzes Leben in Minifirmen wie dieser verbringen willst!

Ich räuspere mich. »Wo soll ich unterschreiben?«

KAPITEL 9

Liz

Ich ertappe mich dabei, wie ich schon wieder vor der Tür unseres ›Marketing-Teams‹ stehe und durch den offenen Spalt hineinblicke. Irgendwie sehen sie richtig süß aus, wenn sie so konzentriert über Dokumenten und ihren Bildschirmen brüten. Süß im Sinne von: Mutterinstinkte und so.

Sanders schiebt zwar ständig irgendwelche Sprüche, scheint aber im Grunde seines Herzens ein Mann mit Mutterkomplexen zu sein, die er ausmerzen will, indem er alles flachlegt, was ihm über den Weg läuft. Alles außer mir. Ich bin noch nicht sicher, ob ich darüber froh oder zornig sein soll. Vermutlich froh, schließlich scheint er mich zu respektieren. Oder zu fürchten. Mit beidem kann ich gut leben.

Und Evans … tja, Evans …

»Sie sind schon Eye Candy, oder?«, sagt Cynthia hinter mir und ich muss mich beherrschen, um nicht ertappt auf meine Schuhe zu sehen.

»Über Geschmack lässt sich streiten«, erwidere ich und mein Blick fällt auf den Hinterkopf von Evans. Mit dem richtigen Haarschnitt und etwas mehr Modegeschmack …

»Und doch überlegst du, mit wem von beiden du dich auf die Wette mit mir einlassen willst, oder?« Cyn zwinkert und legt einen Arm um meine Schultern, während wir uns in Richtung Dachterrasse bewegen.

»Du kennst mich zu gut«, schnaube ich und nehme auf dem Weg hinaus eine Flasche Wasser und zwei Gläser mit.

»Ja. Deswegen weiß ich, dass etwas mit dir nicht stimmt«, meint meine Freundin und wirkt plötzlich ernst. »Seit der Eröffnung für Tiziano Salvini stehst du neben dir. Und – nicht, dass es mich stört, es ist mir nur aufgefallen … du hattest seit dieser Nacht keinen abendlichen Herrenbesuch hier.«

Ich zucke mit den Schultern und schenke uns Wasser ein. Ja, ich hatte bald zwei Wochen keinen Sex mit einem Mann. Ist ungewöhnlich, kommt aber immer wieder mal vor.

»Liz, was ist an dem Abend geschehen?«, fragt Cyn besorgt. »Hat der Kerl etwas getan, das du nicht wolltest? Hat er dir wehgetan?«

»Wehgetan ja, aber nicht so, wie du denkst«, flüstere ich und stoße den Atem aus, als sie mich mit ihren blauen Augen fast mütterlich ansieht. »Ich habe ihn gefragt, ob wir uns wiedersehen. Er hat mich quasi abblitzen lassen und sich seitdem auch nicht gemeldet.«

»Dachtest du, es könnte mehr daraus werden als nur eine Nacht Sex?«

»Ja, Herrgott«, zische ich. »Ja, ich hatte die dumme Vorstellung, dass wir uns gegenseitig zähmen. Er war so unglaublich an diesem Abend! Da war kein rohes Verlangen, kein *rein, raus, fertig*. Er hat sich Zeit genommen, hat mir das Gefühl gegeben, etwas Besonderes zu sein. Und dann steckt er mich nach sieben Stunden

Dauervögeln in ein Taxi und reicht mir zum Abschied die Hand, als hätten wir gerade ein Geschäftsmeeting gehabt.«

»Ach Liz«, seufzt Cyn und greift nach meiner Hand. »Ein Mann wie Tiziano hat keine ernsthaften Interessen an einer Frau. Auch nicht an einer Hammerfrau wie dir.«

Ich seufze ebenfalls und drücke ihre Hand. »Deswegen gewinne ich jetzt diese Wette, Cyn. Damit ich zumindest ein kleines Erfolgserlebnis habe und nicht ständig auf Hochzeiten daran erinnert werde, dass ich eine total verkorkste Zicke bin.«

»Du bist nicht verkorkst«, raunt Cyn und schenkt mir ein Lächeln. »Aber zurück zu unseren beiden Zuckerschnecken.«

»Gott, Cyn, wie sprichst du von den beiden Schnarchnasen?«, brumme ich und trinke einen Schluck Wasser.

»Du willst mir nicht sagen, dass dir keiner der beiden gefällt?«

»Doch, genau das will ich. Deswegen sind sie auch perfekt, um meine Wette zu gewinnen.«

Cyn schnalzt mit der Zunge. »Also schön, dann spuck mal aus, wer es werden soll.«

»Ich habe keine Ahnung«, erwidere ich und drehe das Glas in meinen Händen. »Sanders ist mir gegenüber zurückhaltend, seitdem wir ihn vor fünf Tagen eingestellt haben. Allerdings bezweifele ich, dass es so bleibt, falls ich mit ihm anbandle.«

»Vermutlich nicht.« Cyn lacht und kippt in ihrem teuren Chanel-Kostüm fast vom Stuhl. »Ich stelle mir das gerade vor. Wie ihr den ersten Abend ausgeht und er erwartet, dass ihr im Bett landet, während du ihn abservierst. Am zweiten Abend bestellst du ihn zu dir und er macht eindeutige Avancen, du lehnst ab, ihr streitet euch und dann reißt ihr euch die Klamotten vom Leib, fallt übereinander her. Er schiebt dich Richtung Esstisch, wirft dich darüber und nimmt dich so hart, dass der Tisch unter euch beinahe nachgibt.«

Ich kneife meine Augenbrauen zusammen, während ich sie beim Reden beobachte. »Ist das gerade deine seltsame Fantasie von Sex mit Sanders?«, frage ich.

Cyn seufzt nur. Ich habe sie fast nie mit einem Mann von einer Party verschwinden sehen. Ich habe auch keine Ahnung, auf was sie gewöhnlich steht, und es geht mich auch nichts an, aber langsam denke ich, meine Freundin hat nicht viel Erfahrung mit Männern gesammelt.

»Gut, dann bliebe noch Evans«, werfe ich ein, weil Cyn immer noch vor sich hin lächelt, als würde sie gerade an eine Nummer mit Sanders denken. Ob sie vielleicht doch …? Nein, vollkommen unmöglich. Die beiden doch nicht.

»Ach ja, Anthony.« Cyn zwinkert. »Der ist ja schon süß. Hat Manieren und so. Nur ein wenig verklemmt. Falls er es wird, muss ich ihn zuerst ein wenig unter meine Fittiche nehmen.«

»Wie, erklärst du ihm Vibratoren?«, hake ich nach.

Cyn lächelt. »Ja, warum nicht. Es zählt übrigens auch als Sex, wenn er dich mit einem Vibrator verwöhnt. Also, alles, wo einer von euch einen Orgasmus hat, ganz gleich ob mit Hand, Mund, Muschi …«

»Jaja, kein Höhepunkt, das war klar.«

»Und du darfst auch nicht selbst für Erleichterung sorgen«, bringt sie an.

»Moment, das hatten wir aber nicht festgelegt.«

Sie zuckt mit den Schultern. »Ich habe auch nicht gesagt, dass du in den vier Wochen nicht fremdgehen darfst, trotzdem setze ich es voraus.«

»Was du immer voraussetzt …«, schnaube ich. »Aber gut. Evans reizt mich kein bisschen. Das wird also einfach. Vermutlich sind wir vier Wochen zusammen und er merkt es noch nicht mal.«

»Also Liz, er muss schon auch sagen, dass ihr ein Paar seid. Sonst zählt es wirklich nicht.« Sie räuspert sich. »Gut, wie willst du es anstellen, dass ihr zusammenkommt? Immerhin hast du, glaube ich, bisher mit jedem Mann zuerst geschlafen, bevor ihr ein Paar wurdet.«

»Lieber Himmel, ich habe nicht den Hauch einer Ahnung. Vielleicht frage ich ihn, ob er mit mir … auf eine Party mitkommt, um die Kunden kennenzulernen, und flirte ihn dann an.« Ich hebe eine Augenbraue. »Küssen darf ich ihn, oder?«

»Wenn du das willst«, meint Cyn mit einem weiteren Schulterzucken. »Solange du davon keinen Höhepunkt bekommst …«

»Ich befürchte eher, dass ich mich danach übergeben muss. Aber gut. Dann säusle ich ihm etwas vor, von wegen, ich fühle mich in seiner Nähe sicher. Ich glaube, Männer wie er stehen darauf. Und dann frage ich, ob er sich mal so mit mir treffen will. Essen gehen oder so. Vielleicht lade ich ihn gleich zu mir ein und koche. Dann schicke ich ihn heim.«

»Brillant, dann kommt er sich überhaupt nicht verarscht vor.« Cyn lacht erneut.

»Ach bitte. Der ist so verklemmt, der ist vermutlich noch Jungfrau. Und falls er zudringlich wird, sage ich ihm, dass ich noch warten will, bis wir uns besser kennen.« Ich betrachte meine Freundin. »Oder ist das gegen die Regeln?«

»Nein. Nur, wenn du ihm sagen würdest, dass du eine Wette laufen hast und er dir helfen soll, sie zu gewinnen. Alles andere liegt an dir, aber ich denke, du wirst ihm verfallen.« Sie steht auf und geht zur Tür. »Ich lenke jetzt Sanders ab, damit du Evans für heute Abend einladen kannst. Ich helfe ihm dann mit dem Outfit.«

»Was willst du?«, quietsche ich förmlich.

Cyn zwinkert. »Na, in dem, was er für gewöhnlich anzieht, kann er kaum auf die Jubiläumsfeier unseres aktuellen Kunden, der Blumenkette ›Violet‹. Oder?«

Ich will sie aufhalten, da ist sie bereits weg. Verdammt, wenn Cyn ihn neu einkleidet … Aber nein, das ändert nichts. Evans ist ein Milchbubi. Er hat hübsche Augen und ein ansprechendes Gesicht. Ende. Nein. Dem verfalle ich nicht …

Und doch bin ich nervös, als ich zehn Minuten später wieder vor seiner Bürotür stehe. Ich höre Cyn in der Kaffeeküche mit Sanders lachen. Meine Chance also.

Ich klopfe und trete ein, ohne auf eine Antwort zu warten. Evans hebt den Kopf. Er wirkt so, als wollte er die Flucht ergreifen. Ja, irgendwie ist er süß. Kindlich süß. Nicht sexy süß. So wie er mich ansieht, habe ich allerdings Angst, dass er einen Herzinfarkt bekommt, wenn ich ihn bitte, mich heute zu begleiten. Also setze ich mein freundliches Lächeln auf, während ich auf ihn zugehe und mir einen Stuhl heranziehe.

»Kommen Sie voran?«, frage ich, um nicht gleich mit der Tür ins Haus zu fallen.

Er starrt in mein Gesicht, dann auf seinen Bildschirm, auf dem ich einige Banner und Farbpaletten erkenne. Offenbar testet er gerade das Layout, das er uns präsentiert hat.

»Ich … Ms. Johnston?«, antwortet er und ich frage mich, ob er immer so wortkarg ist.

Irgendwie macht es Spaß, ihn zu quälen. Er hat Angst vor mir. Wobei ich nicht weiß, wieso. Aber das kann ich nutzen.

Ich beuge mich ein Stück mehr zu ihm hinüber und betrachte den Bildschirm interessiert. Sein Aftershave passt zu ihm. Es ist nicht aufdringlich und irgendwie doch interessant.

Er hält den Atem an und ich kann fast seinen Herzschlag hören.

»Mir gefallen die beiden Farben«, erkläre ich und deute auf das dunkle Purpur, das er neben eine Art Pfirsich gesetzt hat.

»Wirklich?«, will er wissen und klingt fast glücklich.

Läuft doch.

»Ja, wobei es schwierig sein könnte, sie zu kombinieren.«

»Vor allem für den Kundenkreis, den Sie ansprechen wollen«, erklärt er diesmal selbstbewusster.

»Denken Sie, wir haben uns bei der Kundenauswahl zu sehr eingeschränkt?«, hake ich nach und sehe ihm in die Augen.

Er hält wieder den Atem an und schluckt schwer, bevor er antwortet. »Es steht mir nicht zu, Ihnen Vorschriften zu machen …«

Ich lächle und genieße es, wie er mich dabei ansieht. Vielleicht habe ich mich geirrt. Er hat keine Angst vor mir, er steht auf mich. »Sie machen doch nur Vorschläge, Mr. Evans, keine Vorschriften.«

»Oh«, macht er und räuspert sich. »Jedenfalls denke ich, man könnte an der Zielgruppe arbeiten.«

»So?«, frage ich sanft, weil ich ihn nicht erschrecken will. »Wie wäre es, wenn Sie mich heute zu einem unserer Events begleiten? Ich bin bei der Jubiläumsfeier einer Floristikkette vor Ort und ich denke, es wäre gut, wenn Sie mit mir kämen.«

Er schluckt wieder und sein Mund formt geräuschlos Worte.

»Sie müssen deutlicher sprechen«, sage ich.

Er räuspert sich. »Ich weiß nicht … ich bin nicht wirklich gut in so etwas.«

»Sie müssen nichts tun, außer beobachten und freundlich lächeln, wenn Sie angesprochen werden. Ich verspreche, ich setze

Sie keiner unangenehmen Situation aus oder lasse Sie allein. Wie klingt das?«

»Ich … also … in Ordnung«, erwidert er und ringt sich tatsächlich ein Lächeln ab.

Ich habe Evans noch nie lächeln gesehen. Er wirkt immer wie ein geschlagener Hund. Aber jetzt lächelt er. Und wirkt auf einmal viel reifer.

»Schön, dann verlassen wir um acht Uhr das Büro.« Ich stehe auf und gehe zur Tür. Dort drehe ich mich noch mal um. »Und Evans?« Er sieht mich alarmiert an, deswegen hebe ich meinen Mundwinkeln. »Lächeln Sie öfter. Steht Ihnen.«

KAPITEL 10

Tony

Ich starre noch so lange mit angehaltenem Atem auf die Tür, bis mein Gehirn der Meinung ist, der Sauerstoffmangel könnte tödlich enden.

Wir arbeiten jetzt seit einer Woche hier und ich hatte bisher nicht mal das Gefühl, dass Ms. Johnston weiß, dass wir in dem Zimmer neben ihrem Büro sitzen. Und nun schneit sie mit einem Mal hier herein, interessiert sich für unseren Fortschritt, ja sogar für meine Meinung, und … Oh mein Gott, sie hat mich darum gebeten, sie zu einem Kundentermin zu begleiten!

Ich springe auf und reiße die Arme hoch. Dummerweise halte ich dabei noch immer die Computermaus in der Hand, die leider per Kabel mit dem Laptop verbunden ist. Es kracht, als das Gerät dem Kabel folgt.

Reflexartig verbiege ich mich nach vorn, greife nach dem Bildschirm und schaffe es tatsächlich, ihn festzuhalten, bevor er auf dem Boden landet.

Ein unschönes Knacken ertönt und ich vermute, dass die Scharniere einen abbekommen haben, aber das ist das kleinere Übel im Vergleich zu einer kaputten Festplatte oder ähnlichen Sturzschäden.

Allerdings habe ich dabei so einen Lärm gemacht, dass die Tür wieder aufgeht und Ms. Johnston erneut ihren Kopf hereinstreckt.

»Nichts passiert!«, sage ich schnell, bevor sie fragen kann.

Dann denke ich an ihre letzten Worte vorhin: *Lächeln Sie öfter. Steht Ihnen.* Also grinse ich sie so breit an, dass mir die Wangenmuskeln wehtun.

Sie zieht skeptisch eine Augenbraue nach oben, verlässt dann aber ohne ein weiteres Wort den Raum.

»Ganz super, Tony. Definitiv eine Zehn auf der Punkteskala für idiotisches Benehmen«, schimpfe ich vor mich hin.

Ernsthaft, ich kann froh sein, dass sie mich nicht gleich wieder ausgeladen hat. Sicherlich hätte sie das gern getan, ist nur zu höflich dafür. Vielleicht wäre es sogar besser gewesen. Wenn ich bei der Einladung schon meinen Laptop crashe – wie viel kann dann erst vor Ort schiefgehen? Ich sehe schon den Ausgang dieses Abends: eine umgeworfene Vase, sie mit nassem Kleid und ich mit gebrochenem Bein im Krankenwagen … Wuahhhh!

Ich stelle den Laptop wieder an seinen Platz, nehme mir aber nicht die Zeit, die Beschädigung zu überprüfen. Stattdessen laufe ich vor dem Schreibtisch hin und her.

So ein Blödsinn. Nichts da, Krankenwagen. Das ist meine Chance, dass sie endlich bemerkt, dass es mich gibt. Nein, halt, bemerkt hat sie mich ja bereits – auch wenn ich keine Ahnung habe, wann und wie. Heute Abend muss ich dafür sorgen, dass sie mich nicht wieder vergisst. Ich muss einen bleibenden Eindruck hinterlassen, einen, der BAAM macht.

Ich sehe an mir herunter. Weites schwarzes T-Shirt, dunkle Jeans, schwarz-weiße Sneaker. Dieses Outfit hilft mir, mich wie ein Ninja in den Schatten zu tarnen, aber ganz sicher nicht, ihre Aufmerksamkeit auf mich zu lenken.

Durch leicht gespitzte Lippen puste ich die Luft aus, während ich mir die Haare raufe. Dabei wird mir bewusst, dass eine ordentliche Frisur auch nicht schaden könnte.

Ich bin verloren … Allein bin ich hoffnungslos verloren! Ich habe weder eine Ahnung davon, nach welchem Dresscode ich mich heute Abend in Schale werfen, noch, wovon ich meine neue Arbeitskleidung bezahlen soll.

In diesem Moment geht die Tür auf und Owen stolpert herein. Als er mich ansieht, verschwindet das Grinsen, das das Gespräch mit Ms. Martin auf seinem Gesicht hinterlassen hat.

»Tony, alles okay mit dir? Du siehst aus, als hättest du schon wieder einen Kater.«

Als ich meinen Kumpel ansehe, wird mir mit einem Schlag klar, was zu tun ist. Während ich versuche, meine Fassung wiederzugewinnen, um zu wirken, als sei alles völlig normal und ich nicht kurz vor einem Nervenzusammenbruch, sage ich: »Ich verbringe die Mittagspause außerhalb.«

Owens Blick wird nur noch skeptischer, aber da gehe ich schon zügig an ihm vorbei, verlasse unser Büro und ziehe die Tür hinter mir zu.

Noch auf dem Weg zum Aufzug ziehe ich mein Smartphone hervor und suche im Telefonbuch die eine Nummer, die mich jetzt retten kann: die meiner Mutter.

Ja, ich weiß, dass ich das bereuen werde … Aber was soll ich tun? Sie hat Geld, sie hat Geschmack. Beides Dinge, die mir fehlen und die ich jetzt ganz unbedingt brauche.

Ich will gerade auf *wählen* drücken, als sich eine weitere Bürotür öffnet und Ms. Martin in den Empfangsbereich kommt. Schnell lasse ich das Handy sinken. Ihr zu begegnen, ist mir sowieso noch immer peinlich, auch wenn wir nach wie vor nicht über *diese Sache* gesprochen haben. Da muss ich es nicht noch schlimmer machen, indem ich sie an einem Gespräch mit meiner Mutter teilhaben lasse.

»Ah, Anthony, dachte ich mir doch, dass Sie es sind.« Sie stellt sich zu mir und lächelt mich an.

Ich weiß noch immer nicht, wie sie es fertigbringt, so freundlich zu mir zu sein – zu dem Typen, der ihr auf den Schoß gekotzt hat. Kann ja wohl kaum daran liegen, dass sie derlei Benehmen gewohnt ist. Dass ich sie mit meinen Fähigkeiten so beeindruckt habe, glaube ich allerdings auch nicht …

Der Aufzug kommt und wir treten beide ein.

Kaum dass sich die Türen wieder geschlossen haben, meint Ms. Martin: »Ich würde vorschlagen, wir fahren gleich ins Finnegan Plaza. Da gibt es ein paar echt gute Boutiquen für Männer, die auf Komplettausstattung ausgerichtet sind. Außerdem ist dort Louises Laden – mein Friseur, der Beste der ganzen Stadt.«

Ein plumpsendes Geräusch ertönt, als mir mein Handy aus den Fingern rutscht und auf den teppichbelegten Aufzugboden fällt.

Plant diese Frau wirklich gerade einen Shopping-Trip mit mir?

»Ms. Martin …«, setze ich an, habe aber keine Ahnung, was ich sagen soll. Verlegen bücke ich mich, hebe mein Handy auf und als ich mich wieder aufrichte, sieht sie mich verschmitzt an.

»Sie haben heute Abend einen wichtigen Termin, Anthony, Ihren ersten. Ich sorge nur für die richtigen Grundbedingungen. Selbstverständlich geht das auf Firmenkosten – ich habe da noch ein kleines Budget für Arbeitskleidung offen. Ach, und …«, fügt sie hinzu, »nennen Sie mich Cynthia. Immerhin werde ich Sie gleich in Unterhosen sehen.«

Ich bringe keinen Ton mehr heraus, so überrumpelt bin ich.

Die Aufzugkabine kommt mir mit einem Mal winzig vor, obwohl bestimmt acht Menschen darin Platz finden würden.

»Eins muss ich allerdings noch wissen«, meint Cynthia, bleibt mitten auf dem Weg zum Ausgang stehen und wendet sich mir zu. »Kleide ich Sie für eine Firmenveranstaltung ein oder für Ihr erstes Date mit Liz?«

Als ich nicht antworte, sondern nur knallrot anlaufe, grinst sie mich verschmitzt an.

»Dachte ich es mir doch. Also gut, kommen Sie, Anthony. Wir nehmen meinen Wagen.«

»Ich muss wirklich gestehen, ich hätte nicht gedacht, dass ihm Hellblau so gut stehen würde.«

»Aber es passt einfach formidabel zu seinen Augen.«

»Und in Kombination mit der schwarzen Jeans bleibt es trotzdem noch sein Stil.«

»Das stimmt, auch wenn es seinen Hintern deutlich besser in Szene setzt. Allerdings müssen Sie die Ärmel etwas hochkrempeln, damit es nicht zu steif wirkt.«

Lydia, die junge Verkäuferin aus der Boutique mit dem unaussprechlichen Namen und den unaussprechlichen Preisschildern, kommt von hinten auf mich zu, schiebt die Ärmel des hellblauen Hemdes, das ich gerade trage, nach oben und drapiert sie so, dass sie nicht wieder nach unten rutschen können. Dann tritt sie erneut neben Cynthia und die beiden setzen ihre Musterung fort.

»Wirklich schick«, betont Cynthia, und ja, ich muss ihr recht geben.

Gebannt starre ich auf mein Spiegelbild. Ich hatte echt Schiss, dass sie mich in irgendeinen Designeranzug steckt, in dem ich aussehe wie Mr. Beans kleiner Bruder. Aber nein, sie und Lydia haben es geschafft, dass ich zwar vollkommen anders aussehe – nämlich gut – und trotzdem noch wie Tony. Na gut, sie haben dafür auch fast eine Stunde gebraucht, aber hey …

»Er braucht noch eine Jacke«, murmelt Lydia und rauscht davon, so wie schon einige Male zuvor.

Cynthia tritt an meine Seite. »Sie sehen wirklich gut aus, Anthony.«

»Danke«, sage ich verlegen und weiche ihrem Blick aus, den sie mir über den Spiegel zuwirft. Ich kann nicht unbedingt gut mit Komplimenten umgehen, schon gar nicht von ihr.

»Ganz ehrlich«, beteuert sie und zwinkert verschwörerisch. »Sie werden einen sehr guten Eindruck hinterlassen, nicht nur bei unserem Kunden.«

Ich bekomme einen ganz trockenen Hals. Der heutige Abend ist wichtig. Er ist vermutlich meine einzige Gelegenheit, mich bei Ms. Johnston zu beweisen. Und das meine ich nicht als Angestellter, sondern als Mann.

Es ist nicht so, dass ich mir eine echte Chance bei ihr ausmale. Sie spielt in einer ganz anderen Liga, High Society und so. Sie ist schön, wunderschön, sexy … Sie hat Geld. Und sie hat einen Stil, eine Würde, die ich nie haben werde. Nicht mal mit diesen teuren Klamotten.

Unweigerlich sacke ich ein Stück in mich zusammen, was Cynthia nicht entgeht.

»Ich kann verstehen, dass Sie nervös sind«, sagt sie und tätschelt sacht meine Schulter. »Aber glauben Sie mir, wenn Sie nur ein bisschen aus sich herauskommen, dann brauchen Sie das nicht zu sein.« Sie legt den Kopf leicht schief, als würde sie nachdenken, ehe sie weiterspricht. »Seien Sie heute Abend etwas weniger *Tony* und dafür etwas mehr *Owen*. Verstehen Sie, was ich meine?«

Nicht ganz, aber ich nicke trotzdem.

»Seien Sie nett, höflich, aber nicht zurückhaltend. Geben Sie unserem Kunden das Gefühl, er könnte alles haben, was er will. Sammeln Sie Erfahrungen. Genau dafür sind solche Abende da.«

Ehrlich gesagt habe ich keine Ahnung, ob sie über das Blumengeschäft oder Ms. Johnston redet. Aber vermutlich treffen ihre Tipps auf beides zu …

»Sehr schön.« Sie tätschelt noch einmal beruhigend meinen Oberarm, bevor sie mich loslässt. »Ich muss Sie nun leider verlassen, ich habe halb vier eine wichtige Telefonkonferenz. Wenn Lydia mit Ihnen fertig ist, gehen Sie rüber zu Louise und lassen Sie sich die Haare machen – er weiß Bescheid und erwartet Sie. Danach gehen Sie nach Hause. Bestellen Sie sich eine fettige Pizza und schlafen Sie noch eine Runde, es wird heute Abend Alkohol geben.«

Bei dem letzten Satz grinst sie und ich würde am liebsten im Boden versinken. Doch dann nehme ich all meinen Mut zusammen. Wenn ich es nicht mal fertigbringe, mich bei Cynthia zu entschuldigen – der lieben, netten, fürsorglichen Cynthia –, wie soll ich es dann schaffen, auch nur die kleinste Unterhaltung mit Ms. Johnston zu führen?

»Ms. Martin«, setze ich an, korrigiere mich aber sofort. »Cynthia. Das, was bei unserem ersten Treffen passiert ist … ich … Gott, es tut mir so leid, wie ich mich da benommen habe. Ich war so nervös und hatte kaum was gegessen und … Na ja, Alkohol und ich vertragen uns ohnehin nicht so gut.«

»Ach bitte.« Sie winkt ab und lacht. »Nun machen Sie das Ganze nicht schlimmer, als es war. Sie waren etwas wortkarg, na und? Da habe ich schon Schlimmeres erlebt, wissen Sie? Einmal hat mir ein Typ beim ersten Date auf den Schoß gekotzt, DAS war schlimm. Na ja, Ihr Freund Owen fand die Geschichte ganz lustig …«

Moment, was sagt sie da gerade? Könnte es sein, dass …

Etwas ernster fährt sie fort: »Wie auch immer. Deswegen sollen Sie sich ja auch besser auf heute Abend vorbereiten. Ich denke nicht, dass es bei Liz so gut ankommt, wenn Sie nach einem Glas Sekt in der Ecke sitzen und schlafen.« Sie wirft einen Blick auf ihre Armbanduhr. »Nun muss ich aber wirklich … Ich wünsche Ihnen viel Erfolg heute Abend. Und sollte irgendetwas schiefgehen – ich bin heute lange im Büro. Scheuen Sie sich nicht, anzurufen.«

Ich sehe ihr im Spiegel hinterher, wie sie noch kurz mit Lydia spricht und dann die Boutique verlässt.

Ja, ich werde ihre Ratschläge beherzigen. Ich werde mir die Haare machen lassen, deftig essen, Kaffee trinken … Aber vorher werde ich mich vermutlich einer Straftat schuldig machen.

Denn dafür, dass Owen mir so einen Scheiß über meinen Blackout erzählt hat, werde ich ihn umbringen!

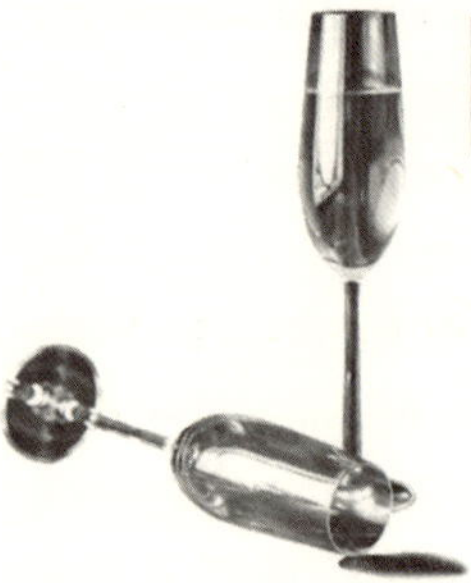

KAPITEL 11

Liz

Ich bemühe mich, freundlich zu lächeln, als ich die Tür öffne. Das Lächeln verschwindet allerdings, als ich nur Sanders im Büro antreffe. Sanders, der mich ansieht, als wäre er ein Rehpinscher und ich ein Dobermann: panisch und angriffslustig zugleich.

»Wo ist Evans?«, frage ich mit möglichst neutraler Stimme.

Ich habe mich bereits umgezogen, das dunkelblaue Kostüm gegen ein schwarz-weißes Cocktailkleid eingetauscht. Das Oberteil besteht aus einer Corsage in Weiß, das sich langsam dunkel färbt, bis es etwa ab der Taille in einen etwas ausgestellten schwarzen Rock übergeht. Immerhin will ich Evans so sprachlos machen, dass er den Boden anbetet, auf dem ich gehe.

»Er hatte wohl einen Auswärtstermin.«

»Auswärtstermin?«, wiederhole ich das Wort ungläubig. »Wer sollte ihn dort hingeschickt haben?«

»Ich«, ertönt Cyns sanfte Stimme hinter mir. »Ich habe ihm einen Auftrag gegeben und hoffe, er hat ihn zu meiner Zufriedenheit umgesetzt.«

»Was hast du getan, Cyn?«, zische ich ihr zu.

»Ihm eine Chance verschafft«, erwidert sie leise. »Du darfst mir später danken.«

»Den Teufel werd ich«, erhebe ich gerade meine Stimme und schlucke die Worte hinunter.

Die Fahrstuhltür hat sich mit einem *Ping* geöffnet und ein Mann tritt heraus. Ich traue meinen Augen nicht, als ich tatsächlich Evans erkenne. Ich halte den Atem an, während ich ihn mustere. Seine schwarzen Haare, die er sonst vollkommen ungestylt trägt, haben wohl etwas Wachs abbekommen und sind nun ordentlich unordentlich verwuschelt. Das hellblaue Hemd, das er mit lässig aufgekrempelten Ärmeln zu einer schwarzen Jeans trägt, betont seine Augen. Die schwarzen Lederschuhe wirken edel und runden seinen Style ab. Über dem Arm hält er wohl eine Lederjacke für später. Ich würde ihn zu gern darin sehen …

»Liz, du musst atmen«, flüstert Cyn mir ins Ohr.

»Ich hasse dich«, flüstere ich zurück.

»Tust du nicht. Sei nett zu ihm, ich glaube, er hält dich für eine Göttin.«

Ich brumme etwas vor mich hin, bevor ich lächle und auf Evans zugehe. Er betrachtet mich wirklich wie jemand, der vor einem Kunstwerk steht und jedes Detail in sich aufnehmen will. Als ich wie zufällig seinen Arm berühre, zuckt er kurz. Irgendwie süß. »Können wir?«, frage ich immer noch lächelnd.

Er räuspert sich, wirft Cyn einen Blick zu und strafft dann seine Schultern. Was er jetzt tut, hätte ich nicht erwartet. Er nimmt mir die Aktentasche ab, die ich in einer Hand trage, und hält mir seinen Arm hin. Hat ein wenig Fünfzigerjahre-Charme, aber irgendwie gefällt mir das.

Ich höre, wie Sanders mit Cyn zu tuscheln beginnt, blende die Worte allerdings aus.

Evans drückt im Fahrstuhl den Knopf und die Türen schließen sich.

»Sie sehen ganz anders aus«, sage ich und blicke an die Decke zu den Lichtern über uns. Ich sollte ihn nicht ansehen. Das ist eine Ausnahme. Cyn kann ihn nicht jeden Tag zum Friseur schicken oder neu einkleiden. Obwohl ihm dieser Aufzug wirklich gut steht. Zu gut.

»Finden Sie?«, erwidert er und klingt verunsichert.

»Ja. Obwohl Sie immer noch … Sie sind«, füge ich hinzu. »Steht Ihnen.«

»Danke«, räuspert er sich. »Sie sehen atemberaubend aus, Ms. Johnston.«

»Elizabeth. Oder gleich Liz. Ist einfacher bei der Veranstaltung heute. Darf ich Sie Anthony nennen?«

Er schluckt und nickt dann wortlos. Ja, diese Schüchternheit hat etwas. Er ist der erste Mann, mit dem ich einen Abend verbringe, bei dem ich keine Angst habe, dass er mich auf der Bar flachlegt. Allerdings kann ich im Augenblick nicht garantieren, dass ich mich zurückhalte. Dabei will ich diese Wette gewinnen …

Ich hole tief Luft. Evans ist süß. Aber kein ernst zu nehmender Partner. Er ist ungefährlich und deswegen die perfekte Wahl für diese Wette. Genau. Und deswegen werde ich ihn nach der Party fragen, ob er noch ein wenig den Abend ausklingen lassen will, damit ich ihn morgen zu mir einladen, küssen und den ›Paarstatus‹ aktivieren kann. Gut, der Plan steht. Jetzt muss ich mich nur daran halten.

Wir verlassen das Gebäude und ich winke uns ein Taxi heran. Evans hebt eine Augenbraue. Verflucht, hat der Friseur die auch in Form gebracht?

»Es wird Alkohol geben und ich fahre nicht, wenn ich mehr als ein Glas Sekt getrunken habe. Auch nicht, wenn die Feier danach noch fünf Stunden gedauert hat«, erkläre ich ihm.

»Verstehe. Sehr verantwortungsvoll«, meint er und lächelt.

Ich hätte ihm nicht sagen dürfen, dass er das öfter tun soll. Bevor ich mir Gedanken darüber mache, ob dieses seltsame Gefühl in meinem Magen Hunger ist oder von etwas anderem stammt, nehme ich ihm die Aktentasche ab und steige in das Taxi. Evans hält mir die Tür auf. Ja, er hat Manieren.

Ich hole ein paar Unterlagen heraus, während ich dem Fahrer die Adresse nenne, und reiche sie Evans. »Hier. Ich nehme an, Sie hatten keine Zeit, sich unser Kundenstammblatt anzusehen?« Ich formuliere es als Frage, es ist aber vielmehr eine Feststellung. Nachsichtig lächelnd reiche ich ihm zwei Blätter. »Das sind Victor Violet und seine Schwester Lillian Violet. Sie führen die Blumenkette gemeinsam.«

Evans … nein, Anthony … betrachtet die Profile, die Cyn und ich angelegt haben. Darauf sind neben Name, Anschrift und Geburtsdatum unsere Beobachtungen über Vorlieben, Extrawünsche und natürlich auch Fotos.

Victor war einer der wenigen Kunden, mit denen ich nicht geschlafen habe. Was daran liegt, dass er auf Männer steht. Lillian scheint mir ähnlich zu sein, allerdings kennt sie wohl kein Maß und ist nicht wählerisch, was ihre Sexualpartner betrifft. Bei den Vorbereitungen zu dieser Feier musste ich das Catering ermahnen, sich um den Aufbau zu kümmern und nicht die Auftraggeberin zu beglücken. Wobei ich auch Lillian erinnern musste, dass sie nicht noch eine Klage wegen sexueller Belästigung braucht und ich bald keine Leute mehr finde, die bei ihr arbeiten möchten.

»Werden weitere potenzielle Kunden auf der Feier sein?«, fragt Anthony, als er mir die beiden Profile zurückgibt.

»Das hoffe ich«, seufze ich. »Wir sind diesen Monat nicht so gut gebucht wie sonst. Ist gerade eine Flaute.«

»Kommt das öfter vor?«

Er kann ja doch sinnvolle Fragen stellen. »Es gibt Peak-Zeiten, so wie Weihnachten, und dann gibt es ruhigere Phasen. Im Mai etwa gibt es weniger Eröffnungen. Da konzentriert man sich eher auf Hochzeiten.«

»Warum richten Sie so etwas nicht aus?«

Ich schnalze mit der Zunge. »Persönliche Gründe«, erwidere ich und belasse es dabei, weil wir bereits bei unserem Ziel angekommen sind.

Anthony öffnet die Tür, springt aus dem Taxi und umrundet es. Galant hält er mir die Hand hin, nachdem er meine Tür geöffnet hat. Ich bin so sprachlos, dass ich vom Fahrer zweimal angestupst werden muss, bevor ich Wechselgeld und Rechnung entgegennehme.

Aber noch während ich auf die Straße trete, fange ich mich wieder. Die Feier findet im Flagship-Store von Violet statt. Es ist ein geräumiger Laden mit eigenem Kühlhaus, das für diesen Abend extra geräumt wurde. Hier werden auch Kurse angeboten, die den Laden anfangs nicht nur über Wasser hielten, sondern berühmt machten. Die Frühjahrsbouquets, die man hier zu binden lernen kann, finden sich auf allen Social-Media-Kanälen wieder. In Sachen Marketing hat Victor ein Händchen.

Der Laden ist in dezenten Lilatönen geschmückt, die Musik unaufdringlich. Unzählige Menschen tummeln sich hier und ich würde mir gern selbst auf die Schulter klopfen.

All das entstammt meiner Feder, ebenso wie die kleinen Küchlein und das Fingerfood, das von Kellnern in altmodischen Anzügen serviert wird. Victor liebt Vintage und seine Kunden lieben es wohl auch.

»Wow«, entfährt es Anthony und er bemüht sich, nicht von mir getrennt zu werden.

Einem Impuls folgend greife ich nach seiner Hand. Erst verkrampft er sich, aber dann gibt er nach und verschränkt seine Finger mit meinen. Irgendwie ist das ein angenehmes Gefühl ...

»Liz!«, höre ich eine tiefe männliche Stimme und sehe einen Mann mit breiten Schultern und noch breiterem Grinsen winken.

»Kommen Sie«, sage ich zu Anthony und lasse seine Hand los, als wir Victor und seine Schwester erreichen.

Während Victor Jeans und Hemd trägt, hat Lillian ein Kleid an, das auch als Haarband durchgehen könnte. Es sitzt so eng und ist so knapp, dass ich mich frage, wie sie sich darin bewegen kann, ohne etwas zu entblößen. Nein, sie hat keinen Stil. Anders als Victor.

Ich begrüße sie dennoch mit den obligatorischen Luftküsschen, genau wie ihren Bruder, bevor ich ihnen Anthony vorstelle. »Das ist einer meiner Mitarbeiter, Anthony Evans«, erkläre ich. »Ich wollte, dass er heute etwas Erfahrung sammelt, um uns beim Marketing zu unterstützen.«

Victor klopft Anthony auf die Schulter. Er hat es wohl zu gut gemeint, denn Evans kippt beinahe um und ringt sichtlich um Atem. »'tschuldige, Bohnenstange, ich habe manchmal zu viel Kraft.« Victor lacht und verpasst ihm noch einen Schlag, diesmal nicht so fest.

Ich beobachte Anthony. Er räuspert sich und ringt sich ein Lächeln ab, schweigt aber. Gut, er schlägt sich gar nicht so übel.

Lillian lässt ihren Blick über ihn schweifen und hebt einen Mundwinkel. Aber ich mache mir keine Sorgen. Sie hat bestimmt fünf oder sechs Kellner noch nicht gevögelt, die sie vermutlich ranlassen werden, wenn sie es richtig anstellt. Ich muss Anthony nicht vor ihr bewahren.

»Liz, du brauchst wirklich Hilfe beim Marketing«, erklärt Victor immer noch lachend. »Aber für den Anfang würde ich dir gern zwei meiner Kunden vorstellen, die dringend *deine* Hilfe brauchen könnten.« Er betrachtet Anthony, der sich an seine Jacke klammert, als würde er sonst ertrinken. »Sie erlauben mir doch, sie einen Moment zu entführen?«

Anthony sieht mich verunsichert an. »Ich bin gleich zurück«, sage ich und drücke seine Hand. »Holen Sie uns doch schon einmal Sekt und dann erkläre ich Ihnen, wie ich diese Feier geplant habe.«

Er nickt und ringt sich wieder ein Lächeln ab. Ich fühle mich schuldig, weil ich ihn jetzt hier stehen lasse, aber zumindest sehe ich Lillian nicht mehr. Hat sich wohl schon den nächsten Kellner geschnappt.

Und so gehe ich mit Victor, der mir tatsächlich zwei Kunden vorstellt, die ihn wegen der Planung für ihre Firmenfeiern um Hilfe gebeten haben. Ich höre ihnen aufmerksam zu, verteile Visitenkarten. Und denke während des gesamten Gesprächs an Anthony, den ich aus den Augen verloren habe.

KAPITEL 12

Tony

Okay … Puh … Durchatmen.

Als ich Ms. Johnston hinterhersehe, wie sie mit dem Gastgeber in der Menge verschwindet, habe ich das Gefühl, zum ersten Mal an diesem Abend Luft zu bekommen. Ihr Anblick, Liz' Anblick, hat mir glattweg den Atem geraubt.

Ich scheue mich noch ein wenig, sie beim Vornamen anzusprechen. Nicht etwa wegen der Nähe, die das plötzlich zwischen uns schafft, sondern eher, weil sie mich zu der Abkürzung nötigt, obwohl sich ihr Name doch so wunderbar auf der Zunge anfühlt. E-li-za-beth … Wow!

Vorsichtig bewege ich meine Finger und muss mich beherrschen, mir nicht die Hand vor Augen zu halten. Die Hand, die sie gehalten hat – wenn auch nur kurz.

Schluss jetzt, Tony!, mahne ich mich in Gedanken. *Benimm dich nicht wie ein verknallter Teenie.*

Oh nein, was denke ich da? Wieso benutzt mein Gehirn Wörter wie verknallt? Bin ich das?

Scheiße … Ja, vermutlich.

Bin ich mit dem Karrierethema schon so durch, dass ich nicht nur einen drittklassigen Job annehme, sondern mein Herz auch noch der nächstbesten Frau entgegenwerfe, die mir über den Weg läuft?

Sie ist keine Frau, sie ist eine Göttin, korrigiert mein frisch erwachtes Philosophen-Ich.

Okay, ich kann mit allem leben, was mir passiert ist, seit Owen mir diese Stellenanzeige auf den Schoß geworfen hat. Aber diese Seite muss ich dringend wieder loswerden, schon allein, weil ich bei Elizabeth damit ganz sicher nicht punkten kann.

Im Kopf gehe ich die Tipps durch, die Cynthia mir mitgegeben hat. Kunden glücklich machen, Erfahrung sammeln, etwas mehr Owen sein.

Guter Ansatz: Was würde Owen jetzt tun? Richtig, Elizabeth etwas zu trinken besorgen. Und mir am besten auch, weil wegen locker und so …

»Liz … Sie will, dass ich sie Liz nenne«, flüstere ich vor mich hin, als ich mich zwischen den Gästen hindurch zum Büfett dränge.

Die Häppchen lasse ich links liegen, mein Magen ist noch immer übervoll von der Salamipizza. Stattdessen gehe ich einen Tisch weiter und schnappe mir zwei der gut gefüllten Sektphiolen. Dann scanne ich kurz den Raum.

Liz kann ich nicht entdecken, dafür aber ein Plätzchen in der Nähe eines kleinen Durchgangs, der vermutlich zu irgendwelchen Lagerräumen oder Büros führt. Zumindest ist er mit einer Kordel abgespannt und wird von den anderen Gästen ignoriert.

Ich kämpfe mich dorthin durch, darauf bedacht, mich nicht mit Sekt zu bekleckern, und beziehe Position. Dabei gelingt es mir tatsächlich, das Dauerlächeln, das ich beim Betreten des Ladens aufgesetzt habe, tapfer aufrechtzuerhalten.

Während ich die Anwesenden mustere, um mir ein Bild von der potenziellen Klientel von ›Johnston & Martin‹ zu verschaffen, nippe ich an einem der Gläser. Der Sekt ist weder süß noch trocken, weder lecker noch eklig. Ein Glas dürfte ich gut runterkriegen, ohne Appetit auf ein zweites zu bekommen.

»Anthony«, werde ich keine fünf Minuten später angesprochen. Doch es ist nicht Liz, die zu mir tritt, sondern die Inhaberin. Lillian. »Amüsieren Sie sich?« Ohne zu fragen, nimmt sie mir das volle Sektglas ab und stößt mit mir an.

Ich lächle, auch wenn ich ihr Verhalten ein wenig frech finde. Aber hey – sie hat für das alles bezahlt, sie kann sich nehmen, was sie will.

Sie trinkt einen Schluck und ich mache es ihr gezwungenermaßen nach. Alles andere sähe komisch aus.

»Ja, es ist wirklich eine gelungene Party«, antworte ich, was sie hören will.

»Nicht wahr«, jauchzt sie und legt mir eine Hand auf den Oberarm.

Worin habe ich heute Morgen gebadet, dass mich plötzlich alle Frauen anfassen, auf die ich treffe?

»Lizzy hat wirklich einen außergewöhnlich guten Geschmack«, fährt Lillian fort. Dann sieht sie mich von unten herauf an, den Mund zu einem süffisanten Lächeln verzogen. »Das gilt für ihr Händchen in der Eventplanung genauso wie für die Auswahl ihrer Mitarbeiter.«

Na, ob es Elizabeth gefallen würde, wie diese Frau sie nennt? Zumindest redet sie gut über sie.

Moment – sie redet gut über mich!

Kann es sein, dass diese Lillian gerade mit mir flirtet?

Um nicht antworten zu müssen, trinke ich noch einen weiteren Schluck Sekt. Damit ist mein Glas dann auch leer. Verdammt, das ging schnell.

»Der Sekt schmeckt zumindest sehr gut«, bestätige ich.

»Oh ja.« Auch sie leert ihr Glas. Dann hält sie einen Kellner auf, der gerade mit einer Flasche auf dem Weg zum Büfett war, und lässt uns nachschenken. »Arbeiten Sie schon lange in der Agentur?«, will sie wissen.

»Nein, erst seit Kurzem.«

»Oh, und wie hat sich das ergeben? Sind Sie näher mit Lizzy oder Cynni bekannt?«

Hängt diese Frau an alle Namen ein i? Okay, bei mir läge sie damit richtig …

»Nein, der Kontakt kam über eine Zeitungsannonce zustande«, erzähle ich. »Ich bin auch noch in der Probezeit, also alles ganz frisch.« Ich versuche ein Lachen, um die eigenartige Stimmung zu vertreiben, die ich zwischen uns wahrnehme. Es gelingt mir nicht.

Vielleicht bilde ich mir das aber auch nur ein. Ich fühle mich schon ein wenig benebelt von dem Sekt. Wird Zeit, einen Gang runterzuschalten. Zumindest beim Trinken. In der Konversation legt Lillian eher noch einen Zahn zu.

»Probezeit, soso … Ich probiere auch unheimlich gern, wissen Sie?«

Wieder wirft sie mir diesen Blick zu. Ich will verdammt sein, wenn diese Frau mir nicht ganz eindeutige Signale sendet.

Während der Philosoph in mir schon die passenden Worte bereitlegt, um sich elegant aus diesem Gespräch zurückzuziehen, erinnert mich mein alkoholbeflügelter Verstand abermals an Cynthias Anweisungen: Weniger Tony, mehr Owen.

Owen würde die Lage checken. Und genau das tue ich, indem ich meine Augen über Lillians Körper gleiten lasse. Jap, sie sieht verdammt gut aus, wenn auch ein bisschen nuttig, in diesem für ihr Alter (laut den Akten von Liz ist sie Mitte vierzig) viel zu kurzen Kleid.

Was sagte Cynthia noch? Ich solle Erfahrung sammeln. Gehört Erfahrung im Flirten dazu? Bestimmt.

Ich krame in meinem Kopf nach irgendeinem Anmachspruch oder wenigstens nach etwas, das witzig oder charmant ist. Doch da mir partout nichts einfällt, nippe ich erneut an meinem Sekt. Mann, ich wollte doch damit aufhören!

»Ich finde es wirklich toll, dass die Mädels sich endlich männliche Verstärkung ins Team geholt haben. Kundenservice wird in der Agentur großgeschrieben, aber bisher gab es da doch gewisse Anforderungen, die sie nicht erfüllen konnten. Das ändert sich mit Ihnen jetzt sicher. Oder, Tony?«

Ich bin ziemlich sicher, dass Lillian nicht über Marketingangelegenheiten spricht. Und diese Vermutung bestärkt sich, als sie zwei Männern Platz macht, die gerade an uns vorbeigehen, und dabei dichter an mich heranrückt als nötig.

Sie legt mir eine Hand auf die Brust, drückt sich auf die Zehenspitzen und flüstert mir ins Ohr: »Kommen Sie, Tony, ich erkläre Ihnen im Hinterzimmer, was ich meine.«

Als ob sie noch irgendetwas erklären müsste. Ich mag etwas verklemmt sein, aber ich bin sicher nicht dumm. Und was diese Frau will, verstehe sogar ich.

Lillian wendet sich von mir ab, löst die Kordel, die den Gang neben uns versperrt, und tritt beiseite, in der Erwartung, dass ich ihr folge.

Ich lasse meinen Blick noch einmal kurz durch den Raum schweifen. Ich bin mit Liz hier, ich bin *wegen* Liz hier.

Sie hat dich stehen lassen, raunt mir mein innerer Alkohol-Owen zu. *Außerdem kann es nicht schaden, ein wenig zu üben, wie man mit solchen Powerfrauen wie Liz umgeht. Und Lillian gehört definitiv zu der gleichen Sorte. Lern erst mal reiten, bevor du dir ein Pferd zulegst.*

»Ich kann reiten«, nuschle ich, woraufhin Lillian mich fragend ansieht.

Es ist der Alkohol, der aus dir spricht …

Ach, Schnauze, du Philosoph. Natürlich ist es der Alkohol. Denn nüchtern würde ich dieser Frau ganz sicher nicht hinter die Absperrung folgen.

Wir gehen den schmalen Gang nur ein paar Schritte entlang, dann öffnet Lillian eine Tür mit der Aufschrift ›Caretaker‹. Ich hatte eigentlich gedacht, sie würde mich in ihr Büro führen, aber okay.

Sie geht hinein und ich folge ihr, nicht ohne noch einmal einen Blick über die Schulter zu werfen, ob unser Abgang irgendjemandem aufgefallen ist. Ist er nicht.

Kaum ist die Tür zu, packt Lillian mich am Kragen, zieht mich an sich und presst ihre Lippen auf meine. Mit romantischer Stimmung hat das definitiv nichts zu tun, auch nicht unbedingt mit echter Begierde. Ich habe eher das Gefühl, sie arbeitet ein bestimmtes Punkteprogramm ab. Und ich bin mit Sicherheit nicht der erste Kandidat, mit dem sie diese Nummer abzieht.

Apropos Nummer: Kopf aus, Tony. Die Musik spielt eine Etage tiefer.

Und wie sie spielt!

Ich kann nicht leugnen, dass es mir gefällt, wie Lillian sich an mich drückt. Während ihre Zunge wie ein Orkan in meinem Mund wütet, reibt sie ihr Becken langsam an meinem. Und je öfter sie das tut, desto größer wird der Widerstand, den ich ihr biete. Schon merke ich, wie der Platz in meiner Hose eng wird.

Ich umfasse ihren Körper, lege meine Hände auf ihren Hintern. Als ich anfange, ihn zu kneten, stöhnt sie und wirft den Kopf in den Nacken. Ich nutze die Gelegenheit und beginne, ihren Hals zu küssen, um zu verhindern, dass sie mich noch mal mit ihrer Zunge attackiert. Ich stehe auf gute Zungenspiele, allerdings nicht in meinem Mund …

Ich glaube, es wird Zeit, etwas klarzustellen: Nein, ich bin kein Heiliger und auch keine Jungfrau, wie so viele glauben (vor allem meine Mutter, und manchmal denke ich, sogar Owen). Nur weil ich heute alles andere als ein Aufreißer bin, heißt das nicht, dass ich es niemals war. Im Gegenteil, zu College-Zeiten war ich richtig wild, wenn auch eher heimlich und immer mit derselben. Mit einer Mitstudentin hatte ich so etwas wie eine ›Freundschaft Plus‹. Ich habe irgendwann aufgehört, zu zählen, wie oft wir uns getroffen haben, manchmal mit dem Vorwand des Lernens oder Quatschens, manchmal auch ganz offen und direkt zum Sex. Was wir alles angestellt haben … Und wo überall … Ich kriege heute noch eine Erektion, wenn ich nur daran denke.

Aber dann kam ich auf den Trichter, *wirklich* lernen zu wollen, und unsere Interessen gingen auseinander.

Wie dem auch sei, dank ihr weiß ich zumindest genau, wo ich bei einer Frau drücken muss, um sie glücklich zu machen. Und im Gegenzug weiß ich es sehr wohl zu genießen, fleischliche Gelüste auszuleben – ich bin halt auch nur ein Mann.

Warum ich trotzdem seit bestimmt einem halben Jahr keinen Sex mehr hatte? Ganz einfach: Ich war Single. Und ich finde es wesentlich unkomplizierter, selbst Hand anzulegen, als dafür um die Gunst irgendeines Mädchens zu buhlen, dem ich später erklären muss, warum ich es nicht angerufen habe. Mir selbst einen runterzuholen, baut genauso gut Druck ab, geht schneller und ist mit deutlich weniger Aufwand verbunden – kein Vorspiel, kein Nachspiel.

So eine Gelegenheit wie mit Lillian ist jedoch etwas anderes. Sie wird mir definitiv nicht ihre Nummer zustecken.

Ich lasse meine Hände tiefer gleiten und schiebe ihr Kleid nach oben. Während sich eine meiner Hände wieder um ihren Hintern legt, wandert meine andere von vorn zwischen ihre Beine.

Okay, diese Frau ist ein echtes Luder. Denn anstatt auf den Stoff eines Slips zu stoßen, gleiten meine Finger direkt zwischen ihre Schamlippen. Sie trägt einfach mal *nichts* unter diesem engen Kleid!

Vermutlich war das hier genau ihr Plan für heute Abend: sich einen Typen zu suchen, den sie in der Abstellkammer vögeln kann. Habe ich sie also richtig eingeschätzt.

Sie stöhnt, als ich meine Hand ein paar Mal vor und zurück bewege und dabei über ihre Perle streiche. Als sie die Beine etwas weiter spreizt, schiebe ich zwei Finger in sie. Es geht ganz leicht, sie ist unglaublich feucht dafür, dass wir gerade erst angefangen haben.

Ich gebe ein dunkles Brummen von mir. Es macht mich tierisch an, zu sehen, wie bereit sie ist.

Da löst sich Lillian von mir, dreht sich um und stützt sich mit den Armen auf einer Poliermaschine ab. »Fick mich, Anthony. Jetzt«, raunt sie, ohne mich noch einmal anzusehen.

Ihre derbe Wortwahl versetzt meiner Erregung einen kleinen Knick. Dirty Talk ist so gar nicht meins. Doch da streckt sie mir auch schon ihren Hintern entgegen. Sie biegt den Rücken so durch, dass ich sogar ihre heiße Mitte sehen kann. Sie ist leicht geschwollen, glänzt feucht und scheint nur darauf zu warten, dass ich sie ausfülle.

Das reicht, um mich wieder voll auf Touren zu bringen.

Lillian hat mein Zögern bemerkt, deutet es jedoch falsch. »Gummis liegen in der Schüssel links von dir«, sagt sie.

Stimmt, Verhütung ... Gute Idee.

Mit schnellen Griffen öffne ich meine Hose und schiebe sie samt Unterhose nach unten. Was für eine Erleichterung. Dann stülpe ich ein Kondom über.

»Los doch, Anthony. Zeigen Sie mir, wie gut Lizzys Geschmack wirklich ist«, drängt Lillian mich.

In der nächsten Sekunde dränge ich auch, und zwar in sie. Lillian keucht, als ich sie ausfülle, und auch mir entfährt ein Stöhnen. Vielleicht sollte ich so was doch öfter tun. Nicht unbedingt mit dieser Frau, aber ...

Plötzlich stelle ich mir vor, es wäre nicht Lillian, die hier vor mir steht und bei jedem Mal erzittert, dass ich mich aus ihr zurückziehe und wieder zustoße, sondern Liz.

Ich lege einen Arm um ihre Taille, finde mit den Fingerspitzen ihr Lustzentrum und beginne, daran zu reiben, während ich mein Becken weiter vor und zurück bewege.

Die Frau vor mir zuckt und windet sich, es gefällt ihr, was ich tue. Auch ich merke, wie sich in mir eine Welle aufbaut, eine Entladung, die ich nicht mehr lange zurückhalten kann.

Nur mit Mühe kann ich mich beherrschen, nicht ihren Namen zu keuchen ... Elizabeth.

Doch Lillian ruft mir ins Gedächtnis, *wen* ich hier gerade vögle.

»Gott, Tony, ja, genau so«, presst sie hervor.

Ihre Stimme bricht den Bann. Mein Kopf schaltet sich wieder ein. Was zum Henker tue ich hier eigentlich?

Meine Chefin, in die ich zugegebenermaßen voll verschossen bin, nimmt mich das erste Mal auf eine Kundenveranstaltung mit – und ich treibe es mit der Gastgeberin? ICH?

Ich muss das hier sofort beenden, solange ich noch einen Funken Anstand habe und nicht …

Doch da stöhnt Lillian laut auf. In ihrem Orgasmus drückt sie ihren Rücken noch ein weniger weiter durch, verändert den Winkel ihres Beckens ein Stück und somit auch die Reibung an meinem Penis. Damit trifft sie genau die Stelle, den Punkt, der so empfindlich ist. Mein Glied pulsiert und keine Sekunde später explodiert auch in mir der Höhepunkt meiner Erregung.

Mit einem tiefen Seufzer ergieße ich mich in ihr.

Dann scheint alle Kraft aus mir zu weichen. Gern würde ich jetzt über ihr zusammensacken, einfach einen Moment verschnaufen, solange mein Hirn mich noch mit quälenden ›Was hast du nur getan‹-Vorwürfen verschont.

Doch Lillian drückt mich bereits von sich, richtet sich auf und schiebt ihr Kleid nach unten.

»Vielen Dank, Anthony«, raunt sie und gibt mir einen Kuss auf die Wange. »Ich werde ›Johnston & Martin‹ bestimmt weiterempfehlen.« Dann drückt sie mir ein paar Papiertücher in die Hand, die sie aus dem Regal neben uns genommen hat.

Ohne ein weiteres Wort schiebt sie sich an mir vorbei und verlässt die Abstellkammer.

Ich versuche immer noch, zu Atem zu kommen, während ich die Überreste dieses Zwischenfalls beseitige.

»Wenn das mal nicht Owen-like war, weiß ich auch nicht«, murmle ich, um mich selbst zu beruhigen, und ziehe mich an.

Als ich die Tür öffne und hinausspähe, ist der Gang leer. Lillian ist sicher auf die Party zurückgekehrt und auch sonst ist niemand da, der mich sehen könnte. Keiner wird erfahren, was hier gelaufen ist. Keiner, schon gar nicht Liz.

Mann, wie konntest du das nur tun?

Und da kommen sie auch schon, die Gewissensbisse.

Als ich das Gefühl habe, mich wenigstens halbwegs unter Kontrolle zu haben, gehe ich ebenfalls zurück. Ich werde einfach so tun, als wäre das niemals passiert. Wenn ich es mir nur ernsthaft einrede, glaube ich es am Ende vielleicht sogar selbst.

Ich durchquere die Absperrung und stelle mich wieder an den Platz, an dem ich gewartet habe, bevor Lillian mich entführt (oder besser *ver*führt) hat. So unauffällig wie möglich schaue ich mich um und entdecke sie im Gespräch mit ihrem Bruder. Sie bemerkt meinen Blick, zwinkert mir zu, konzentriert sich dann aber wieder auf Victor.

»Entschuldigen Sie bitte, dass ich Sie so lange habe warten lassen«, ertönt plötzlich eine Stimme neben mir. »Aber Victor hat mich ein paar sehr interessanten Leuten vorgestellt, mit denen ich unbedingt erste Kontakte knüpfen musste. Ich hoffe, Sie haben sich nicht gelangweilt?«

KAPITEL 13

Liz

Er zuckt regelrecht zusammen, als ich mit ihm rede, und sein Gesicht allein würde schon Bände sprechen. Aber da ist noch das Funkeln in seinen blauen Augen und diese rosige Röte, die ich an mir bemerke, wenn ich gerade Sex hatte.

Anthony betrachtet mich mehr denn je wie ein Reh, das von einem Autoscheinwerfer erfasst wird. Und gleichzeitig sehe ich eine tiefe Scham in seinem Blick, bevor er ihn senkt. Er will nicht, dass ich es bemerke, aber dafür ist es zu spät.

Ich sehe mich um und entdecke Lillian, deren Wangen ebenfalls strahlen und die ihre Lippen zu einem triumphierenden Lächeln kräuselt, als unsere Blicke sich treffen. Hat sie tatsächlich Anthony verführt? Anthony? Den ich für eine Jungfrau gehalten habe?

»Ist alles in Ordnung?«, frage ich ihn, als er anfängt, nervös vor und zurück zu wippen.

»Ich … also …«, murmelt er und betrachtet seine schwarzen Lederschuhe so interessiert, als wären sie ein seltenes Tier. »Ich habe wohl ein wenig zu viel Sekt getrunken und …« Plötzlich reißt er den Kopf hoch und schwankt gefährlich. »Ich habe den Sekt vergessen! Ich hole Ihnen gleich ein Glas und …«

Bevor er weglaufen kann, umfasse ich seine Handgelenke. Er zuckt erneut und bleibt wie angewurzelt stehen. Ich kann den Alkohol an ihm riechen und ich kenne Lillian. Ihr ist jedes Mittel recht.

»Anthony«, sage ich so ruhig wie möglich, ohne ihn loszulassen. »Ist wirklich alles in Ordnung? Hat jemand Sie zu etwas gezwungen, das Sie nicht wollten?«

Es wäre nicht das erste Mal, dass Lillian jemanden mit Alkohol gefügig gemacht hätte. Victor hat mehr als einmal die Scherben, die seine Schwester hinterlassen hat, wegfegen müssen, aber in den Griff hat er sie bisher nicht bekommen.

»Sie können es mir sagen, Anthony. Es tut mir so leid, dass ich Sie allein gelassen habe. Hätte ich gewusst …«

Weiter komme ich nicht, denn Lillian gesellt sich zu uns, ein gefülltes Glas Sekt in der Hand und immer noch dieses ekelhafte Lächeln auf den Lippen. Sie berührt Anthony an der Schulter und er schaudert.

Das reicht. Ich habe es zwar nicht angeleckt, aber es gehört mir. Und sie hat kein Recht, mit ihm ihre Psychospielchen zu spielen.

Ich atme dreimal tief durch, dann setze ich ein sanftes Lächeln auf und sehe von Lillian zu Anthony, der mich mit weit aufgerissenen Augen anstarrt. »Anthony, wären Sie so nett, uns ein Taxi zu rufen und draußen auf mich zu warten? Ich möchte noch kurz mit Lillian sprechen.«

»Ihr geht schon?«, säuselt sie mit zuckersüßer Stimme und streicht Anthony noch einmal über die Schulter. Sein Körper verkrampft sich und ich sehe, dass er den Atem anhält.

»Die Party läuft gut, unsere Anwesenheit ist nicht mehr nötig und ich habe die Kontakte geknüpft, die interessant sind«, sage ich mehr zu Anthony als zu ihr. »Rufen Sie uns bitte ein Taxi. Ich bin gleich bei Ihnen.«

Es fällt mir schwer, ihn loszulassen. Er wirkt so verloren, so eingeschüchtert. Das hat er nicht verdient. Und es ist meine Schuld. Gut, nicht ausschließlich. Cyn hat ihn attraktiver gemacht und Lillian hat den Umstand, dass er keinen Alkohol verträgt, schamlos ausgenutzt. Aber ich habe ihn allein gelassen. Mit ihr.

Ich löse meine Hände von seinen Armen und berühre seine Schulter sanft. »Es dauert nicht lange. Ich bin gleich bei Ihnen.«

Er schluckt, nickt, wirft Lillian noch einen flüchtigen Blick zu und nimmt mir dann die Aktentasche ab, bevor er sich durch die Menschenmenge schiebt.

»Ein guter Griff, Lizzy«, beginnt Lillian das Gespräch, während ich Anthony nachsehe. »Er ist wirklich gut bestückt. Und seine Stöße, Lizzy … Wie oft darf er es dir machen? Ich frage nur, weil ich ihn gern wiedersehen würde.«

Ich lächle immer noch zuckersüß, aber meine Stimme ist eiskalt, als ich mich zu ihr umdrehe. »Halte dich von ihm fern, *Lilly*«, speie ich ihren Namen aus. Ich hasse es, wie sie meinen Namen abkürzt, und ich weiß, dass sie den Kosenamen Lilly mindestens ebenso sehr hasst. »Ich weiß nicht, was du getan hast, damit er mit dir mitgekommen ist, aber du wirst ihn in Ruhe lassen.«

Sie schmunzelt und trinkt das Glas leer, bevor sie von einem vorbeihuschenden Kellner ein neues nimmt. »Er hat sich nicht gewehrt, meine Gute. Offenbar gibst du ihm nicht das, was er braucht.«

Ich mache einen Schritt auf sie zu und stelle mit Genugtuung fest, dass sie zurückweichen will, es aber nicht kann, weil eine Säule ihr den Fluchtweg versperrt. »Ich schlafe nicht mit ihm.«

Sie räuspert sich und setzt wieder dieses ekelhafte Lächeln auf. »Ja, richtig. Weil du nur Kunden vögelst, oder? Warum sollten nur Männer in den Genuss von Zusatzleistungen von ›Johnston & Martin‹ kommen, Lizzy? Wenn ich diesen Jungen weiterempfehle, könnt ihr euch vor Aufträgen einsamer Frauen nicht retten.« Sie legt einen Finger an ihr Kinn und blickt an die Decke. »Ich frage mich, wie gut seine Zungenspiele sind. Immerhin bist du ja für deine Lippenbekenntnisse bekannt.«

»Mit wem ich schlafe, ist allein meine Sache«, zische ich. »Aber Anthony ist nicht wie ich. Wage es nicht, jemandem zu erklären, dass wir jetzt eine kleine Draufgabe für einsame Frauen haben! Denn so eine Agentur führe ich nicht.«

»Marktlücke, Schätzchen«, beginnt sie und schluckt ihre Worte hinunter, als ich noch einen Schritt näher komme.

»Wenn ich auch nur einmal von dem Gerücht höre, dass bei einer Buchung von ›Johnston & Martin‹ ein männlicher Leckerbissen draufgelegt wird, sorge ich dafür, dass euer Geschäft ab jetzt gemieden wird.« Ich hebe meine Mundwinkel. »Du weißt, dass ich euch rund vierzig Prozent eurer Kunden bringe, oder?«

»Wir bringen dir auch Kunden«, stammelt sie, aber ich lasse sie nicht wirklich weitersprechen.

»Ein bis zwei pro Jahr, und dann keine sehr großen. Darauf bin ich nicht angewiesen.« Ich hebe mein Kinn. »Also, Finger weg von Anthony und keine Gerüchte, sonst wirst du mich kennenlernen.«

Ich drehe mich um, da lacht sie. »Wer hätte gedacht, dass Lizzy Johnston einmal auf einen Angestellten abfährt.«

Ich schnaube. »Ich finde es schon schlimm genug, dass du jeden Kellner angräbst und Victor dafür sorgen muss, dass sie nicht kündigen, wenn du nicht bekommst, was du willst, und zudringlich wirst. Das ist so … erbärmlich, Lilly.«

Ihre Augen werden schmal. »Oh, natürlich. Ich bin nun einmal nicht mehr so knackig und jung wie du. Aber in zehn Jahren, meine Liebe, wird es dir genauso ergehen wie mir. Dann wird dich kein heißer, reicher Kerl mehr durchnehmen. Dann wirst du den Kellnern nachlaufen und sie anflehen, dich zu ficken, obwohl du sie gar nicht attraktiv findest. Dort landen alle Flittchen, Schätzchen. Und du bist das größte Flittchen von allen.«

»Weil ich deinen Bruder wirklich mag, habe ich das jetzt überhört. Aber das nächste Mal bekommst du Post von meinem Anwalt, wenn du solche Aussagen triffst.«

Ich gehe weg von ihr, versuche, so ruhig wie möglich zu bleiben, während sie mir noch Dinge nachruft. Ihre Worte treffen mich auf eine Weise, die ich nicht geahnt hätte. Werde ich wirklich einmal so sein wie sie?

Nein. Niemals.

Ich bin erleichtert, als ich auf die Straße trete und Anthony erblicke. Er läuft wie ein Tiger im Käfig vor dem Eingang zum Laden auf und ab. Als ich hinausgehe, hebt er den Kopf und sieht mich mit seinen großen blauen Augen ängstlich an.

»Elizabeth, es tut mir so leid«, sagt er, während er auf mich zugeht.

»Nein, Anthony, es muss Ihnen nicht leidtun«, seufze ich. »Mir tut es leid. Ich hätte Sie nicht allein lassen dürfen. Ich verspreche, dass so etwas nie wieder vorkommt.«

Er schluckt und ich gebe ihm Zeit, weil es so aussieht, als wollte er etwas sagen. Er schweigt allerdings und betrachtet mich nur vollkommen verloren.

Der arme Kerl. An eine Frau wie Lillian zu geraten, die es einfach nur auf Quickies abgesehen hat, ist für ihn sicher nicht einfach. Ich kann mir vorstellen, dass er ein liebevoller Partner ist, der eben auch auf emotionaler Ebene mit einer Frau verbunden sein möchte.

Das schlechte Gewissen ergreift mich. Ich bin wirklich nicht besser als Lillian. Ich will ihn zwar nicht in eine dunkle Kammer verschleppen und ihn betrunken vernaschen, aber ich werde vier Wochen lang so tun, als wäre ich an einer festen Beziehung mit ihm interessiert. Dabei weiß ich doch schon jetzt, dass wir nicht wirklich viel gemeinsam haben können und ich ihn abserviere, sobald die Wette gewonnen ist. Das hat er nicht verdient …

Einen kurzen Moment überlege ich, ihn einfach heimzuschicken, da stößt er den Atem aus. »Ich habe mich wie der letzte Idiot benommen. Ich kann das nie wiedergutmachen. Hoffentlich habe ich Ihnen durch mein Verhalten keine Aufträge verdorben.«

Ich lege meine Hand auf seinen Unterarm und er schluckt. »Das haben Sie nicht. Sie müssen kein schlechtes Gewissen haben, sondern ich.« Er betrachtet mich, aber ich will nicht, dass er mich nach dem Grund fragt. Deswegen spreche ich hastig weiter. »Lassen Sie uns noch etwas unternehmen.«

»Etwas … unternehmen …«, wiederholt er meine Worte gedehnt, als das Taxi vorfährt.

»Ja. Ich würde Sie gern besser kennenlernen. Immerhin werden wir beide wohl an der Kundenakquise arbeiten.«

Er legt den Kopf schief, tritt aber an das Auto heran und öffnet mir die Tür, bevor er das Taxi umrundet und einsteigt.

Der Fahrer sieht uns erwartungsvoll an. »Wohin möchten Sie gehen, Anthony?«, frage ich den verwirrten Mann neben mir mit gewinnendem Lächeln.

»Es ist Ihnen egal, wohin wir fahren?«, fragt er zurück und ich nicke. Seine Miene hellt sich auf und er nennt dem Fahrer eine Adresse.

Damit hatte ich nicht gerechnet. Irgendwie schon, aber … nun, ich fühle mich in dem Pub mit den Dartscheiben und dem Billardtisch gerade etwas overdressed.

Aber Anthony wirkt endlich ein wenig entspannt, besonders, nachdem wir mit einem Bier angestoßen haben und er den ersten Schluck genommen hat. Alkohol verträgt er nicht, aber ich lasse ihn. Er hatte wahrscheinlich keinen einfachen Abend und zum Großteil habe ich Schuld daran.

In Gedanken schreibe ich mir eine Notiz, Cyn das Budget für Kleidung zu kürzen. Wenn sie aus einem Vampir einen heißen Vampir machen will, darf sie das ab jetzt auf ihre Kosten tun.

»Elizabeth?«, reißt Anthony mich aus meinen Gedanken und ich lächle ihn an. »Wie meinten Sie das, wir werden an der Kundenakquise arbeiten?«

»Wollen wir uns wirklich über die Arbeit unterhalten?«, säusle ich und trinke von meinem Bier. Ich bin eigentlich eher Weintrinkerin, aber das Bier hier ist wirklich gut. »Ich würde lieber Billard spielen.«

Anthony hebt eine Augenbraue. Verdammt, der Gesichtsausdruck ist sexy. Er kann also doch mehr, als nur müde und gelangweilt auszusehen.

Halt, an so etwas sollte ich nicht denken. Ich will ihn schließlich nicht aufreißen, sondern … na ja, schon aufreißen, aber eben nicht ins Bett kriegen. Und genau auf den Modus schalte ich gerade um. Darum besser mit Billard ablenken.

»Sie spielen Billard?«, fragt er ungläubig und mustert mein Outfit. »In dem Kleid?«

Ich nicke, stehe auf und hole die Kugeln. Auffordernd bleibe ich neben einem freien Tisch stehen und deute Anthony mit dem

Kopf, zu mir zu kommen. Er bringt unsere Bierkrüge mit und betrachtet mich, während ich den Queue in meiner Hand wiege.

»Spielen Sie öfter?«, will er wissen.

Ich zucke mit den Schultern. »Während des Studiums habe ich manchmal gespielt«, erkläre ich und sehe ihn an.

Er bedeutet mir, dass ich beginnen darf, also stoße ich die weiße Kugel an und versenke drei volle Kugeln. Anthony nimmt sich nun seinerseits einen Queue und lässt mich nicht aus den Augen, während ich meinen nächsten Stoß vorbereite.

Ich will eine volle Kugel in der Außentasche versenken, dafür muss ich aber über die Bande spielen. Ist schon länger her, dass ich so etwas gemacht habe, aber der Zug gelingt mir und die rote Kugel landet im Loch.

»Nicht schlecht«, meint er und ich ertappe ihn dabei, wie er meine Beine abcheckt.

Ja, in dem Kleid und den Schuhen habe ich unendlich lange Beine.

Den nächsten Stoß versemmle ich und er ist an der Reihe. Er legt den Kopf schief und überlegt sich seinen Zug. Dann locht er drei Kugeln hintereinander ein.

»Sie sind aber auch nicht schlecht.« Ich nicke anerkennend und meine dabei eigentlich seinen Hintern, der in den Jeans wirklich gut aussieht.

Als mir meine Gedanken bewusst werden, räuspere ich mich und bestelle noch eine Runde Bier. Ich komme wirklich noch in Versuchung, wenn ich ihn länger ansehe. Muss wohl am Sexentzug liegen und daran, dass Cyn es wirklich versteht, Männer einzukleiden.

»Ich komme gern hierher«, gesteht er und locht noch eine Kugel ein. »In Billard bin ich wirklich gut. Ist eines der wenigen Dinge, die ich beherrsche.«

Unsere Augen treffen sich, als er zum nächsten Stoß ansetzt. Offenbar bringt ihn das aus der Fassung, denn er rutscht mit der Spitze des Queues ab und die weiße Kugel hüpft über den Tischrand.

»Mist«, brummt er und hebt die Kugel auf. »Dann sind wohl Sie dran.«

Ich umrunde den Tisch und berühre ihn dabei mit meinen Hüften. Er holt scharf Luft und verkrampft sich. Irgendwie ist er wirklich süß.

»Die Kundenakquise«, beginne ich, weil mich seine Nähe erregt. Ich weiß, er hatte gerade Sex mit Lillian, was mich mehr stört, als ich zugeben will. Aber sein Parfum steigt mir in die Nase und irgendwie muss ich an Lillians Worte denken, als sie meinte, er wäre gut bestückt und könne gut zustoßen …

Verdammt, Liz, reiß dich zusammen!, ermahne ich mich und versenke eine Kugel.

»Ihnen ist doch klar, dass ›Johnston & Martin‹ davon lebt, dass ich Kontakte knüpfe, Cyn die Kunden um die Finger wickelt und ich den Abschluss mache?«

»So in der Art habe ich mir das gedacht«, gesteht er.

»Deswegen werden Cyn und Sanders an den Marketingtexten feilen. Die Kunden sollen sich umgarnt fühlen und dafür bin ich nicht geeignet. Aus diesem Grund werden Sie und ich an dem ersten Auftritt arbeiten. Denn ich denke, darin liegt bei diesem Projekt meine Stärke, und ich brauche Sie dafür.«

»Und darum sollen wir uns kennenlernen?«, will er wissen.

Ich schmunzle, als die schwarze Acht in einer Seitentasche landet. Damit habe ich gewonnen. »Ganz genau. Ich denke, wir sollten uns gut verstehen, wenn wir so eng zusammenarbeiten. Oder sehen Sie das … anders …«, stammle ich die letzten Worte, als ich mich umdrehe und er dicht vor mir steht.

Seine Augen wandern zu meinen Lippen und diesmal halte ich den Atem an. Der wird doch nicht … oder wird er?

Fast freue ich mich darauf, dass wir uns küssen. Irgendwie hat er etwas. Da ist keine knisternde Erotik zwischen uns, aber mein Verlangen, ihm nahe zu sein, ist erwacht.

Verfluchter Mist.

Anthony zögert und ich nutze die Chance, einen Schritt zur Seite zu machen und den Moment zu zerstören. Ich muss es mir heute Nacht ein paar Mal machen. Mit Vibratoren ist ein Orgasmus sicher nicht so befriedigend wie mit einem Mann. Aber ich will mir jetzt keinen abschleppen und mich dann aus dem Staub machen, wenn ich Anthony morgen frage, ob wir ein Paar sein wollen. Gott, wie das klingt. Wie auch immer. Heute Nacht muss ich ein paar Mal kommen, sonst habe ich bald ein gewaltiges Problem, wenn ich es mir nicht mal mehr selbst machen darf, sobald die achtundzwanzig Tage beginnen.

»Es ist schon spät«, verkünde ich deswegen.

Verwirrt blickt Anthony auf die Uhr und nickt. Immerhin ist es bald Mitternacht und morgen müssen wir arbeiten.

»Soll ich Sie nach Hause bringen?«, fragt er und reicht mir seine Jacke.

Diesmal blicke ich verwirrt darauf, bis mir klar wird, dass er sie mir anbietet, weil es draußen vermutlich kühl ist und ich schulterfrei unterwegs bin.

»Nicht nötig, ich nehme mir ein Taxi«, sage ich schnell und schnappe mir meine Tasche. »Aber wenn Sie mit mir warten würden, bis es da ist …«

»Natürlich«, meint er schnell und wir verlassen den Pub.

Draußen ist es wirklich kalt und ich bin froh, dass er mir seine Jacke um die Schultern hängt.

Gott, ist er süß. Das hat bisher noch kaum jemand für mich gemacht.

»Anthony, ich fand den Rest des Abends wirklich schön«, beginne ich lächelnd und halte inne, als er mich konzentriert ansieht. Was wohl in seinem Kopf vorgeht? »Deswegen würde ich Sie gern morgen zum Essen einladen.«

»Essen?«, haucht er.

Ich nicke. »Wissen Sie, ich habe früher bei einer Cateringfirma Erfahrung gesammelt. So bin ich auch an die Agentur gekommen, das war einmal ein Cateringservice. Cyn und ich haben anfangs neben der Uni gejobbt und den Laden dann übernommen«, erkläre ich und zwinkere. »Ich kann ganz passabel kochen und ich würde Sie wirklich gern besser kennenlernen.«

»Ich … bringe den Wein mit?«, schlägt er vor und scheint fast erleichtert, als das Taxi vorfährt.

»Das wäre schön. Ich gebe Ihnen morgen die Adresse«, sage ich und will die Tür öffnen, aber er kommt mir zuvor. Strahlend ziehe ich seine Jacke von meinen Schultern und gebe sie ihm zurück. »Kommen Sie gut heim.«

Ich schließe die Tür und ermahne mich, nicht nach ihm zu sehen, als das Taxi losfährt.

Aber ich halte es nicht aus.

Schnell drehe ich mich um und betrachte den Mann, der mich an einen verlorenen Welpen erinnert. Wenn er nicht gerade der sexy Vampir ist, den ich küssen will.

Ich werde Cyn lynchen.

KAPITEL 14

Tony

Mein Tag beginnt in unserer Küche. In der einen Hand halte ich einen Becher Kaffee, in der anderen eine Kopfschmerztablette.

Ich frage mich, ob sich mein Körper irgendwann an das Zeug gewöhnen wird. Ein Glas Sekt und ich vögle unsere Auftraggeberin, also, Liz' Auftraggeberin. Zwei weitere Bier und bis zum nächsten Morgen hat jemand in meinem Hirn eine Baustelle mit Presslufthammer aufgebaut. Es ist zum Kotzen, im übertragenen Sinne.

Während ich die Tablette mit etwas Kaffee hinunterspüle, geht mir der gestrige Abend durch den Kopf. Ich habe Liz in meine Stammkneipe gebracht. Ich brauchte nach der Nummer mit Lillian einfach einen Ort, an dem ich mich wohlfühle, sicher.

Dass Elizabeth sofort gecheckt hat, was ich angestellt habe, war einfach nur peinlich, auch wenn ich eine andere Reaktion erwartet hätte. Normalerweise hätte sie mich feuern müssen, anstatt Lillian zur Schnecke zu machen, was sie zweifelsohne getan hat.

Sie schien das Ganze echt mitzunehmen, aber warum? Ist ja nicht so, dass Lillian mich vergewaltigt hat.

Sie hat den Umstand ausgenutzt, dass ich keinen Alkohol vertrage, okay. Aber sind wir ehrlich – meinen Schwanz habe ich immer noch freiwillig in sie hineingeschoben.

Ein Stöhnen entfährt mir, als ich daran denke. Die Nummer war wie aus einem billigen Porno geklaut. Kaum zu glauben, dass *ich* der Hauptdarsteller war.

Der Teil im Pub hingegen war … richtig schön. Nicht nur ich war wesentlich entspannter, auch Liz schien sich dort wohler zu fühlen als zwischen all diesen überkandidelten Gästen der Eröffnungsparty. Es fühlte sich ein bisschen so an, als wäre meine Göttin ein paar Stufen von ihrem Thron herabgestiegen, herab zu mir. Und anstatt an Würde und Glanz zu verlieren, hat sie nur noch mehr gestrahlt.

Ich kann mir ein Grinsen nicht verkneifen, als ich an das Billardspiel denke. Wie sie sich über den Tisch gebeugt hat und – ob bewusst oder unbewusst – ganz leicht mit ihrem Hintern gewackelt hat. Und dann dieser Moment, als sie nicht damit rechnete, dass ich hinter ihr stehe. Dieser Blick! Für eine Sekunde hatte ich das Gefühl, wir hätten die Rollen getauscht und sie würde mich so ansehen wie ich sonst sie.

Tony, du Hengst, jubiliert mein innerer Owen und schreibt eine Notiz, dass ich unbedingt das Kondom in meiner Geldbörse erneuern – oder zumindest das Verfallsdatum prüfen sollte.

Ausnahmsweise ist er mit meinem Philosophen einer Meinung, der mich zwar mit klugen Sprüchen in Ruhe lässt, dafür meine Verführungskünste mit Harfenklängen lobpreist.

Ich gebe beiden einen Schubs – Inner-Owen von seinem hohen Ross und Philosophen-Tony von seiner Wolke.

Das ist alles völliger Quatsch. Sie ist nur an meinen Qualitäten als Digital Geek interessiert, nicht an denen als Mann.

Und trotzdem hat sie mich heute Abend zum Essen eingeladen, zu sich nach Hause. Wow …

Ich trinke meinen Kaffee aus und knalle die Tasse auf die Arbeitsplatte. Schluss mit diesen Grübeleien. Ich werde den heutigen Abend nutzen, um herauszufinden, wo ich bei ihr stehe. Entweder es sprühen Funken und ich muss aus meinen Karriere-vor-Gefühlen-Gewohnheiten ausbrechen oder wir fachsimpeln und ich bin ganz der Profi, der ich immer war.

Jetzt wird es aber langsam Zeit, zur Arbeit zu fahren. Ich gehe zu Owens Zimmer, um ihn zu wecken, damit wir in zehn Minuten loskönnen. Ich klopfe, rufe nach ihm, bekomme aber keine Reaktion. Also gehe ich hinein.

Das Zimmer ist leer, das Bett gemacht. Alles klar! Vermutlich war mein Kumpel gestern ebenfalls aus und hat die Nacht bei einer seiner Eroberungen verbracht. Bitte schön, dann fahre ich eben allein in die Agentur.

Das Büro ist genauso verwaist wie unsere Wohnung. Kein Owen, keine Cynthia und – zum Glück – auch keine Liz. Habe ich irgendetwas verpasst? Ist Wochenende? Feiertag? Bombendrohung?

Auf meiner Tastatur liegt ein Memo. Es ist von *ihr*.

Bin mit Cyn bei einem neuen Caterer. Wird dauern. Freu mich auf heute Abend.

Ich kann ein Lächeln nicht unterdrücken. Und muss gestehen, dass ich gar nicht so böse darüber bin, dass wir uns erst heute Abend wiedersehen. Galgenfrist …

Jetzt stellt sich nur noch die Frage, wo Owen bleibt. Er kann von Glück reden, dass die beiden nicht merken, dass er zu spät kommt.

Sogar viel zu spät, denn es ist schon kurz vor elf, als er endlich auftaucht.

»Alter, wo warst du?«, begrüße ich ihn schroff. Nicht, dass ich mir Sorgen gemacht hätte. Zumindest nicht um ihn.

»Bei Sandy«, sagt er und grinst mich an.

Ah, wieder eine Blondine also. Ich verdrehe die Augen. »Eine Alte oder eine Neue?«

»Eine Neue«, erwidert er. Dann weicht er meinem Blick aus und geht schweigend zu seinem Rechner.

Die Tatsache, dass er mich nicht mit Details seiner vergangenen Liebesnacht belästigt, macht mich stutzig. Ist der arme Kerl krank?

»Ich habe gestern unsere Auftraggeberin flachgelegt«, rutscht es mir heraus. Irgendwie ist es mir ein Bedürfnis, auch endlich mal etwas Aufregendes zu so einer Unterhaltung beizusteuern. Auch wenn es mir ein bisschen das Gefühl von verkehrter Welt gibt – Owen schweigt über seine Eroberung und ich hatte Sex, über den ich auch noch stolz berichte, obwohl ich die ganze Sache eigentlich völlig peinlich finde.

Wie eine Sprungfeder schnipst Owen von seinem Stuhl hoch. »Du hast mit Ms. Johnston rumgemacht?« Seine Augen könnten größer nicht sein.

Meine werden es jetzt auch. »Nein!«, stelle ich überdeutlich klar. »Mit der Blumentussi.«

Nun legt sich Owens Stirn in Falten. »Moment«, sinniert er und beginnt, in dem kleinen Raum auf und ab zu gehen. »Lass mich das kurz zusammenfassen, nur fürs Verständnis. Du stehst auf Ms. Johnston.«

»Liz«, unterbreche ich ihn, aber er winkt nur ab.

»Du stehst auf *Liz*. Sie nimmt dich mit auf eine Party, wofür du extra eine Vorher-Nachher-Show besuchst und dich so aufstylst, dass der Guten buchstäblich der Mund offen stehen bleibt.«

Ich wische seinen Satz mit der Hand beiseite. »Ach komm …«

»Tony, ich kenne den Blick von Frauen, die an Sex denken. Und bei ihr lief ein kompletter Porno im Kopf ab, als du gestern nach deiner Typveränderung hier aufgetaucht bist. Und dann …« Er rauft sich die Haare. »Dann schmeißt du dich auf der Party der Erstbesten an den Hals und vögelst sie statt Liz?«

»Lillian hat sich mir an den Hals geworfen«, stelle ich richtig. »Und ich war betrunken, ein bisschen. Außerdem hat Cynthia gesagt, ich solle ein bisschen mehr wie du sein … Und du hättest auch …«

Er setzt sich auf die Kante meines Schreibtischs und verschränkt die Arme. »Nein, hätte ich nicht. Nicht, wenn ich mir schon vorher ein Ziel ausgesucht habe, dass nur darauf wartet, dass ich es bespringe. Du hättest die Johnston so was von klarmachen können!«

»Sie heißt Liz«, wiederhole ich und gehe in Verteidigungsmodus. »Und das mit uns ist nicht *so was*.«

Er zieht eine Augenbraue nach oben. »So, was ist es dann?«

»Wir sind heute Abend zum Essen verabredet«, sage ich. Nun klinge ich keinesfalls mehr stolz, sondern eher kleinlaut. »Bei ihr zu Hause«, schiebe ich hinterher.

»Ich will nicht wissen, was ihr vorhabt«, meint Owen. »Ich will wissen, was das ist. Was willst du von ihr, Tony?«

Als ich schweige, beantwortet er sich seine Frage selbst und spricht aus, was ich mir schon gestern eingestanden habe. »Du hast dich in sie verliebt.«

Es ist keine Frage, es ist eine Feststellung. Und es klingt irgendwie niedlich, wenn Owen *verliebt* sagt.

Ich nicke und erwarte, dass er sich über mich lustig macht. Oder mir mit Vorhaltungen kommt, wie unvernünftig das sei.

Doch stattdessen schlägt er mir auf die Schulter.

»Dann solltest du dich heute Abend besser benehmen als gestern. Und dich bis dahin wieder in eine Prinzessin verwandeln, du kleines Aschenputtel. Denn in dem Aufzug wird das nichts.«

Zugegeben, ich bin ein wenig überrascht vom Verlauf dieses Gesprächs. Aber wo er recht hat, hat er recht.

Während Owen zu seinem eigenen Platz schlendert und das Thema wechselt, indem er über irgendwelche Artikel für die neue Website quatscht, gehe ich in Gedanken meinen Kleiderschrank durch, auf der Suche nach etwas, das ich heute ruhigen Gewissens tragen kann.

Plötzlich fällt mir ein, dass es da noch eine andere Sache gibt, über die ich mit Owen sprechen wollte.

»Im Übrigen war ich gestern mit Cynthia shoppen«, sage ich und behalte ihn genau im Blick. »Ich habe sie nach der Rechnung für die Reinigung gefragt. Du weißt schon, wegen meines kleinen Ausrutschers bei unserem Vorstellungsgespräch.«

Ich sehe, wie Owen hinter seinem Rechner immer kleiner wird.

Aha, habe ich also richtiggelegen!

Am Abend stehe ich in einer Reihenhaussiedlung vor dem Haus mit der Nummer zwölf. Ich bin mit dem Auto gekommen, habe einen Strauß Blumen dabei und eine Flasche extrem leckeren Fruchtsaft anstatt von Wein.

Keinen Alkohol heute Abend, habe ich beschlossen. Ich will ganz ich selbst sein, der freundliche, höfliche Tony. Na gut, die attraktive Ausgabe von mir, denn statt meines Schlabberlooks trage ich die neue Hose, die Cynthia mir gekauft hat, in Kombination mit einem engen schwarzen T-Shirt. Selbst die Haare habe ich versucht, so zu stylen wie dieser Friseurtyp gestern.

Das Einzige, das mir fehlt: Mut.

Ich stehe jetzt schon zwei Minuten hier und habe mich immer noch nicht getraut, diesen dämlichen Klingelknopf zu drücken.

Was gestern passiert ist, war einfach nur verwirrend und ich habe keine Ahnung, wie Liz gerade zu mir steht. Aber ich werde es nicht herausfinden, wenn ich weiter hier herumstehe.

»Komm schon, Tony«, spreche ich mir gut zu, hebe die Hand und schaffe es endlich, zu klingeln.

Als die Tür aufgeht, habe ich für einen Moment das Gefühl, mich im Haus vertan zu haben. Was nicht sein kann, schließlich habe ich minutenlang die Hausnummer angestarrt und weiß definitiv, dass es die richtige ist.

Vor mir steht auch Liz, allerdings weder in ihrem strengen Businesslook noch in einem aufgedonnerten Kundenakquise-Outfit. Trotzdem sieht sie unglaublich aus!

Ihre Haare trägt sie heute offen, wie ich es noch nie bei ihr gesehen habe. Ein weiter schwarzer Rock und ein tief ausgeschnittenes weißes Top betonen ihre weibliche Figur.

Es wirkt ein bisschen, als hätte sie nicht mit Besuch gerechnet, als wäre dies ihr gemütlicher Zuhause-Style. Dass es anders ist, verrät mir ihr perfektes Make-up. Niemand trägt in seiner Freizeit einen so verführerisch roten Lippenstift!

»Hi«, sage ich völlig unkreativ und halte ihr die Blumen entgegen.

Ihre Mundwinkel verziehen sich spöttisch. »Ernsthaft? Gerbera? Bringt man die nicht eher seiner Schwiegermutter mit?«

Danke für die tolle Beratung, Frau Dingensda, in deren Blumenladen ich nie wieder gehe!

Liz entgeht anscheinend nicht, dass ich rot werde, denn sie schiebt hinterher: »Aber ich mag Orange. Wirklich schön!«

Sie tritt beiseite und macht eine einladende Geste, woraufhin ich ihr ins Haus folge.

»Ist das der Wein?«, fragt sie und deutet auf die Flasche in meiner Hand.

Ich kann ihr doch nun unmöglich diesen Saft geben! Dank der Blumen hält sie mich sowieso schon für ein Muttersöhnchen. Was mache ich nur?

Aber sie nimmt mir die Entscheidung ab, indem sie einfach nach der Flasche greift. Einen kurzen Moment studiert sie das Etikett. Dann nickt sie. »Klingt gut.«

Also entweder habe ich Glück und sie hat sich von dem Namen des Weinguts beirren lassen, von dem die Trauben für den Saft kommen, oder sie will mich einfach nicht noch mehr in Verlegenheit bringen.

Beides hilft nicht, ich komme mir saudumm vor. Heute Abend nicht Aufreißer-Owen, sondern Weichei-Tony zu sein, war eine total bescheuerte Idee.

Liz deutet mit der Hand auf einen Durchgang. »Machen Sie es sich gemütlich. Ich stelle den mal kalt und schaue, was unser Essen macht.«

»Kann ich Ihnen irgendwie helfen?«, frage ich unbeholfen, doch sie schüttelt nur den Kopf und verschwindet in der Küche.

Sie hat mich ins Wohnzimmer geschickt, ein echt gemütlich, wenn auch modern ausgestatteter Raum. Mir fällt sofort die große Stereoanlage auf, neben der ein prall gefüllter CD-Ständer steht. Ich muss an ihre Einstellung zum Thema Internet denken und schmunzle. Warum wundert es mich nicht, dass sie noch auf diese altmodische Weise Musik hört?

Ich steuere darauf zu. Liz wollte, dass wir uns besser kennenlernen, und was sagt mehr über einen Menschen aus als sein Musikgeschmack?

Mal sehen … Zuerst mal ist die Sammlung gut sortiert. Oben eher klassische Alben, dann ein wenig Rock … Die Beatles, das gefällt mir. Und Queen, ja, auch nicht verkehrt. Zumindest musikalisch werden wir uns verstehen, denn ich kann mit Oldies auch mehr anfangen als mit diesem neumodischen Zeug.

Übrigens noch ein Grund, warum ich mich so selten in Clubs rumtreibe.

Meine Augen fliegen weiter über die CD-Rücken. Als ich ganz unten angekommen bin, muss ich mich zusammenreißen, nicht laut loszulachen. Ist das ihr Ernst?

Ich hole die CD heraus und schaue hinein. Tatsächlich …

Ich kann es mir einfach nicht verkneifen, die CD in die Anlage einzulegen. Nach der Sache mit den Blumen ist die Verlockung, sie in die gleiche Verlegenheit zu bringen, einfach zu groß.

Ich drücke die Play-Taste und regle die Lautstärke gerade so hoch, dass sie es in der Küche hören muss. Und schon schallt ›We're going to Ibiza‹ von den Vengaboys durchs Wohnzimmer.

Ich studiere das Booklet und grinse beim Anhören vor mich hin. Ja, ich lasse mich sogar hinreißen, lautlos mitzusingen. Hallo, wer kennt diesen Titel bitte nicht?

»Schön, dass Sie etwas Passendes für Ihren Musikgeschmack gefunden haben«, höre ich Liz' Stimme und blicke auf.

Sie hält zwei gefüllte Weingläser in der Hand und hat wieder diesen Göttinnen-Blick aufgesetzt, unter dem ich immer zur Salzsäule erstarre. So auch jetzt.

Sie kommt zu mir und drückt mir ein Glas in die Hand. Sofort fällt mir auf, dass ihres beschlagen ist, im Gegensatz zu meinem.

Wir stoßen an und als ich einen Schluck nehme und angenehm süßen, wenn auch warmen Fruchtsaft schmecke, wird mir klar, was das bedeutet. Sie hat kein Problem, dass ich lieber alkoholfrei trinke, sich selbst aber dennoch Wein eingeschenkt – gekühlt, natürlich. Irgendwie süß.

»Wundert mich, dass Sie die Band kennen«, meint sie mit einem Kopfnicken auf die CD-Hülle in meiner Hand.

»Wir hatten mal eine Austauschstudentin, die ständig dieses Europop-Zeug gehört hat«, grinse ich. »Furchtbare Sache.«

Liz lacht. »Und ob! Ich habe die CD von einer Kundin bekommen, der ersten, die unsere Agentur gebucht hat, um genau zu sein. Sie war Auswanderin aus Deutschland und wohl der Meinung, mir könnte die Musik gefallen.«

»Passt ja auch ganz wunderbar in Ihre Sammlung!«, sage ich mit Blick auf den CD-Ständer.

Nun lachen wir beide und ich merke, wie mich das entspannt.

Auch ihr scheint das aufzufallen. »Lassen wir doch das Album laufen, während wir essen«, schlägt sie vor.

Als ich ihr in die Küche folge, bin ich abermals überrascht. Dieses Zimmer ist viel größer als der Wohnbereich und enthält eine offene Küchenzeile, die mit echten Hightechgeräten bestückt ist, sowie einen großen Esstisch, an dem locker zehn Personen Platz haben, auch wenn nur sechs Stühle daran stehen.

Einen Moment befürchte ich, sie erwartet noch mehr Gäste. Mit meinem Blumenstrauß darauf und den zwei Kerzenleuchtern sieht es so festlich aus wie zu einem Weihnachtsessen. Gedeckt ist aber nur für zwei.

Würde aus dem Nachbarraum nicht gerade ›Up & down‹ zu uns herüberschallen, könnte man die Stimmung fast als romantisch bezeichnen.

Liz ist eine unglaubliche Köchin! Die Pilzcremesuppe als Vorspeise war klasse. Und dann dieses auf den Punkt gegarte Rindersteak mit Kartoffelscheiben und … keine Ahnung, was für Gemüse das war, aber es hat unglaublich lecker geschmeckt. Die Krönung ist aber das Schokoladen-Soufflé, das sie als Dessert serviert hat. Heißer Kuchen mit flüssigem Kern, ich könnte mich reinlegen!

Noch besser als das Essen ist allerdings unsere Konversation. Erst haben wir ein wenig über die Arbeit gesprochen, doch irgendwie ist es Liz gelungen, das Thema immer wieder zu privaten Dingen abschweifen zu lassen. Ich weiß jetzt zum Beispiel, dass sie keinen Kaviar mag, dass sie als Kind Profi-Tennisspielerin werden wollte und dass sie keine Liebesfilme mag. Zumindest bei Letzterem haben wir etwas gemeinsam. Ansonsten kann sie mit meinen Hobbys – dem Zocken von Spielen jeder Art – nicht viel anfangen.

Und trotzdem läuft die Unterhaltung wie von allein, es ist der Wahnsinn! Nicht, dass sie mich weniger einschüchtern würde als zuvor, aber sie versteht es hervorragend, die richtigen Dinge zu sagen oder Fragen zu stellen, sodass ich mich nicht unwohl fühle.

Ich habe keine Ahnung, wann und wie, aber irgendwann gehen wir vom Sie ins Du über, völlig selbstverständlich.

Nach dem Essen gestattet Liz mir auch endlich, dass ich ihr helfe. Gemeinsam stehen wir an der Spüle und waschen Kochtöpfe und Auflaufformen ab.

»Dieses Soufflé war wirklich der Hammer, Liz«, schwärme ich, während ich einen Topf abtrockne. »Wenn du immer so gut kochst, komme ich in Zukunft vielleicht öfter vorbei.«

Sie lässt eine Schüssel zurück in die Spüle sinken und sieht mich an. »Das wäre wirklich schön, Tony. Ich finde es schön, Zeit mit dir zu verbringen. Wenn wir das wiederholen würden, mehrfach … das fände ich schön.«

Ihr Blick und ihre Worte verwirren mich. Ich kapiere den Sinn nicht – und das nicht nur, weil sie so oft *schön* gesagt hat.

Liz spült die Schüssel zu Ende, stellt sie auf das Abtropfgitter und dreht sich zu mir. Dabei legt sie den Kopf ein wenig schief. Sie sagt nichts, sieht mich nur mit geröteten Wangen und leicht geöffneten Lippen an.

Das muss der Wein sein. Sie hat fast die ganze Flasche allein getrunken und …

Du Idiot!, brüllt mich mein innerer Owen an. *Das ist das typische Gesicht einer Frau, die darauf wartet, geküsst zu werden!*

Moment … sie … was? Niemals!

Klar, wir hatten einen netten Abend, aber nichts dabei hat sich auch nur annähernd wie Flirten angefühlt! Es war einfach schön, genau wie sie gesagt hat.

Küss sie!

Vergiss es!

Okay, Alter. Dann versau es eben. Aber wenn du auch nur eine Chance hast, diese Frau rumzukriegen, dann jetzt, blubbert Inner-Owen noch einmal. Dann schweigt er.

Ohhh wuaaaah, was mache ich denn jetzt? Soll ich es tun? Soll ich es lassen? Soll ich etwas sagen? Soll ich …

Bevor ich auch nur im Ansatz weiß, was zu tun ist, beugt Liz sich vor.

Sie küsst mich.

Ganz sanft legen sich ihre Lippen auf meine Wange, verweilen dort einen Moment und lassen mein Herz stillstehen.

Dann zieht sie sich zurück und sieht mich durchdringend an. »Ich möchte gern mit dir zusammen sein, Tony. So richtig, verstehst du mich?«

Ich nicke, auch wenn ich überhaupt nichts mehr begreife.

»Schön«, sagt sie und trocknet sich die Hände an einem Geschirrtuch ab.

Ich widme mich wieder dem Topf in meiner Hand und wische so lange darin herum, bis sie ihn mir abnimmt und in einen Schrank stellt.

»Damit wären wir fertig, denke ich«, sagt sie. »Soll ich dir ein Taxi rufen?«

»Danke … ich bin mit dem Auto hier«, erwidere ich verdattert.

»Ah, okay.« Sie legt mir eine Hand auf den Oberarm.

Jetzt wird sie mich gleich fragen, ob ich nicht lieber über Nacht bleiben möchte.

Möchte ich?

Von einer Göttin in ihren Himmel erhoben werden?, fragt der Philosoph. *Aber so was von!*

Der Mistkerl hat sich ganz eindeutig mit meinem inneren Owen verbündet.

Aber ja, ich will. Ich werde!

Doch da bemerke ich, dass ihre Geste keineswegs liebevoll gemeint ist, sondern sie mich schlichtweg in Richtung Ausgang dirigiert.

Zwei Minuten später sitze ich in meinem Auto – und habe keine Ahnung, wie ich hierhergekommen bin.

Aber eines ist mir klar: Ich habe gerade zugestimmt, mit Liz zusammen zu sein. So richtig.

Und … das bedeutet jetzt was?!?

KAPITEL 15

Liz

Ich kann mir das Grinsen nicht aus dem Gesicht wischen, während ich in dem Café nahe unserem Bürogebäude auf Cyn warte. Wir haben eine Tradition daraus gemacht, Ende der Woche gemeinsam zu brunchen, bevor wir uns in die Arbeit stürzen. Freitage sind bei uns – anders als bei vielen anderen Jobs – eher lang, da an diesen Abenden viele Termine anstehen. So auch heute, weswegen ich gar nicht in die Verlegenheit gekommen bin, Tony zu bitten, noch mal vorbeizukommen.

Bei dem Gedanken an ihn vergeht mir das Grinsen dann doch. Der Abend gestern war … wirklich schön. Tony ist nett und zuvorkommend. Er hat was im Köpfchen, auch wenn er sein Potenzial nicht richtig nutzt. Und wenn er lächelt …

Das schlechte Gewissen erfasst mich. Von seinem Verhalten mir gegenüber habe ich darauf geschlossen, dass er eigentlich Priester hätte werden sollen. Ich war sicher, dass er kein Wässerchen trüben kann. Da habe ich mich wohl geirrt.

Sei es drum, dann steht er auf Sex. Sonst hätte er sich garantiert nicht auf Lillian eingelassen. Ich hätte zwar nicht gedacht, dass er auf Spontansex steht. Aber mal ehrlich, welcher Mann tut das nicht? Nur, dass er mit mir keinen Sex haben wird. Weder spontan noch länger geplant.

Wieder muss ich an den Abend denken. Wie er mich angesehen hat, als ich ihn auf die Wange geküsst habe, lässt mich nicht los. Ich schlucke gegen die Enge in meinem Hals an. Verhalte ich mich falsch?

Nein, oder? Denn immerhin … ich mache nichts gegen seinen Willen. Wir werden eine schöne Zeit haben. Und vermutlich stellt er sogar selbst fest, dass ich nichts für ihn bin, bevor er richtige Gefühle für mich entwickelt.

Sind wir ehrlich, er kann froh sein, wenn er nach vier Wochen den Laufpass bekommt. Und ich habe ja nicht vor, ihn in mich verliebt zu machen. Obwohl … so wie er mich ansieht, ist es dafür wohl bereits zu spät.

»Dein Date war wohl kein Erfolg?«, reißt Cyn, die plötzlich vor mir steht, mich aus meinen Gedanken.

Ich setze mein Lächeln erneut auf. »Doch, und wie. Weil du ihm nur ein Outfit gekauft hast, sind meine Synapsen gestern nicht durchgedreht und ich konnte den Pärchenmodus problemlos aktivieren.«

Cyn bedenkt mich mit einem Kopfschütteln. »Oh Liz, dass du so auf Tony reagiert hast, lag nicht an der Kleidung. Obwohl ich zugebe, ich sollte ihm noch etwas bei seiner Garderobe helfen.«

»Wenn es dir Spaß macht, nur zu. Das war ein einmaliges Erlebnis und es ist deine Entscheidung, wie du dein Gehalt verpulverst«, brumme ich und winke dem Kellner, damit er uns das übliche Essen für unseren Brunch bringt.

»Das ist es mir wert, Liz. Wenn du es dann endlich erkennst.«

»Wovon redest du bitte?«

Meine Freundin lächelt ein wenig abwesend. »Nicht die Kleidung bringt den Mann zum Strahlen, sondern der Mann die Kleidung.« Als ich nicht reagiere, seufzt sie. »Dass du ihn magst, Liz.«

Ich verschränke meine Hände über dem Tisch mit ihren. »Cyn, du weißt, ich liebe dich. Aber im Moment würde ich dir gern eine scheuern.« Ich lasse ihre Hände los und lehne mich zurück. »Ich mag ihn als Menschen. Das ist mehr, als ich für die meisten Männer, mit denen ich ausgehe, empfinde.«

»Du bist nicht so abgebrüht, wie du tust«, erklärt Cyn und legt den Kopf schief. »Victor hat mir erzählt, was vorgestern passiert ist und was Lillian über dich gesagt hat. Du hast Tony beschützt.«

»Vor Frauen wie Lillian sollte man Männer beschützen«, murmle ich und trinke etwas von meinem Kaffee, um Cyn nicht ansehen zu müssen.

Ich sehe aus den Augenwinkeln, wie sie nickt. »Ja, aber das hättest du nicht tun müssen. Und hast es doch getan.«

»Können wir das Thema wechseln?«, sage ich schlecht gelaunt. Ich bin keine Heilige und sie soll mich nicht so darstellen. Ich habe lediglich mein Revier abgesteckt und Lillian mochte ich noch nie. »Wir sind seit gestern offiziell ein Paar. Die achtundzwanzig Tage beginnen also.«

Cyn hebt eine Augenbraue. »So schnell?«, fragt sie ungläubig und beugt sich nach vorn. »War er betrunken? Weiß er noch, dass ihr zusammen seid?«

»Ich habe ihm keinen Alkohol gegeben. Er verträgt das nicht so gut und ich wollte eben genau das vermeiden.«

Cyn schnalzt mit der Zunge. »Ich hätte ihm erklären sollen, dass er sich mehr zieren muss, um interessanter zu sein. Na, das kann ich nachholen, wenn ich ihm noch ein paar Hemden für die nächsten Firmenfeiern besorge, auf die er dich begleitet.«

»Das wird nichts ändern«, meine ich genervt. »Ich werde diese Wette trotzdem gewinnen. Aber wenn du dein Geld für ihn ausgeben willst, bitte sehr. Hübsch ihn auf. Kann mir nur recht sein.«

Meine Freundin lächelt wieder und ich weiß, dass ich nicht so überzeugend geklungen habe, wie ich mich fühle. »Aber jetzt noch mal: Weiß er, dass ihr ein Paar seid? Du weißt, es zählt nur, wenn er auch weiß, dass ihr miteinander geht.«

Ich rolle mit den Augen. »Ja, wir sind ein Paar«, zische ich, als der Kellner das Essen bringt.

»Schon klar.« Cyn grinst. »Vermutlich hast du ihn mit deiner überaus charmanten Art so unter Druck gesetzt, dass er nur schüchtern nicken konnte.« Sie schnappt sich eine Waffel und legt sie auf ihren Teller, bevor sie Zucker darüberstreut und Erdbeeren drapiert, als würde sie ein Kunstwerk erschaffen wollen. »Hast du ihn wenigstens geküsst?«

»Warum? Wir sind jetzt gerade mal zwölf Stunden ein Paar.«

»Die romantische Seite an dir fand ich immer am schönsten.« Meine Freundin zwinkert und beginnt, zu essen. »Weißt du überhaupt, was man in einer Beziehung so macht? Man hält Händchen, küsst sich, flüstert sich schmutzige Dinge ins Ohr und genießt es, Zeit miteinander zu verbringen.« Sie betrachtet mich ernst. »Wann willst du ihn denn wiedersehen?«

Ich zucke mit den Schultern. »Jetzt, im Büro?«

»Hallo, Romantikerin, wie schön, dass du hier bist.« Cyn lacht. »Ich meine natürlich, außerhalb vom Büro. Denn … wenn du ihm jetzt vier Wochen aus dem Weg gehst, zählt das auch nicht. Und immerhin ist Wochenende. Habt ihr Pläne?«

»Nein«, murmle ich und stochere in meinem Essen herum.

Mein Plan sah eigentlich so aus, dass ich Tony im Büro anlächle und ihm gegen fünf Uhr ein schönes Wochenende wünsche. Falls er fragen sollte, würde ich sagen, ich muss arbeiten und brauche dafür meine Ruhe.

»Liz?«, reißt Cyn mich aus meinen Gedanken. »Du weißt, dass er in dich verknallt ist, oder?«

Ich stoße den Atem aus. Ja, das weiß ich. Irgendwie. Und deswegen habe ich auch ein schlechtes Gewissen. Aber ich kann mich nur wiederholen: Er wird froh sein, wenn er mich los ist. Ganz ehrlich.

»Vielleicht solltest du dir überlegen, was du wirklich von ihm willst.« Meine Freundin lächelt verklärt. »Denn diesen Dackelblick kenne ich von der knallharten Elizabeth Johnston nicht. Also entweder weißt du tief in deinem Inneren bereits, dass du ihn mehr magst, als du zugibst, oder …«

»Halt die Klappe, Cyn«, schnaube ich und erdolche meinen Pancake. »Ich will mit ihm die Wette gewinnen. Ende der Fahnenstange.«

Cyn schnalzt mit der Zunge, belässt es dann aber dabei und wechselt zum Glück endlich das Thema.

Nach dem Brunch, den ich hauptsächlich damit verbracht habe, mein Essen in winzige Stücke zu zerbröseln, statt es in meinen Mund zu stecken, gehen wir ins Büro. Auf dem Weg hole ich Kaffee. Einen für mich und einen für Tony. Wir haben nicht darüber gesprochen, wie er ihn gern trinkt, aber irgendwie habe ich das Gefühl, er könnte etwas Süßes genießen.

Als wir aus dem Fahrstuhl steigen, steht er mit Sanders vor der Teeküche. Unsere Blicke treffen sich und seine Gesichtsfarbe wechselt von blass auf Hellrot und geht in ein satteres Rot über, als ich lächelnd auf ihn zuschlendere.

»Guten Morgen«, sage ich und zögere kurz, bevor ich ihm einen Kuss auf die Wange hauche.

»Gu…ten Morgen«, erwidert er und ringt sich ein Lächeln ab.

Okay, er ist sich scheinbar selbst nicht sicher, wie er mit mir umgehen soll. Mein Blick wandert zu Sanders, der mich finster mustert.

»Sie bekommen keinen Guten-Morgen-Kuss von mir«, sage ich und lächle zuckersüß.

»Hatte ich auch nicht erwartet«, brummt er und sieht Tony an, als würde er auf etwas warten.

Aber Tony schweigt und blickt auf seine Füße. Der arme Kerl.

»Ich habe Kaffee für dich mitgebracht«, versuche ich, ihn aus der Reserve zu locken. Er hebt tatsächlich den Blick und ein Schmunzeln liegt auf seinen Lippen. »Wir haben gestern nicht darüber gesprochen, wie du ihn magst. Also habe ich was mit viel Zucker mitgebracht. Ich hoffe, das ist in Ordnung?«

Er nickt und schweigt. Das wird leichter, als ich mir vorgestellt hatte. Wenn nur nicht dieser seltsame Stich in meinem Magen wäre. Er ist wirklich verknallt und ich … nutze das aus. Ich muss ihm nach diesen vier Wochen eine ordentliche Gehaltserhöhung geben. Falls er dann überhaupt noch hier arbeiten will.

»Möchtest du ihn mit mir auf der Terrasse trinken?«, schlage ich vor, weil mir der Blick von Sanders tierisch auf die Nerven geht.

»Gern«, sagt Tony endlich und wir gehen nebeneinander hinaus.

Er rückt mir den Stuhl zurecht, bevor er sich mir gegenüber hinsetzt. Meine Güte, er ist wirklich süß. Ich schiebe ihm den Caramel Macchiato hinüber und reiche ihm noch Zuckerpäckchen. Als er den Becher in seine Hand nimmt und einen Schluck getrunken hat, verschränke ich meine Finger mit denen seiner freien Hand.

Seine Augen werden groß, bevor er lächelt und den Druck erwidert. Mein Magen zieht sich zusammen.

Jap. Er ist in mich verliebt. Niemand lächelt so, wenn er nicht verliebt ist.

»Bist du gestern gut heimgekommen?«, frage ich, weil ich mich von seinem verliebten Blick ablenken muss.

»Ja«, antwortet er und streicht mit seinem Daumen über meinen Handrücken. »Ich habe zwar keine Ahnung, wie das gegangen ist, aber ich bin gut heimgekommen.« Er seufzt und beißt auf seine Unterlippe, bevor er mich ansieht. »Liz, wegen gestern …«

»Du bereust doch nicht, dass wir jetzt ein Paar sind, oder?«, versuche ich schnell, ihm den Wind aus den Segeln zu nehmen.

Er schüttelt hastig den Kopf. »Gar nicht, aber … ich hoffe, ich habe mich nicht irgendwie blamiert.«

Da ist er wieder, dieser fiese Stich im Magen. »Wieso solltest du?«

»Ich … ich bin nicht gut in so was«, gesteht er und stellt den Kaffeebecher ab, um meine zweite Hand zu ergreifen. »Vielleicht habe ich die Signale nicht verstanden, die du mir gesandt hast. Ich wollte dich nicht vor den Kopf stoßen.«

Ich sehe ihm in die Augen, auf der Suche nach einer Antwort. Wovon redet der Mann bitte?

»Ich würde das gern gut machen«, fügt er hinzu.

»Was denn?«, versuche ich, zu erfahren.

Aber als er zu einer Antwort ansetzt, höre ich Stöckelschuhe, die sich uns nähern, und sehe Cyn ins Gesicht, die sich an den Tisch setzt. Sanders ist ihr gefolgt und brummt, als er ihr gegenüber Platz nimmt.

Tony räuspert sich und will meine Hände loslassen. Aber ich gebe ihm mit sanftem Druck zu verstehen, dass ich das nicht möchte. Er wirkt verlegen, also lasse ich ihn doch los. Ich möchte ihn nicht quälen …

»Na, ihr Turteltäubchen«, zischt Sanders. »Wollt ihr heute auch mal arbeiten?«

»Und Sie?«, frage ich zurück.

Er murmelt etwas, das ich nicht verstehe, weil Cyn leise lacht.

»Ich finde es schön, wenn wir zu viert hier sitzen«, sagt sie fröhlich. »Wir haben heute Abend nur kurze Termine. Ich nehme Owen mit und du Tony. Was denkst du, Liz? Und danach treffen wir uns im ›Le Meridienne‹ auf einen Cocktail.«

Ich habe wirklich keine Lust, mit Sanders abzuhängen. Und eigentlich wollte ich Tony erst am Montag wiedersehen. Ja, wir sind ein Paar. Aber Abstand tut uns beiden gut. Ihm, weil ich wirklich Angst habe, dass er mal einen Herzinfarkt bekommt, und mir, weil ich dann nicht ständig ein schlechtes Gewissen habe.

Eigentlich setze ich gerade dazu an, abzulehnen, als Tony sagt: »Das würde ich wirklich gern.« Sein Blick wandert zu mir. »Ich beweise dir, dass du dich auf mich verlassen kannst, Liz.« Er ist offenbar von seiner eigenen Courage überrascht, denn sein Gesicht färbt sich wieder rot. »Ich meine, natürlich nur, wenn du mir diese Chance gibst. Ich verstehe, wenn du mich nicht dabeihaben willst, und …«

»Ich freue mich, wenn du mitkommst«, unterbreche ich ihn schnell und bin überrascht, dass ich es auch so meine.

In seiner Nähe fühle ich mich irgendwie … wohl. So als müsste ich mich nicht verstellen. Als könnte ich einfach nur Liz sein.

Aber das werde ich ihm niemals sagen. Er würde es falsch verstehen und ich möchte ihm wirklich nicht das Herz brechen. Denn genau das werde ich früher oder später tun.

KAPITEL 16

Tony

»Ach komm, jetzt krieg dich wieder ein«, sage ich über unsere Bildschirme hinweg zu Owen. Es ist halb vier nachmittags und er hat seit der kleinen Frühstückspause auf der Terrasse kaum ein Wort mit mir gewechselt.

Ich habe ihm noch heute Morgen auf dem Weg hierher erzählt, was gestern passiert ist. Er wusste ja von meinem Date mit Liz und war neugierig, ob ich sie genauso flachgelegt habe wie Lillian. Die Tatsache, dass ich stattdessen einer ›romantischen Beziehung‹ zugesagt habe, hat ihn völlig überrumpelt. Ich glaube sogar, er hat es mir nicht ganz geglaubt, bis zu dem Moment, als Liz in der Agentur aufgetaucht ist. Ich im Übrigen auch nicht.

Aber anscheinend habe ich weder etwas falsch gedeutet noch falsch gemacht. Sie hat sich total wie eine feste Freundin verhalten. Glaube ich zumindest. Meine letzte Beziehung ist zu lange her, als dass ich gut vergleichen könnte.

Warum Owen sauer ist, kann ich allerdings nicht verstehen.

»Was ist eigentlich dein Problem? Wenn du selbst scharf auf Liz bist, hättest du das eher sagen müssen.«

Er gibt ein schnaubendes Lachen von sich. »Nee, Alter, die ist ganz sicher nicht mein Typ. Ich steh nicht auf dieses Domina-Ding.«

Ich will bereits etwas erwidern, will Liz verteidigen, betonen, dass sie keineswegs so streng ist, wie sie wirkt. Doch Owen rutscht ein wenig zur Seite, sodass er mich an seinem Bildschirm vorbei ansehen kann, und spricht weiter.

»Ich mache mir Sorgen um dich, Tony-Bony. Schau, wir arbeiten seit gerade mal zwei Wochen hier. Ihr hattet *ein* Date.«

»Zwei«, korrigiere ich ihn, auch wenn eines davon berufliche Gründe hatte.

Er wirft die Arme in die Luft. »Schön, von mir aus. *Zwei* Dates. Ihr kennt euch kaum, habt euch noch nicht mal geküsst. Aber ihr seid ein Paar, nur weil sie es gesagt hat?«

»Als ob du ein Experte darin bist, Beziehungen anzufangen. Auch wenn du jede Woche eine andere im Bett hast, bist du mindestens genauso lange Single wie ich, Owen!« Meine Stimme ist lauter geworden. »Du hast keine Ahnung, wie so was abläuft«, schiebe ich gedämpfter nach. Liz und Cynthia müssen nicht unbedingt etwas von unserem Streit mitkriegen.

Seine Augen werden dunkler. Er senkt den Kopf etwas und sieht mich ernst an. »Steht bei dir zufällig ein größeres Erbe ins Haus? Oder hast du bei einem deiner letzten Jobs mit geheimen Firmendokumenten gearbeitet?«

Ich sehe ihn mit gerunzelter Stirn an. »Was soll das denn jetzt?«

»Na, irgendeinen Grund muss es doch haben, dass sie sich an dich ranmacht!«

Ich presse kurz die Zähne aufeinander. »Ist die Vorstellung, dass sie mich einfach mag, so wie ich bin, wirklich so abwegig?«

»Ja!«, ruft Owen aus und fährt sich durch den Lockenberg auf seinem Kopf.

Wir starren uns einen Moment an, bis wir wie auf Kommando zu lachen beginnen. Denn wir wissen beide, dass Owen recht hat.

Und trotzdem bin ich mit Liz zusammen. Irgendwie.

»Ich hab doch auch keine Ahnung, was da abgeht«, sage ich schließlich. »Aber du weißt, dass ich sie toll finde, seit ich sie am ersten Tag gesehen habe. Und egal, welche Gründe sie hat, ich werde jeden Moment mit ihr genießen.«

Owen seufzt. »Dazu musst du erst mal den Stock aus deinem Hintern kriegen, wenn sie in der Nähe ist.«

Wieder lachen wir.

»Pass auf«, meint er. »Dieses Doppeldate heute ist gar nicht so schlecht. Ich werde deiner Göttin mal ein wenig auf den Zahn fühlen und schauen, ob sie eher in den Himmel oder in die Hölle gehört. Und ich trete dir auf die Füße, wenn du dich wieder so verhältst, als würden wir im achtzehnten Jahrhundert leben. Abgemacht?«

»Abgemacht«, erwidere ich grinsend.

Über den Tisch hinweg stoßen wir die Fäuste aneinander.

Das ist es, was ich an Owen so mag. Gerade eben hatten wir uns noch in den Haaren, jetzt schmieden wir gemeinsam Pläne. Er ist eben doch mein bester Kumpel!

Eine halbe Stunde später holt Liz mich ab. Owens eindringlicher Blick, als sie zur Tür hereinkommt, bringt mich dazu, aufzustehen und sie dieses Mal meinerseits mit einem Wangenkuss zu begrüßen.

Dass meine weichen Knie dabei nicht unter mir nachgeben, grenzt an ein Wunder.

Händchen haltend verlassen wir das Büro und gehen zu ihrem Wagen. Ich weiß, das ist für die meisten keine große Sache. Für mich fühlt sich diese Berührung aber sehr intim an, es macht aus ihr und mir ein *wir*.

Verrückt.

Eigenartig.

Aber schön!

Doch kaum sitzen wir im Auto, schaltet sie in den Profimodus um. Das Gefühl von Nähe verschwindet schlagartig, während sie mir von den zwei Firmen erzählt, bei denen wir uns gleich vorstellen werden.

Einerseits schüchtert mich ihr Verhalten ein, andererseits finde ich diese abgeklärte Seite an ihr auch irgendwie heiß.

Ob Owen recht hatte, als er sie als Domina bezeichnete? Ob sie beim Sex genauso die Zügel in die Hand nimmt wie im Job? Meine Augen gleiten über ihren Körper und meine Gedanken schweifen ab, während sie sich auf die Straße konzentriert. Es sind interessante Bilder von verbundenen Augen, gespreizten Schenkeln und verbotenen Berührungen. Allerdings ist es in meiner Fantasie Liz, deren Hände und Füße mit einer Krawatte ans Bettgestell gefesselt sind und die sich unter meinen Berührungen windet, ohne sich dem entziehen zu können.

Meine Hände gleiten über ihren Körper. Erst umfasse ich ihre Brüste. Massiere sie, stimuliere ihre Brustwarzen so lange, bis ihr ein leichtes Keuchen entschlüpft. Ich ermahne sie, stumm zu bleiben, wenn sie nicht dafür büßen möchte, und fahre mit den Fingern weiter abwärts, über ihren Bauch bis hin zu ihrem Venushügel, den sie mir unfreiwillig präsentiert. Behutsam fahre ich durch ihre Spalte, einmal, zweimal. Ich spüre, dass ihr dieses Spiel genauso gefällt wie mir, auch wenn sie keinen Einfluss darauf hat.

Ich reibe weiter, wobei mein Daumen über ihre Perle gleitet und zwei Finger über ihre Mitte. Als sie abermals stöhnt, schiebe ich meine Finger mit einer schnellen Bewegung in sie. Ein Zucken geht bei diesem unerwarteten Eindringen durch ihr Becken und sie beißt sich auf die Lippe. Braves Mädchen, es wird nicht besser für dich, wenn du dich nicht an die Regeln hältst. Oder, vielleicht schon, kommt ganz darauf an …

»Tony, haben Sie mir überhaupt zugehört?«, reißt Liz mich aus meinen Gedanken.

Erschrocken sehe ich sie an. Nein, habe ich nicht. Nur ihre Frage habe ich mitbekommen und die Tatsache, wie sie sie gestellt hat.

»Hast du mich gerade gesiezt?«, frage ich sie, wobei ich mich anstrengen muss, nicht atemlos zu klingen. Es gelingt mir nicht ganz, was meiner Stimme einen erschrockenen Ton verleiht.

Liz sieht mich an, als hätte sie mich gerade gebissen. »Ich … also … Entschuldige. Ich war völlig im Arbeitsmodus.« Sie wirkt tatsächlich verlegen und greift nach meiner Hand.

Ich bin über diese Ablenkung von meiner Unaufmerksamkeit sehr froh. Genau wie über die Tatsache, dass meine Jacke auf meinem Schoß liegt und meinen Ständer verdeckt.

In Zukunft muss ich mich echt zusammenreißen. Klar ist träumen erlaubt und ich weiß jetzt schon, dass ich diesen Gedankengang heute Abend sicher noch zu Ende bringen werde. Allein, in meinem Bett! Aber Himmel, doch nicht, wenn das Objekt meiner Begierde direkt neben mir sitzt. Selbst dann nicht, wenn sie sich als meine Freundin bezeichnet.

Außerdem bezweifle ich, dass Liz sich jemals einem Mann auf diese Weise hingeben würde. Wenn überhaupt wäre wohl ich derjenige, der gefesselt auf dem Rücken liegt und nicht weiß, wie ihm geschieht.

Hmmm, auch keine schlechte Vorstellung …

Schluss jetzt damit!, ermahne ich mich. *Du hast erst vor zwei Tagen Druck abgebaut, schon vergessen? Da solltest du deine Triebe doch bitte unter Kontrolle haben.*

Normalerweise ja.

Normalerweise komme ich Wochen aus, ohne auch nur an Sex zu denken, abgesehen von etwas Druckabbau unter der Dusche. Aber bei Liz ist irgendwie alles anders. Sie kitzelt Gefühle in mir wach, emotionale wie auch triebgesteuerte, die ich nicht gewohnt bin, ja teilweise nicht mal kenne.

Sie weckt den Mann in dir, mein Kleiner, flüstert mein innerer Philosoph. *Die nächsten Punkte auf der Agenda sind Baum pflanzen, Haus bauen und Kinder zeugen.*

Ich unterdrücke den Impuls, mir mit der flachen Hand gegen die Stirn zu schlagen, um diesen Idioten dahinter zum Schweigen zu bringen.

»Weinhändler und Florist«, wiederhole ich den Ablaufplan für heute Nachmittag – zumindest den Teil, den ich mitbekommen habe.

Liz scheint das zu reichen. Sie nickt und redet dann weiter über Blumen, das Thema, mit dem sie wohl auch vorher schon beschäftigt war. Sie ist auf der Suche nach einem neuen Stil, den ›Violet‹ ihr nicht bieten kann, wie sie sagt.

Ich glaube eher, dass ihr persönliches Problem mit Lillian der Grund ist, warum sie sich nach einem anderen Zulieferer umschaut. Im Prinzip macht sie es also wegen mir. Einerseits ist mir das extrem unangenehm, andererseits finde ich es ziemlich süß.

Wieder schweifen meine Gedanken ab. Es ist schon echt verrückt, was in der letzten Woche so alles passiert ist …

Nachdem wir unsere Termine abgearbeitet haben, fahren wir noch einmal kurz ins Büro. Liz will sich etwas frisch machen, bevor wir in den Feierabend aufbrechen. Sie verschwindet in ihrem Büro, ohne dass auch nur die Frage aufkommt, ob ich sie begleite.

Damit meine Fantasie nicht gleich wieder durchdreht, während ich die Tür anstarre, hinter der sie sich gerade umzieht, gehe ich in unsere eigene kleine Kammer. Ich will nur kurz schauen, ob alle Geräte abgeschaltet sind und ob Owen mir irgendeine Nachricht hinterlassen hat.

Von Owen liegt nichts auf meinem Platz, dafür ein kleines Seidenpapier-Päckchen mit einer Nachricht von Cynthia.

›Kriege ich demnächst einen Arbeitsvertrag als Ihre persönliche Modeberaterin?‹ steht darauf, daneben ein Smiley.

In dem Päckchen befinden sich ein schlichtes schwarzes T-Shirt, das mir mit Sicherheit zu klein ist, und eine dunkelblaue Jeans, das gleiche Modell wie die schwarze, die ich bereits trage. Den Schildern nach sind die Sachen aus demselben Geschäft, in dem wir vorgestern waren. Und, uff, es war wieder kein billiger Einkauf.

Ich falte das Seidenpapier zusammen. Ich kann das einfach nicht tragen. Ich kann es nicht annehmen, so lieb es auch von Cynthia gemeint ist.

Warum macht sie das überhaupt?

Weil es verdammt noch mal nötig ist, denke ich mit einem Blick an mir herab. Ja, gut. Die Mischung aus High-Society-Hose und einem ausgewaschenen Discount-T-Shirt ist wirklich nicht so prall. Vielleicht will sie wirklich nur, dass ich ordentlich aussehe, wenn ich mit ihr und Liz gesehen werde. Vor allem vermutlich mit Liz.

Ich hole das neue T-Shirt aus der Verpackung. Das allein kostet schon so viel, dass ich in meinen üblichen Einkaufsläden wohl fünf dafür bekommen hätte, aber ich beschließe trotzdem, es anzuziehen. Und Cynthia das Geld dafür zurückzugeben, ob sie will oder nicht.

Die Hose kann ich mir aber definitiv nicht leisten, auch wenn ich mit der aktuellen Kombi komplett in Schwarz gekleidet sein werde.

Ich bin echt überrascht, das Shirt passt tatsächlich, auch wenn es verdammt eng anliegt. Was vermutlich so sein soll.

Ja, ich sehe richtig gut aus. Ein bisschen so, als wollte ich auf eine Beerdigung, aber richtig gut. Und verdammt männlich.

»Können wir, Tony?«, höre ich Liz aus dem Empfangsbereich rufen.

Als ich zu ihr komme, sehen wir uns beide einen Moment sprachlos an. Sie trägt wieder eines ihrer Etuikleider, ein dunkelgrünes, hat aber auf ihre strenge Domina-Frisur verzichtet und die Haare offen über ihre Schultern gelegt, was meiner vermeintlichen Rachegöttin ein regelrecht gütiges Aussehen verleiht. Sie ist einfach nur wunderschön.

»Du siehst toll aus«, bringe ich mit trockener Stimme hervor.

»Du auch«, erwidert sie, während ihre Augen anerkennend über meinen Oberkörper streifen. »Das habe ich Cynthia zu verdanken, oder?«

Ich nicke.

Warum abstreiten, wenn sie es ohnehin weiß?

Liz stößt ein Seufzen aus, was meinen Blick auf ihre Lippen lenkt. Sie sind dunkelrot geschminkt und leicht geöffnet. Als wären sie nur dafür geschaffen, jetzt von mir geküsst zu werden.

Sollte ich das tun? Darf ich das? Möchte sie es?

Immerhin sind wir zusammen, das waren ihre Worte. Und Paare küssen sich, das ist fast schon selbstverständlich.

Okay, Tony … Wir machen das jetzt. Du kannst nicht immer zögern, du musst mutig sein, die Initiative ergreifen. Wenn du zu lange wartest, ist der Moment vielleicht vorbei und …

»Na gut, dann lass uns fahren«, meint Liz und geht zum Aufzug.

Mein innerer Owen stöhnt. *Siehst du, was habe ich dir gesagt?*

Gute zwanzig Minuten später betreten wir das ›Le Meridienne‹, eine Cocktailbar im gehobenen Stil mitten in der Innenstadt. Owen und Cynthia sind bereits da und wenn ich nach ihren fast leeren Gläsern urteile, warten sie schon eine Weile auf uns.

Gelangweilt haben sie sich allerdings nicht. Als wir zu ihrem Tisch treten, lacht Cynthia gerade aus tiefstem Herzen und tupft sich über die Augenwinkel.

»Oh Gott, Liz, endlich seid ihr da«, begrüßt sie ihre Partnerin. »Owen, du musst diese Geschichte unbedingt noch mal erzählen, ich hau mich weg.« Sie steht auf, während Liz und ich uns einen Blick zuwerfen. Wann bitte sind unsere Freunde ebenfalls zum Du übergegangen?

Die beiden Frauen umarmen sich herzlich und danach drückt Cynthia auch mich an sich.

Owen hingegen macht sich nicht einmal die Mühe, aufzustehen. Er neigt sich vor und reicht Liz die Hand, mir nickt er nur mit einem Grinsen zu.

»Na, hat wohl länger gedauert, euer *Termin*?« Mit den Fingern deutet er Gänsefüßchen in der Luft an, wofür ich ihm am liebsten eine reinhauen würde.

Das übernimmt aber Cynthia für mich, die ihm einen Klaps auf den Hinterkopf gibt. »Sei nicht so frech«, meint sie, grinst aber ebenfalls.

»Charmant wie immer, Mr. Sanders«, kommentiert Liz.

Wir haben uns kaum gesetzt, als auch schon ein Kellner angewackelt kommt.

Cynthia und Owen bestellen sich jeder einen weiteren Cuba Libre, nicht ohne dabei über irgendeinen internen Witz zu lachen. Ich ahne, auf wessen Kosten … Da ich nun aber weiß, dass ich an unserem ersten Abend lediglich zur Schlaftablette und nicht zum Wiederkäuer geworden bin, kann ich darüber lächeln.

Liz bestellt sich einen Aperol, fürs Erste, wie sie meint. Oha, das klingt danach, als würde es nicht bei dem einen Drink bleiben.

Ich bestelle mir ein Beck's Ice. Davon kann ich zwei, drei Flaschen trinken, ohne betrunken zu sein. Und trotzdem wirkt es nicht so, als würde ich einen auf alkoholfrei machen.

Die Entscheidung ist im Übrigen alles andere als spontan. Nach Cynthias Verkündung der gemeinsamen Abendplanung war die Frage ›Was kann ich trinken?‹ die erste, mit der ich mich beschäftigt habe, bis ich auf diesen glorreichen Masterplan kam.

Niemand am Tisch zeigt eine Reaktion auf meine Bestellung. Ich würde sagen, alles richtig gemacht.

Insgesamt verläuft der Abend um einiges angenehmer, als ich erwartet hätte. Zuerst reden die Frauen noch über ihre Termine und Kontakte, die sie heute abgearbeitet haben, während Owen und ich über einen neuen Laptop fachsimpeln, den er sich zulegen will. Doch dann werden die Gespräche zunehmend privater und damit lockerer, bis Owen endlich die Geschichte erzählt, mit der er Cynthia schon bei unserem Eintreffen fast vom Stuhl gehauen hat. Ich kenne sie zwar schon, aber irgendwie wird sie mit jedem Mal Hören besser.

Owen hat als Kind mal eine kleine Katze gefunden.

Seine Mutter erlaubte keine Haustiere, also hat er sie heimlich in seinem Kinderzimmer gehalten, hat bei den Mahlzeiten Futter für sie abgezweigt, ihr ein Körbchen neben seinem Bett eingerichtet und all das Zeug. Irgendwann hat seine Mutter es natürlich spitzgekriegt und ist fast ausgerastet. Warum? Nun, eine Babykatze hätte sie vielleicht sogar noch als süß und knuddelig ins Herz geschlossen – aber was Klein-Owen angeschleppt hat, war kein Kitten, sondern eine Ratte, und zwar kein kleines Exemplar. Bis heute kann er nicht verstehen, wieso sie sich nicht genauso in das Tier verliebt hat wie er.

Wie jeder, der diese Geschichte hört, liegt auch Cynthia buchstäblich flach und selbst Liz kann sich ein Lachen nicht verkneifen. Die Vorstellung, wie der kleine Lockenkopf eine Kanalratte herumschleppt, in der festen Überzeugung, ein Kätzchen gerettet zu haben, ist aber auch einfach herrlich.

»Die Ratte hat das alles übrigens gut überstanden«, meint er am Ende. »Für sie war es quasi wie Urlaub, wie zwei Wochen all-inclusive auf Hawaii. Danach ging es dann zurück zur Großfamilie in Kanal sieben.«

»Es wundert mich, dass sie nicht am nächsten Tag mitsamt besagter Großfamilie vor deiner Tür stand«, presst Cynthia hervor und wischt sich unter den Augen entlang.

»Ich glaube eher, Owen hat die Ratte begleitet und ist von deren Familie adoptiert worden«, werfe ich ein. »Das würde zumindest deine Manieren erklären. Und deine leichte Triebsteuerung.«

Wieder lachen wir alle, doch unter dem Tisch spüre ich, wie Owen mir gegen das Schienbein tritt. Ja, okay, vielleicht hätte ich mir den letzten Kommentar verkneifen sollen. Schließlich sind es immer noch unsere Chefinnen, mit denen wir hier am Tisch sitzen, auch wenn es sich nicht so anfühlt. Und auch wenn ich mit einer davon zusammen bin.

Was sich auch nicht so anfühlt, wie ich mir eingestehen muss …

Ja, es ist ein wirklich schöner Abend mit guten Gesprächen und viel Spaß. Aber es hat nichts Romantisches, nichts Date-mäßiges und erst recht nichts Beziehungsmäßiges.

Einerseits tut mir das unglaublich gut. In der Gegenwart von Owen und Cynthia, und ohne diese abtrünnigen Fantasien, fällt es mir überraschend leicht, mit Liz umzugehen. Andererseits fehlt mir dieses Prickeln, diese elektrisch geladene Nervosität, die sonst zwischen uns herrscht, wenn wir allein sind. Hier in dieser Bar, zusammen mit den anderen beiden, habe ich den Eindruck, wieder aus ihrem Sichtfeld zu verschwinden, aus ihrer Wahrnehmung.

Das will und kann ich nicht zulassen.

Vielleicht zeige ich mich deshalb bei allem, was sie erzählt, so begeistert. Auch als sie mit Owen auf das Thema Sport kommt. Und vielleicht höre ich mich deshalb voller Enthusiasmus sagen: »Joggen ist prima, klar, lass uns morgen früh zusammen laufen gehen.«

Warte, was? Habe ich das gerade wirklich gesagt?

»Du gehst joggen, Tony?«, fragt Owen und sieht mich mit hochgezogener Augenbraue an.

Auch Liz und Cynthia scheinen überrascht. Genau wie ich, nur lasse ich mir das nicht anmerken.

»Was denkst du denn! Ehe du mittags aus dem Bett fällst, hab ich meine drei Runden um den Block schon lange weg.«

Owen weiß, dass ich lüge.

Ich weiß, dass ich lüge.

Und Liz wird es spätestens morgen erfahren. Denn mit einem süffisanten Lächeln sagt sie: »Wenn das so ist, sei einfach morgen um acht bei mir. Zusammen ist es eh schöner als allein.«

Ich schlucke trocken und ringe mir ein Lächeln ab, woraufhin Liz ihre Hand auf dem Tisch auf meine legt.

Na ja, zumindest habe ich es geschafft, wieder auf ihrem Radar zu erscheinen. Zu welchem Preis, will ich mir allerdings gar nicht ausmalen …

KAPITEL 17

Liz

Ich habe eigentlich gedacht, er wird kneifen. Aber nein, Tony steht pünktlich vor meiner Tür. Ich bin allerdings nicht sicher, ob er weiß, wie man läuft. Denn statt einer eng anliegenden Hose, wie ich sie trage, und eines atmungsaktiven Shirts hat er eine Hose an, wie ich sie an Wochenenden auf der Couch trage, und das Shirt ist ein ganz gewöhnliches.

Na, dann geht mein Plan auf. Wenn ich ihn schwitzen sehe, will ich ganz sicher keinen Sex mehr mit ihm haben. Und nach den Träumen letzte Nacht … brauche ich Ablenkung.

Denn ich habe doch tatsächlich von Tony geträumt. Auf mir. Nackt. Wie er meine Handgelenke über meinem Kopf mit seinen Händen in das Kissen drückt und sich in mir bewegt, genau die Stellen berührt, die mir so guttun. Kurz bevor ich gekommen bin, hat allerdings mein Wecker geklingelt. Tja. Ich würde mal sagen, Pech gehabt.

»Guten Morgen.« Ich lächle Tony an.

»Guten Morgen, Liz«, erwidert er, lächelt zurück und kommt auf mich zu.

Richtig, wir sind ein Paar. Ich sollte ihn vielleicht küssen, aber … alles in mir sträubt sich. Stattdessen platziere ich zur Begrüßung meine Lippen an seinem Mundwinkel. Ist ja fast ein Kuss.

»Was hast du denn da?«, frage ich und betrachte die Tasche in seiner Hand.

»Also … wenn es in Ordnung ist, würde ich gern nachher bei dir duschen und mich umziehen. Ich bin heute mit den Öffentlichen hier, wegen Restalkohol und so …«

Ich kann mir ein Grinsen nicht verkneifen. Er hat doch nur zwei Bier getrunken. Was kann er da schon an Restalkohol haben? Dann kommt mir allerdings ein anderer Gedanke. Er will bei mir duschen. Oha. Vielleicht will er doch schneller mehr von mir, als ich erwartet hätte. Dann werde ich wohl heute keine Rücksicht auf seine Kondition nehmen und ihn richtig schön auspowern. Dann hat sich das mit dem Sex auch erledigt. Hoffe ich zumindest.

»Willst du dich noch aufwärmen oder bist du schon so weit?«, will ich wissen, stelle seine Tasche im Vorzimmer ab und schließe die Tür hinter mir zu. Dann beginne ich, meine Arme zu lockern und meine Oberschenkel zu dehnen.

Tony sieht mich irritiert an, dann scheint ihm jedoch klar zu werden, dass ich vom Laufen spreche. »Oh, ich glaube, ich bin so weit.«

»Gut«, sage ich. »Ich beginne normalerweise in gemäßigtem Tempo und steigere es dann nach zehn Minuten. Wenn ich zu schnell bin, musst du es sagen. Wir laufen heute auch nur fünf Kilometer, weil ich denke, dass du nicht so oft läufst wie ich. Also sind wir in spätestens einer halben Stunde wieder hier.«

»Um mich mach dir mal keine Sorgen.« Er lacht, aber ich bin mir ziemlich sicher, dass er innerlich gerade eine Panikattacke hat.

Fünf Kilometer sind für ungeübte Läufer nicht so wenig, wie es klingt.

»Bleiben wir trotzdem bei fünf«, erwidere ich und starte meine Uhr.

Ich laufe langsam los und Tony läuft neben mir her. Es ist noch recht ruhig in der Gegend rund um mein Haus, wo es zumindest einige grüne Stellen gibt. Meine Laufstrecke führt mich für gewöhnlich zu einem Park, aber der Weg dorthin allein wären schon zwei Kilometer. Also werden wir nur um den Block laufen.

Nach zehn Minuten werde ich schneller und obwohl Tony bisher mitgehalten hat, merke ich, wie er an seine Grenzen stößt. Dass er nicht aufgibt, muss ich ihm hoch anrechnen, trotzdem halte ich das Tempo. Er soll zu ausgepowert sein, um auch nur an Sex zu denken.

Und möglichst röchelnd und verschwitzt in sich zusammengesunken auf meinem Vorzimmerboden liegen. Sich in die Dusche schleppen, seine Klamotten ausziehen und … Und mich in der Dusche nehmen … Mich vorbeugen, um tiefer in mich hineinzugleiten, während seine Hand über meine empfindlichste Stelle streicht. Ich spreize meine Beine etwas weiter, damit er mich besser berühren kann, während er zustößt und mir endlich den Höhepunkt schenkt, den ich in der Nacht nicht haben durfte …

»Liz«, keucht Tony und ich bin sicher, er kommt auch gleich in mir. »Da vorn ist eine Baustelle, wollen wir da wirklich lang?«

»Was?«, frage ich und blicke ihn verwirrt an. »Oh, ja, nein, wir wechseln die Straßenseite«, entscheide ich und wir laufen weiter.

Wunderbar, jetzt habe ich schon Fantasien von ihm, während wir nebeneinander laufen und er darum kämpft, ohne Sauerstoffzelt zu überleben. Ich brauche wirklich dringend Sex. Siebenundzwanzig Tage könnten lange werden.

Ob Tony im Bett wohl eher der aktive oder passive Part ist? Ich könnte mir gut vorstellen, dass er es genießt, verwöhnt zu werden. Welcher Mann genießt es nicht, wenn seine Partnerin vor ihm kniet und seinen Penis tief in den Mund nimmt, ihn mit den Lippen massiert, bis er pulsierend kommt? Oh, ich würde Tony so verwöhnen, wenn ich jetzt Sex mit ihm haben könnte.

Ich schlucke. Wir werden nie Sex haben, das nehme ich mir fest vor. Ich kann ihm das nicht antun. Ich weiß nicht, wie viel Erfahrung er hat, aber ich denke, dass er für gewöhnlich nicht der Typ Mann für einen One-Night-Stand ist. Obwohl, das mit Lillian … Aber nein. Nein, wir werden nie Sex haben, weil es für ihn etwas bedeuten würde, und für mich …

Herrgott, hör auf, daran zu denken, weise ich mich gedanklich zurecht, während mein Haus in Sichtweite kommt. *Denk an die Wette, mach dir eine gute Zeit mit ihm, probier was Neues aus und leg an Tag neunundzwanzig irgendwen flach, nur nicht ihn. Dann wird alles gut.*

Genau so werde ich es machen.

Ich bewundere Tony dafür, dass er nicht auf meiner Türschwelle zusammenbricht. Er stolpert zwar beinahe über seine eigenen Füße, aber er bleibt um Atem ringend im Vorzimmer stehen.

»Möchtest du etwas trinken?«, frage ich und schlendere an ihm vorbei in die Küche.

»Das wäre echt toll«, keucht er.

Wann ist seine Stimme so sexy geworden? Ach Quatsch, das liegt an meinem Notstand. Ich muss mich immer wieder daran erinnern, dass Tony süß wie ein Welpe, nicht heiß wie ein Wolf ist. Aber mit der rauchigen Stimme, die er jetzt hat, ist das echt schwer.

»Wasser oder ein Iso?«, will ich wissen, während ich im Schrank nach Gläsern angle.

Ich erschrecke mich beinahe zu Tode, als er plötzlich neben mir steht, nachdem ich die Schranktür geschlossen habe.

»Entschuldige«, sagt er kleinlaut. »Ich wollte nur nicht durch das halbe Haus brüllen.«

»Du kannst wie eine Katze schleichen.« Ich grinse und weiche einen Schritt von ihm zurück.

Verdammt, mit verschwitzten Haaren sieht er richtig sexy aus. Und obwohl ich es nicht erwartet habe, macht seine Hose echt einen knackigen Hintern. Was gäbe ich dafür, ihm das Ding jetzt auszuziehen, mich auf den Küchenblock hier zu setzen und ihn anzuflehen, mich endlich zu nehmen.

Stattdessen räuspere ich mich und hebe die Gläser hoch. »Wasser oder Iso?«

»Wasser«, erwidert er und nimmt mir dankend das Glas ab, als ich es ihm reiche.

Sein Gesicht ist knallrot und er atmet immer noch schwer. Natürlich denke ich wieder an Sex. Nämlich daran, ob er auch so aussehen würde, wenn wir fertig wären.

»Ich richte dir ein Handtuch her, du kannst die Gästedusche hier unten nehmen. Ich werde oben duschen.«

»Warte mal, Liz«, sagt Tony und ich drehe mich in der Hoffnung um, dass er jetzt nicht fragt, ob wir gemeinsam duschen wollen. »Hast du heute noch was vor?«

»Außer ein wenig arbeiten, nicht wirklich«, erwidere ich und beiße mir gedanklich in den Hintern, dass ich mir keine Ausrede überlegt habe. Ob ich ihm schnell erzählen soll, ich hätte meine Tage? Dann kann er doch keinen Sex mit mir wollen, oder doch?

»Vielleicht könnten wir dann … nur wenn du willst …«

»Picknick!«, sage ich schnell und er zieht eine Augenbraue hoch. »Lass uns ein Picknick machen. Nur wir zwei. Das habe ich schon ewig nicht mehr gemacht.«

»Das hatte ich zwar nicht im Sinn, aber es klingt auch schön«, erwidert er und lächelt.

Ich hätte ihm nicht sagen sollen, dass es ihm steht, wenn er lächelt. Jetzt ist der Schaden angerichtet und in meinem Unterleib sammelt sich eine seltsame Hitze, die ich bei ihm eigentlich niemals zulassen wollte.

»Gut, dann dusch mal schnell und ich richte anschließend einen Korb her«, schlage ich vor und husche aus der Küche, bevor er doch noch gemeinsam duschen will.

Es ist ein wirklich schöner Frühlingstag. Die Vögel zwitschern fröhlich, Schmetterlinge fliegen über die Blüten und ich halte Tonys Hand, während wir zum Park spazieren.

Nachdem ich mir ein helles Frühlingskleid angezogen habe, hat Tony mir tatsächlich geholfen, Sandwiches zu machen. Ich hatte noch Muffins von einem Versuch gestern Morgen, bevor ich zum Brunch mit Cyn gefahren bin. Die haben wir auch eingepackt, genauso wie gekühlten Saft und eine Piccoloflasche Sekt. Außerdem haben wir noch das Obst, das Tony geschnitten hat. Er hat sich zwar etwas ungeschickt angestellt, aber alle Finger sind noch dran.

Vielleicht sollte ich mal mit ihm gemeinsam kochen. Da kommt man auch nicht in Versuchung, übereinander herzufallen. Wobei … ist vielleicht doch keine gute Idee …

»Ich glaube, hier ist ein geeigneter Platz«, verkünde ich, als wir an eine Baumgruppe gelangen, die Schatten spendet.

Tony rollt die Decke aus und ich platziere das Essen und das Geschirr darauf. Dann stehen wir etwas verlegen voreinander.

Er, weil er einfach schüchtern ist, und ich … weil ich eigentlich nicht in seiner Nähe sein sollte. Aber … wir sind ein Paar. Daran muss ich mich immer wieder erinnern.

Ich gehe zu ihm und nehme seine Hand. Dann ziehe ich ihn neben mir auf die Decke. Er sitzt ein wenig verkrampft da, aber er lächelt wieder.

»Sollen wir anstoßen?«, frage ich und greife nach dem Sekt.

»Worauf eigentlich?«, will er wissen, als er mir die Flasche aus der Hand nimmt und sie aufschraubt.

Ich halte ihm zwei Gläser hin und er teilt den Sekt darauf auf. »Ich dachte … auf uns?«

Er nimmt mir ein Glas ab und betrachtet mich verwirrt. »Auf uns? Weil wir … ein Paar sind?« Er kratzt sich den Kopf. »Weißt du, Liz, manchmal habe ich das Gefühl, dass ich mir das alles nur einbilde. Ich meine …« Er hält inne und betrachtet mich wieder.

»Was denn?«, will ich wissen und greife nach seiner freien Hand. Will er mich jetzt etwa abschießen? Ich, Elizabeth Johnston, werde abserviert? Von Dracula, der jetzt zwar echt heiß aussieht, aber immer noch … na ja, ein ausgehungerter Vampir ist?

»Warum sollte eine Hammerfrau wie du einen Typen wie mich, der nichts auf die Reihe kriegt, überhaupt zweimal ansehen?«, flüstert er und schüttelt dann den Kopf. »Oh Mann, jetzt habe ich noch nichts getrunken und verhalte mich wie ein Highschool-Schüler. Entschuldige.«

Ich lasse seine Hand los, verlagere mein Gewicht ein wenig und setze mich so, dass wir uns in die Augen blicken. Dass er kein Selbstbewusstsein hat, weiß ich. Deswegen habe ich ihn ausgesucht. Aber wenn ich ihn schon benutze, um meine Wette zu gewinnen, dann will ich ihm zumindest ein wenig helfen.

»Hör mal, Tony, manche Menschen wissen früh, was sie wollen. So wie ich. Und andere müssen es erst herausfinden. So wie du. Das heißt nicht, dass du nichts auf die Reihe kriegst. Ich mag es, mit dir Zeit zu verbringen«, gestehe ich und bin erstaunt, dass ich es ernst meine. »Ich kann bei dir ich selbst sein. Ich muss dir nichts vormachen und du gibst mir Sicherheit. Weil ich weiß, dass du nicht nur mit mir zusammen sein willst, um mich ins Bett zu kriegen.«

Zwei Fliegen mit einer Klappe, würde ich sagen. Weil er jetzt ein Arschloch wäre, wenn er heute versuchen würde, mit mir zu schlafen.

»Lass uns einfach einen schönen Tag haben, Tony«, schließe ich ab und halte ihm mein Glas hin.

Er stößt an und wir trinken. Er kippt den Sekt runter und verstaut das Geschirr im Korb. Ich trinke langsamer, leere aber mein Glas auch.

»Weißt du, Liz«, sagt er und ich bin erstaunt, dass seine Wangen jetzt schon vom Alkohol gerötet sind. »Du bist so umwerfend und ich kann mein Glück gar nicht fassen, dass du dir die Mühe gemacht hast, hinter mein tollpatschiges Auftreten zu blicken.«

Mein Herz wird richtig schwer, als er traurig lächelt. Ich sollte das nicht machen, aber ich denke, es würde ihm viel bedeuten. Deswegen verschränke ich meine Hände in seinem Nacken. Er betrachtet mich überrascht und sein Blick wandert zu meinem Mund, bevor er mir wieder in die Augen sieht.

Ganz langsam beuge ich mich nach vorn und schließe meine Lider. Ich hauche einen Kuss auf seine Lippen, spüre Tonys warmen Atem auf meiner Haut. Es ist ein unschuldiger Kuss. Fast so, als wären wir Kinder, die das zum ersten Mal versuchen. Aber es reicht, damit mein Körper kribbelt.

»Liz, ich … ich bin so verknallt in dich«, flüstert Tony. Ja, er verträgt wirklich nichts, denn diese Aussage schiebe ich auf den Alkohol. »Darf ich dich noch mal küssen?«

»Ja«, erwidere ich und erschrecke, als er seine Arme um meine Taille legt und mich näher an sich zieht.

Er bedeckt meine Lippen mit seinen und streicht mit seinen Händen über meinen Nacken. Ich öffne meinen Mund ganz leicht und spüre seine Zunge, die zögerlich nach meiner tastet. Dabei belässt er es auch und ich bin froh darüber. Ich hatte nicht erwartet, dass ich den Kuss genießen würde. Aber er ist wie Tony. Sanft und tiefgründig.

Obwohl ich in diesem Moment zufrieden bin, weiß ich, dass ich es bereuen werde, diese Nähe zugelassen zu haben. Denn je länger der Kuss dauert, umso mehr will ich herausfinden, wie es sich wohl anfühlt, nach dem Sex in seinen Armen zu liegen.

KAPITEL 18

Tony

Als ich mich am späten Nachmittag auf den Heimweg mache, könnte ich jeden, den ich in der Bahn treffe, einfach umarmen. Ich könnte singend über die Straßen tanzen und …

Nein, das vielleicht nicht. Jeder Muskel in meinem Körper schmerzt und es grenzt an ein Wunder, dass ich es überhaupt ohne fremde Hilfe bis in unsere Wohnung schaffe. Aber vermutlich schwebe ich dorthin, getragen von den Schwingen der Liebe.

Der Tag war einfach nur umwerfend. Liz war umwerfend. Und ich, wie ich finde, auch.

Es hat mich echt Überwindung gekostet, mit ihr über meine Gefühle zu sprechen. Aber hey, immerhin sind wir zusammen. Da sollte ich keine Hemmungen haben. Und diese abzulegen, hat sich am Ende auch gelohnt.

Während des Picknicks hatte ich zum ersten Mal das Gefühl, Liz wirklich nah zu sein und sie nicht nur aus der Ferne anzuhimmeln. Gut, das hat hauptsächlich an dem Kuss gelegen, der war einfach … wow.

Zu Hause angekommen, lasse ich mich auf die Couch fallen und beschließe, mich den Rest des Tages nicht mehr zu bewegen.

Ich wäre schlichtweg nicht dazu fähig. Eigentlich kann ich auch einfach sterben. Immerhin habe ich heute eine Göttin geküsst, ein sichereres Ticket in die ewige Glückseligkeit gibt es nicht.

Leider ist es schon nach wenigen Minuten mit der Ruhe vorbei, als Owen aus seinem Zimmer gestapft kommt. Er geht erst an mir vorbei Richtung Haustür, bleibt dann abrupt stehen und kommt rückwärts zurück. Wortlos blickt er auf mich herab.

»Halt bloß deine Klappe«, brumme ich, was ihn natürlich nicht interessiert.

»Ich weiß nicht, was mich mehr überrascht«, meint er mit einem überheblichen Grinsen. »Dass du schon zurück bist oder dass du überhaupt noch lebst.«

Ich schließe grummelnd die Augen. Vielleicht kann ich ihn einfach weg ignorieren und mich dann wieder den schönen Erinnerungen an das Picknick hingeben.

»Wie war das Laufen?«, höre ich ihn fragen.

Gut, ich muss mich wohl der Tatsache stellen, dass Owen sich nicht einfach in Luft auflöst.

»Ganz gut«, schnaufe ich und setze mich auf. »Ich bin weder über meine eigenen Füße gestolpert noch habe ich hinterher ein Sauerstoffzelt gebraucht.«

»Wie weit seid ihr gerannt?«

»Liz hat was von fünf Kilometern gesagt.«

Anerkennend hebt er eine Augenbraue. »Nicht schlecht, was der richtige Anreiz alles aus einem herauszuholen vermag. Und hinterher gab's noch eine Runde Kraftsport unter der Dusche?«

Ich weiß genau, was er meint. »Nein, wir haben nicht miteinander geschlafen, wir haben gepicknickt.«

Owen sieht ehrlich überrascht aus.

»Und uns geküsst.« Beim Gedanken daran kann ich mir ein seliges Lächeln nicht verkneifen.

»Okay, ich will ehrlich mit dir sein.« Owen neigt sich ein Stück zu mir und stützt sich mit den Unterarmen auf den Oberschenkeln ab. »Nach dem gestrigen Abend habe ich erwartet, dass sie entweder das Joggen auf ihr Bett verlegt oder sie dir den Laufpass gibt – und uns die Kündigung.«

»Hey!«, stoße ich entrüstet aus.

»Nimm's mir nicht übel«, er hebt abwehrend die Hände, »aber ihr habt nicht unbedingt wie ein frisch verliebtes Pärchen gewirkt.«

»Wie auch, wenn du alle Aufmerksamkeit für dich beansprucht hast«, murmle ich.

»Hallo, was kann ich dafür, dass ich so ein geiler Typ bin?« Er klopft sich affenmäßig auf die Brust. Dann wird er wieder ernst. »Aber nach dem, was du gerade erzählt hast … Ich glaube fast, sie hat echtes Interesse an dir.« Er runzelt übertrieben die Stirn. »Da ist nur eine Frage: Wieso?«

»Kommst du jetzt wieder mit deiner Verschwörungstheorie?«, stöhne ich, aber er schüttelt den Kopf.

»Nein. Mittlerweile bin ich sicher, dass du sie bezahlst.«

»Du Arsch«, sage ich und will nach einem Kissen greifen, um damit nach ihm zu werfen. Doch stattdessen sinke ich mit einem gedehnten »Auuu« auf der Couch zusammen. Schon diese kleine Bewegung strafen meine überreizten Muskeln mit einem schmerzhaften Ziehen.

Owen kann sich kaum noch halten vor Lachen. »Da ich nicht nur ein geiler, sondern auch ein echt netter Typ bin, werde ich jetzt erst mal dafür sorgen, dass du wieder auf die Beine kommst.«

Er steht auf, verschwindet im Bad und kommt kurz darauf mit einer gepackten Sporttasche zurück.

»Oh, unterstützt du mich damit, dass du mich in Ruhe sterben lässt?«, witzle ich, aber er schüttelt den Kopf.

»Nein, mein Bester. Ich schleppe dich in die Sauna.«

Ich sitze mit an die Wand gelehntem Kopf auf einer der Holzbänke, habe die Augen geschlossen und genieße die allumfassende Wärme. Beim ersten Durchgang war ich noch damit beschäftigt, weder in der Hitze zu ersticken noch vor Scham vor den anderen Saunabesuchern im Boden zu versinken.

In Runde zwei kann ich mich nun aber völlig entspannen. Ich kann das tödliche Wüstenklima in der Sauna richtig genießen, das meine geschundenen Muskeln in einen zen-artigen Entspannungszustand versetzt. Und die anderen sind mir nun so scheißegal wie ich ihnen. Außerdem haben wir dieses Mal eine kleinere Kabine gewählt, in der Owen und ich tatsächlich allein sind.

»Ernsthaft, das war die beste Idee, die du je hattest«, sage ich mit gedämpfter Stimme, ohne ihn anzusehen.

Neben mir ertönt ein Brummen. Auch Owen scheint regelrecht abzuschalten.

»Manchmal ist das der einzige Grund, warum ich mich zum Sport aufraffen kann – der Gedanke an das Gefühl danach«, gibt er schließlich zurück.

Ich verstehe, was er meint. Ja, unter der Bedingung, danach in die Sauna zu gehen, würde ich öfter mit Liz laufen. Selbst wenn ich ohne sie in die Sauna muss.

Mit einem Mal durchströmt mich eine Erfüllung, die meinen inneren Philosophen weckt.

Ich denke an die vergangenen Wochen. Vor allem natürlich an Liz, aber auch an die Arbeit (die gar nicht sooo übel ist), an die Zusammenarbeit mit Owen und auch an Cynthia. An all die aufregenden und schönen Momente. Zum ersten Mal habe ich das Gefühl, alles richtig gemacht zu haben, alles im Griff zu haben. Job, Freunde, Beziehung.

Teufel noch mal, bin ich verliebt in diese Frau, diese Göttin, die mich aus irgendeinem wahnwitzigen Grund auserkoren hat, an ihrer Seite verweilen zu dürfen. Nun, eigentlich hat sie nur getan, was Götter eben tun: Sie hat mich gerettet.

Und nun bin ich vermutlich der glücklichste Mensch, der auf diesem Planeten wandelt.

»Alter – weinst du?«, höre ich plötzlich Owen entrüstet fragen.

»Wa-was?« Ich fahre mir über die Wange. Tatsächlich ist dort ein feuchter Streifen. Doch ich werde mich hüten, Owen zu verraten, dass mir gerade ein Tränchen der Rührung und Glückseligkeit entschlüpft ist. »Das ist Schweiß, du Vollpfosten«, maule ich zurück.

»Mhhh«, brummt er. »Schon klar.« Dann fügt er leise hinzu: »Verliebter Trottel«, und lacht.

Ich verschränke die Hände hinter dem Kopf. »Du bist doch nur neidisch.«

Und zu meiner absoluten Verblüffung antwortet er nicht.

Hallo? Bin ich nicht mal mehr einen sarkastischen Kommentar wert? Oder steckt was anderes dahinter?

Ich will ihn gerade nach seinem aktuellen Liebesleben fragen, als die Tür aufgeht. Eine Frau kommt herein und nachdem ich mir kurz den Schweiß aus den Augen geblinzelt habe, wird mir klar, dass ich sie kenne.

Oh nein, nicht …

»Anthony, na was für eine Überraschung«, flötet Lillian Violet. Mit einem um den Körper geschlungenen Handtuch setzt sie sich neben mich.

Ich unterdrücke den Impuls, mir hektisch das Handtuch um die Lenden zu wickeln, genau wie fluchtartig die Kabine zu verlassen. Stattdessen bleibe ich cool, bewege mich keinen Millimeter und schließe die Augen wieder.

Okay, eigentlich bin ich völlig erstarrt, wie ein Kaninchen vor der Schlange. Und nur weil das Weg-Ignorieren vorhin bei Owen nicht geklappt hat, heißt das ja nicht, dass es wieder nicht funktioniert.

Tut es nicht.

»Ich habe Sie vermisst, als Cynthia vorgestern bei uns war. Wie geht es Ihnen, mein Lieber?«

Sie legt mir eine Hand auf mein nacktes Knie und ein Schauer durchläuft meinen Körper. Keiner von der guten Sorte.

Sie hatte ich aus meiner Perfektes-Leben-Erinnerung völlig verbannt. Aber anscheinend möchte mich das Leben daran erinnern, dass nicht alles so rosarot ist, wie ich es mir gerade ausgemalt habe.

Ich muss etwas sagen, ihr klarmachen, dass ich ihren Laden genauso wenig wieder betrete, wie es eine Wiederholung unseres Zusammenkommens (haha, was für ein Wortspiel) geben wird.

Ich möchte schlagfertig sein, direkt, ohne zu beleidigen.

Im Grunde würde ich sie allerdings am liebsten aus der Sauna werfen – oder zumindest selbst gehen. Ja, auch Flucht wäre eine Option.

Doch nichts davon bekomme ich gebacken. Ich sitze einfach nur da, die Augen weiterhin geschlossen, obwohl ich sie innerlich weit aufgerissen habe. Von Herzrasen begleitete Übelkeit steigt in mir auf, und das liegt nicht an der Hitze hier drin.

Ich weiß genau, dass sie mir gerade voll auf den Schritt schaut, ich spüre es …

Tony, komm schon. Lohooos!

»Ms. Violet, nehme ich an?« Ich höre, wie Owen sich neben mir nach vorn neigt.

»Und Sie sind?« Lillians Tonfall hat sich kein Stück verändert. Ihr ist völlig egal, dass ich offensichtlich nicht allein hier bin.

»Owen Sanders, ein Kollege von Tony.«

Lillians Hand verschwindet von meinem Bein und als ich die Lider ganz leicht hebe, sehe ich, wie sie Owen die Hand schüttelt.

Danke, Kumpel.

»Oh, dann arbeiten Sie also auch für Lizzy?«, säuselt sie. Sie versprüht ihren Charme wie giftgetränktes Zuckerwasser nun auch in Owens Richtung.

Dieser lacht. »Also, wir arbeiten in derselben Agentur, ja. Tony steht Ms. Johnston allerdings deutlich näher als ich.«

»Das habe ich vermutet.« Sie gibt ein gekünsteltes Lachen von sich. Dann gleitet ihr Blick an Owen herab und ich weiß genau, was ihr durch den Kopf geht. »Arbeiten Sie auch so engagiert an der Kundenbindung wie Anthony?«, will sie wissen. »Vielleicht auch manchmal mit ihm gemeinsam?«

Dieses Miststück. Fragt sie ihn gerade indirekt nach einem Dreier?

Aber Owen lässt sich von ihr nicht um den Finger wickeln. Er hat zu viel Erfahrung mit Frauen, als dass er nicht die große Gefahrenwarnung über ihrem Kopf leuchten sehen würde.

»Da muss ich Sie enttäuschen, Ms. Violet. Erstens sind Tony und ich gerade privat hier und an keinerlei Kundenbeziehung interessiert.«

Oha, das sitzt. Lillian verzieht die Lippen zu einem schmalen Strich. Selbst wenn Owen nicht weitersprechen würde, hätte sie die Abfuhr bereits erkannt.

Er tut es trotzdem. »Und zweitens arbeitet Tony nicht *für* Ms. Johnston, sondern *mit* ihr, wenn Sie verstehen. Und zwar *nur* mit ihr. Was übrigens auf Gegenseitigkeit beruht.«

Um das zu begreifen, braucht Lillian dann doch einen Moment. Und es ist ein echter Genuss, zu sehen, wie es klick macht. Dass sie dabei ein wenig grün um die Nase wird, liegt vermutlich genauso wenig an der Sauna wie mein rasender Puls.

Owen streckt sich neben mir. »So, Tony, ich glaube, unsere Zeit ist rum.« Er steht auf und geht Richtung Ausgang.

Ich will es ihm gleichtun, doch Lillian umfasst meinen Oberarm und hält mich zurück.

»Anthony, würden Sie bitte noch einen Moment bleiben?«, fragt sie und fügt leise hinzu: »Ich möchte mich für mein Verhalten bei der Einweihungsfeier entschuldigen. In Ruhe.« Sie deutet mit den Augen auf Owen.

Ich schlucke trocken. Eigentlich möchte ich mir die Chance auf Flucht, die Owen mir geschaffen hat, nicht verstreichen lassen. Andererseits weiß ich, wie wichtig ihr Bruder als Lieferant für Liz ist – das hat sie erst gestern wieder seufzend erwähnt, als wir gemeinsam bei einem anderen Floristen waren, der sich als Reinfall entpuppte.

Ich kann Lillian also nicht völlig vor den Kopf stoßen.

Na komm, Tony, zeig einmal im Leben Courage. Sei diplomatisch, für Liz.

»Ich komme in einer Minute nach«, sage ich zu Owen.

Der legt die Stirn in Falten, nickt aber und verlässt die Kabine.

Wie sich zeigt, war mein Gefühl richtig, dass die Unterhaltung mit Lillian wichtig für die Agentur ist. Nur will sich dieses Biest keineswegs entschuldigen.

Kaum dass wir allein sind, steht sie auf, lässt dabei allerdings ihr Handtuch auf der Bank zurück. Splitternackt stellt sie sich vor mich und stützt dann ihre Hände auf meine Knie.

In der Abstellkammer habe ich lediglich ihren nackten Hintern zu Gesicht bekommen. Auch wenn diese Frau eine falsche Schlange ist, muss ich gestehen, dass der Rest ihrem Arsch in nichts nachsteht. Für ihr Alter hat sie einen verdammt guten Körper.

Sie beugt sich nach vorn, sodass ihre Brüste mir gefährlich nahe kommen. »Soso, die kleine Lizzy will also nicht teilen«, raunt sie mir zu. »Nun, ich kann sie gut verstehen.« Sie schiebt ihre Hand ein Stück weiter meinen Schenkel hinauf.

Verdammt, wieso zum Teufel erregt mich das? Okay, nennen wir es mildernde Umstände. Welchen Mann würde das nicht scharfmachen?

»Dennoch, der Kunde ist König, oder nicht?«

Mein innerer Owen gibt sich selbst ein High Five. *Zweimal Sex in einer Woche – aus dir wird doch noch was, Tony-Bony!*

Okay, ich muss den Typen echt wieder loswerden. Hat dem noch niemand gesagt, dass wir Liz wollen?!

Verzweifelt suche ich nach dem verkappten Philosophen in mir, damit er mir hilft, Lillian eine galante Abfuhr zu erteilen. Aber –

ohhh, wer hätte es erwartet – der feine Herr schweigt sich aus. Jetzt, wo es wirklich mal drauf ankommt!

Was mache ich jetzt … Was mache ich jetzt???

»Sie sind kein Kunde«, bringe ich mühsam hervor. »Sie arbeiten für uns.«

»Ganz richtig, Anthony«, zischt sie mir zu, wobei ich ihren Atem auf meiner Haut spüre. »Und damit das so bleibt, sollten Sie dafür sorgen, dass ich zufrieden bin. Geben und nehmen, mein Lieber.«

Noch bevor ich richtig verarbeitet habe, dass sie gerade versucht, mich zu erpressen, beißt die Schlange zu.

KAPITEL 19

Liz

Ich bin schon ziemlich stolz auf mich. Fast zwei Wochen sind Anthony und ich jetzt ein Paar und ich bin weder verrückt geworden noch fremdgegangen. Und das will etwas heißen. Denn obwohl ich immer versuche, ganz gewöhnliche Paardinge mit ihm zu machen, etwa abends essen zu gehen oder letztes Wochenende ins Museum zu einer besonderen Kunstausstellung … will ich ihn …

Verdammt, wann ist das denn passiert? Ich fühle mich tatsächlich körperlich zu ihm hingezogen. Was nicht zuletzt daran liegt, dass er gut küssen kann. Ja, ich habe die Büchse der Pandora selbst geöffnet. Ich weiß nicht, ob er von sich aus den Mut gehabt hätte, mich zu küssen.

Dabei kann er das. Richtig gut. Sogar mit mir, wo ich mich wirklich bemühe, ihm dabei nicht zu nahe zu kommen. Denn wenn ich auch nur daran denke, zu spüren, wie es ihn erregt …

Ich habe ja jetzt schon ständig Fantasien von ihm im Büro. Gestern etwa, als wir über die Umsetzung von einer Idee sprachen, die Cyn hatte. Ich weiß nicht einmal mehr, welche Idee das war, weil ich mir die ganze Zeit vorgestellt habe, was geschehen würde, wenn ich die Tür zuschließe.

»Liz?«, reißt mich ausgerechnet Tonys Stimme aus meinen Gedanken. Er steht in der Bürotür, seinen Laptop in der Hand. Er trägt wieder ein Hemd, das Cyn ihm gekauft hat. Ich muss ihr wohl auch ihr privates Konto sperren. Ob die Steuerbehörde gern einen anonymen Hinweis hätte, dass meine Partnerin Steuerbetrug begeht?

»Ja?«, frage ich und blicke auf die Uhr. »Wir müssen noch nicht zum Termin.«

»Ich weiß, aber ich habe eine Frage wegen unserer Unterhaltung gestern.«

Ganz schlecht. Ich habe wirklich keinen Schimmer, worum es gestern ging. Dennoch nicke ich und winke ihn zu mir.

Gedanklich gehe ich meine Steuerunterlagen durch, als ich sein Parfum rieche und am liebsten meine Nase an seinem Nacken vergraben würde. Ob er da besonders empfindsam ist? Ich weiß so wenig von ihm …

»Liz? Geht es dir nicht gut?«, fragt Tony mich, der mittlerweile neben mir sitzt und meine Hand ergriffen hat. »Soll ich dir Wasser holen? Du siehst aus, als würdest du gleich …«

Über dich herfallen? Verdammt, Liz, reiß dich zusammen.

»Mir geht es gut, ich habe nur schlecht geschlafen«, lüge ich schnell und räuspere mich. »Entschuldige, ich war gerade nicht bei der Sache.«

Tony lässt meine Hand los und steht auf. »Ich hole dir jetzt Wasser und dann reden wir weiter«, sagt er entschlossen und verlässt das Büro.

Ich lehne mich zurück. Zwölf Tage sind wir ein Paar. Heißt, ich muss noch sechzehn durchhalten, und dann … ja, dann was?

Mein Blick fällt auf meine Hand, die er gerade gehalten hat. Ich fühle noch seine Berührung.

Ich fühle seine Küsse, noch Stunden nachdem wir uns verabschiedet haben. Das ist doch nicht normal, oder? Ich sollte einen Arzt aufsuchen. Vielleicht habe ich Hautkrebs oder so. Anders kann ich mir diese seltsame Regung nicht erklären.

Als es Abend wird, ziehe ich mich für die Feier um, die wir ausrichten. Es ist eine Kooperation zweier Firmen, die hoffen, gemeinsam mehr Kunden anlocken zu können. Dabei handelt es sich um einen Schokoladenhersteller und einen Weinbauern, der regional zumindest ziemlich bekannt ist. Ich finde ja, Schokolade und Wein passen hervorragend zusammen, deswegen habe ich ihnen diese Idee ja auch in den Kopf gesetzt.

Mein dunkelblaues Kostüm und die weiße Bluse tausche ich gegen ein schwarzes Kleid. Es ist für meine Verhältnisse ziemlich schlicht, aber ich will nach dem Termin noch ins Kino. Mit Tony. Wo jeder seinen Sitzplatz hat und ich zu alt bin, um herumzufummeln. Hoffe ich zumindest.

Tony pfeift anerkennend, als ich das Büro verlasse und mit ihm zum Fahrstuhl gehe. »Du siehst umwerfend aus, Liz«, sagt er.

Wir sind nicht die Letzten im Büro, weswegen ich warte, bis die Fahrstuhltüren sich geschlossen haben, bevor ich mich ihm zuwende und ihn küsse. Er legt seine Hände an meine Taille und will mich näher ziehen, aber da löse ich mich von ihm.

»Denk daran, heute Abend sind wir im Business«, sage ich atemlos. »Auf dem Fest halten wir mindestens eine Armlänge Abstand voneinander.«

»Wir sind aber noch nicht auf dem Fest«, raunt er und kommt wieder auf mich zu.

Wann ist er so selbstbewusst geworden? Wann hat mein Herz so schnell zu schlagen begonnen, wenn er mich anlächelt?

Ich brauche dringend einen Termin beim Arzt. Dringend!

Seine Lippen finden meine erneut und ich ergebe mich in dieses Gefühl. Ich schlinge meine Arme um seinen Nacken und stelle mich auf die Zehenspitzen. Meine Hüften halte ich aber weit genug von seinen entfernt. Ich bin momentan nicht sicher, ob es nicht reichen würde, mich kurz an ihm zu reiben, um lauthals einen Orgasmus zu haben. Ja, so sehr will ich ihn. Nein, Unsinn, so notwendig habe ich es. Ich muss endlich aufhören, daran zu glauben, dass ich ihn will! Er ist einfach derjenige, mit dem ich knutsche, deswegen dieses Verlangen. Genau …

Ich bin froh, als der Aufzug endlich hält und wir uns ein Taxi rufen. Dort gehe ich die beiden Kunden mit Tony durch. Es ist zum einen ein altes Ehepaar, welches das Weingut führt, und zum anderen eine junge Frau, die ihre Firma von ihrem Vater geerbt hat. Familienbusiness also. Und niemand dabei, der mich in Versuchung bringen könnte. Von Tony abgesehen.

Die Feier auf dem Weingut ist gut besucht. Obwohl ich Tony noch einmal daran erinnert habe, auf Abstand zu bleiben, habe ich ein wachsames Auge auf ihn. Nicht, dass Mrs. Newton, die Geschäftsführerin des Weinguts, in sein Beuteschema passen würde. Sie ist immerhin über sechzig und glücklich mit Mr. Newton verheiratet. Aber man weiß ja nie.

Ich beobachte das Ehepaar, wie es gemeinsam mit den Gästen lacht und dabei immer wieder kleine Gesten der Zärtlichkeiten miteinander tauscht. Eine flüchtige Berührung hier, ein verliebtes Lächeln da … dabei sind sie seit fast vierzig Jahren verheiratet. Es gibt sie also, die lang anhaltende Liebe, auch wenn ich nicht wirklich glaube, dass ich so etwas finden werde.

Ob ich bei meinen Beziehungen so verkorkst bin, weil meine Eltern als Paar eine Katastrophe waren? Bevor sie sich scheiden ließen, haben sie einander das Leben zur Hölle gemacht. Kaum waren sie getrennt, blühten sie auf. Mum hat bis heute keine richtige Beziehung mehr zustande gebracht und Dad ist mittlerweile zum vierten Mal geschieden.

Mein Blick wandert zu Tony, der im vereinbarten Abstand steht und einem Gespräch lauscht, an dem ich eigentlich auch teilnehme. Aber irgendwie kann ich mich nicht konzentrieren, sobald ich Tonys blaue Augen sehe und mich frage, ob es mit ihm wirklich klappen könnte … wenn wir eine echte Beziehung hätten. Eine, in der ich nicht nach vier Wochen die Reißleine ziehe. In der ich es wirklich genieße, mit ihm zusammen zu sein.

Obwohl … ich genieße unsere gemeinsame Zeit tatsächlich. Es ist schön, einmal mit einem Mann auf Augenhöhe zu sein, ihm nahe zu kommen, ohne gleich Sex zu wollen. Allerdings hätte ich gegen Sex mit ihm nichts einzuwenden. Einfach, weil ich wissen will, ob es sich anders anfühlt, wenn man in den Mann, mit dem man schläft, wirklich verliebt ist.

Habe ich das gerade wirklich gedacht? Das ist doch Unsinn. Ich bin nicht verliebt. Ich mag ihn nur. Ich bin immer noch der Meinung, dass ich ihn zerstören würde. Aber vielleicht … nur vielleicht … könnte das mit uns doch klappen.

Unsere Blicke treffen sich und er hebt seine Mundwinkel leicht an. Sofort schlägt mein Herz schneller und ich trinke von meinem Sekt. Ich muss mehr Sport machen und mich auspowern. Definitiv.

Nachdem die Feier angelaufen ist und ich mich mit jedem möglichen Kunden unterhalten habe, verlassen wir die Veranstaltung.

Tony hält mir die Tür des Taxis auf und steigt auf der anderen Seite ein. Ich teile dem Fahrer mit, dass er uns zum Kino im Park Center bringen soll, und blicke aus dem Fenster.

Ich zucke leicht, als Tony meine Schulter berührt und mich unsicher mustert. »Ist alles in Ordnung? Habe ich etwas falsch gemacht?«, will er wissen.

Ich schüttele den Kopf.

»Es ist nur, du bist heute so extrem still und da dachte ich … ich hätte etwas Falsches gesagt oder getan, weswegen du mir eigentlich die Kündigung geben müsstest, aber es nicht kannst, weil ich ja dein Freund bin.«

Ich lächle. »Nein, du hast dich gut geschlagen«, erkläre ich und mein Blick wandert zu seinen Lippen.

Eigentlich wollte ich Abstand halten, aber ehe ich es mich versehe, lehne ich mich zu ihm hinüber und küsse ihn. Tony legt sofort seine Arme um mich, erwidert den Kuss, erst zärtlich, dann fordernder. Seine Hände wandern über meinen Rücken, immer tiefer. Ich habe ihn bisher immer zurückgewiesen, wenn er sich meinem Gesäß zu sehr genähert hat, aber diesmal lasse ich es zu.

Es ist nicht meine Art, im Taxi zu knutschen, aber … verdammt, ich will das jetzt!

Ich rücke näher an ihn, als ich es sonst tue, und lasse meine Finger über seine Brust streichen. Er sieht nicht so aus, aber er hat tatsächlich Muskeln. Keine übertriebenen, nur schön definierte. Ich kann sie unter dem Stoff ganz deutlich spüren.

Er gibt ein Knurren von sich, als meine Hände tiefer wandern. Ich würde zu gern wissen, wie er sich anfühlt, wenn er erregt ist. Nur noch zwei Handbreit trennen mich von seinem Schritt, wo sich bereits eine Beule erahnen lässt. Ich müsste nur einmal darüber streichen … einmal, und dann …

»Oh verdammt«, keuche ich und löse mich von ihm.

»Was?«, fragt Tony atemlos und betrachtet mich mit glasigen Augen. »Keine Sorge, ich warte, bis wir nicht mehr im Auto sitzen.«

»Ich habe meine Unterlagen für den Termin morgen früh im Büro vergessen«, sage ich ertappt und erkläre dem Fahrer, dass er uns zur Büroadresse fahren soll.

»Wie jetzt? Büro? Ich dachte … ich hatte gehofft …«, stammelt Tony und ich bekomme ein schlechtes Gewissen.

Ich bin über ihn hergefallen und jetzt lasse ich ihn quasi hier sitzen. Ob er sich besser fühlen würde, wenn ich ihm erkläre, dass ich eigentlich auch lieber im Bett weitermachen würde?

Nein … ich muss an die Wette denken. Cyn darf nicht gewinnen. Nicht so.

»Entschuldige, aber ich habe morgen einen wichtigen Termin, und das sehr früh. Ich brauche diese Unterlagen, sonst schaffe ich es niemals pünktlich.« Ich tätschle sein Knie. »Aber danach fahren wir ins Kino. Versprochen.«

»Kino … schon klar …«, brummt er und fährt sich durch die schwarzen Haare.

Danach schweigen wir, bis wir beim Büro ankommen. Ich bezahle das Taxi und wir nehmen den Fahrstuhl hinauf.

Tony hat die Arme verschränkt und sieht mich nicht an. Und ich habe wieder ein schlechtes Gewissen. Er soll sich nicht fühlen, als wäre er nicht heiß und fickbar.

Gibt es das Wort überhaupt?

Jedenfalls würde ich ihn vernaschen oder mich flachlegen lassen, wenn ich diese Wette nicht laufen hätte.

Wieder kommt mir der Gedanke, wie es mit ihm sein könnte, wo er mir doch mehr bedeutet, als ich je vorhatte, für ihn zu empfinden.

Zum Glück lenkt mich die aufgehende Fahrstuhltür von den Überlegungen ab.

Ich hebe eine Augenbraue, als ich in den Gang trete. »Cyn hat wohl vergessen, das Licht auszumachen«, sage ich zu Tony.

»Scheint so«, flüstert er.

Ich bin schon auf halbem Weg zur Bürotür meiner Partnerin, als Stimmen daraus dringen. Wie angewurzelt bleibe ich stehen und sehe Tony an, der auf meiner Höhe ebenfalls angehalten hat.

»Hast du das auch gehört?«, fragt er mich.

Meine Mundwinkel zucken, als ich ein Stöhnen höre. »Dann hat sie wohl nicht vergessen, das Licht abzudrehen«, flüstere ich und nehme Tonys Hand. »Komm, wir wollen sie nicht stören. Ich weiß nicht, wie lange es her ist, seit sie einen Mann bei sich hatte.«

»Woher weißt du, dass ein Mann bei ihr ist?«, will er wissen, während wir auf Zehenspitzen an der Tür vorbeihuschen.

Ich will ihm nicht erklären, dass Cyn eher mit Vibratoren als mit Männern spielt. Deswegen schweige ich, bis ich die Stimme meiner Freundin sagen höre: »Warte, Owen, das geht mir jetzt zu schnell.«

Wie Salzsäulen bleiben Tony und ich erneut stehen und drehen unsere Köpfe in Richtung des Lichtkegels auf dem Gang.

»Owen?«, forme ich den Namen lautlos mit meinem Mund.

Tony zuckt mit den Schultern.

»Entschuldige, Cyn«, erklingt wirklich Sanders' Stimme. Der Sanders, der mich am ersten Tag wie ein Lustmolch mit den Augen ausgezogen hat. Den ich so einschätze, dass er alles begattet, was nicht schlau genug ist, sich zu verstecken. DER entschuldigt sich bei Cyn? »Ich wollte dich nicht drängen …«

»Das hast du nicht. Ich weiß, wir sind jetzt bald zwei Wochen ein Paar, aber … ich brauche noch ein wenig Zeit, bis … na ja, ich mich *so* von dir berühren lasse.«

»Schon klar, Cyn. Entschuldige.«

»Du hast nichts falsch gemacht …«

»Ich habe trotzdem das Gefühl, dass ich dich dazu genötigt habe.«

»Unsinn. Du bist der gefühlvollste, verständnisvollste Mann, den ich kenne.«

Tony grunzt und hält sich die Hand vor den Mund. Er versucht verzweifelt, sein Lachen zu unterdrücken, aber ich bin sicher, dass man ihn gehört hat. Ihn und auch mich, die sich ebenfalls die Hand vor den Mund hält und um Fassung ringt.

Der Lichtkegel wird breiter und Cyn steht mit geröteten Wangen und zerzausten Haaren in der Tür. »Liz?«, keucht sie. »Was macht ihr denn hier?«

Ich räuspere mich und huste, um den erneuten Lachkrampf zu lösen. »Habe meine Unterlagen für morgen vergessen«, schaffe ich einigermaßen sicher, zu erklären. »Wir wollen nicht stören. Nicht, wenn du den verständnisvollsten Schwerenöter aller Zeiten bei dir hast.«

Jetzt bricht Tony endgültig in Lachen aus. »Entschuldigung«, sagt er, nachdem er sich einigermaßen gefangen hat. »Es ist nur …«

»Toller Freund bist du«, brummt Owen, der hinter Cyn auftaucht.

»Das könnte ich über dich auch sagen«, erwidert Tony. »Seit fast zwei Wochen gehst du mit Cynthia und sagst kein Wort?« Er sieht mich an. »Du hast es auch nicht gewusst, oder?«

Ich schüttle den Kopf und funkle meine Freundin an. »Nein, offenbar vertraut sie mir nicht genug. Dass wir zusammen sind, habe ich ihr gleich danach gesagt.«

Cyn seufzt. »Ich hatte nur Angst, dass du die falschen Schlüsse ziehst …«

»Schon gut«, wiegle ich ab, weil ich keine Lust habe, dass sie Tony steckt, dass er eigentlich nur eine Wette ist. »Wir reden ein anderes Mal darüber. Ich hole jetzt meine Unterlagen und dann lassen wir euch – bei was auch immer ihr macht oder nicht macht – allein.«

Ich greife nach Tonys Hand und ziehe ihn in mein Büro. Er schließt die Tür und ich suche nach dem Ordner, den ich morgen brauche.

»Die beiden sind wie Tag und Nacht.« Tony grinst und steckt die Hände in die Hosentaschen. »Ich hätte nie gedacht, dass Owen …« Er lacht. »Aber ich hätte auch nicht gedacht, dass du und ich mal zusammenkommen. Wir sind dann irgendwie wie ABBA, oder?«

»Du weißt, dass die ihre Band aufgelöst haben, als sie sich scheiden ließen, ja?«, murmle ich und stecke den Ordner in meine Tasche.

»Dazu muss man ja erst mal heiraten«, erwidert Tony und läuft rot an. »Ich meine nicht, dass wir … aber die … und ich bin …«

Ein Lächeln umspielt meine Lippen, als ich zu ihm gehe und ihn küsse. »Danke, dass du es immer schaffst, mich zum Schmunzeln zu bringen«, hauche ich und küsse ihn erneut. Bevor er seine Arme um mich legen kann, trete ich einen Schritt zurück. »Also, Kino?«

Er stößt den Atem aus und öffnet die Tür. »Ja, dann wohl Kino.«

KAPITEL 20

Tony

Endlich kann ich meine lang gehegte Fantasie ausleben! Immer nur von einer Sache zu träumen, kann echt frustrierend sein. Aber an diesem Morgen bekomme ich die Gelegenheit, auf die ich gewartet habe.

Ich habe die Vorhänge so weit zugezogen, dass nur ein leichtes Schummerlicht im Wohnzimmer herrscht. Den Sessel habe ich in die dunkelste Ecke des Raumes gerückt, ausgerichtet auf die Tür.

Gerade eben war ich noch bei unserer Nachbarin, um mir von ihr das letzte Puzzleteil zu borgen, was das Bild vervollständigt. Mrs. Fluff.

Als ich den Schlüssel im Schloss höre, richte ich mich in dem Sessel auf. Die weiße Perserkatze, die auf meinem Schoß liegt und genüsslich schnurrt, spitzt ebenfalls die Ohren, bleibt aber liegen.

Die Tür öffnet sich leise und ich sehe Owen hindurchschlüpfen. Denkt er wirklich, er könnte sich reinschleichen? Das hat doch noch nie geklappt.

Er schließt die Tür sachte, streift sich die Schuhe ab und hängt seine Jacke auf. Dann stutzt er. Vermutlich fällt ihm erst jetzt die seltsame Verdunkelung auf.

»Ich habe Sie erwartet, Mr. Sanders«, wiederhole ich den Satz aus ›James Bond‹, den ich schon einmal gebracht habe, jedoch ohne die entsprechende Kulisse.

Jetzt stimmt einfach alles. Das Licht, der Sessel, die Katze. Und Owen sieht mindestens genauso überrascht aus wie Sean Connery.

Ein unsicheres Lächeln stiehlt sich auf sein Gesicht. »Alter, was …«

»Nehmen Sie bitte Platz, Mr. Sanders«, sage ich in kaltem Ton und deute auf die Couch. Es fällt mir verdammt schwer, mich zu beherrschen, nicht loszulachen.

Owen schaut mich irritiert an, folgt dann aber meiner Aufforderung.

»Und nun«, fordere ich, »erzählen Sie mir genau, was zwischen Ihnen und Ms. Cynthia vorgefallen ist.«

Mrs. Fluff auf meinem Arm gibt ein gackerndes Geräusch von sich, eine Mischung aus Schnurren und Miauen, und sieht Owen genauso erwartungsvoll an wie ich. Sie hält sich perfekt ans Drehbuch – bis sie in der nächsten Sekunde von meinem Schoß springt, zu Owen läuft und ihm um die Beine streicht.

Das war's, ich kann nicht mehr. Owens Blick, der zwischen der Katze und mir hin und her wechselt, als hätte ich das Tier auf ihn losgelassen, um ihn zu zerfleischen, ist zu viel.

Lauthals pruste ich los, lache so sehr, dass ich mir den Bauch halten muss.

Niemand, dem ich je von dieser Sache erzählen werde, wird es annähernd so lustig finden wie ich gerade. Es ist absolute Situationskomik, aber ich genieße sie in vollen Zügen.

Owen springt auf, was Mrs. Fluff veranlasst, erschrocken unter der Couch zu verschwinden.

»Sitzen bleiben, Mr. Sanders«, versuche ich, ihn anzuknurren, was mir aber in meinem Lachanfall nicht gelingt.

Er geht zum Fenster, reißt die Vorhänge zurück und schaut mich mit in die Seiten gestemmten Händen an. »Bist du völlig durchgeknallt?«, fragt er.

»Ach komm«, pruste ich. »Ich war verdammt authentisch, das musst du zugeben.«

Er kommt zu mir, schubst mich vom Sessel und stimmt in mein Lachen ein, als wir anfangen, uns wie kleine Schuljungen zu balgen.

»Okay, okay, stopp!«, rufe ich, als er mich in den Schwitzkasten nimmt und mit der Faust über meinen Kopf strubbelt. »Sie haben gewonnen, Mr. Sanders!«

Keuchend gibt er mich frei und lässt sich in den Sessel fallen. Ich setze mich auf den Boden daneben.

»Jetzt erzähl mir schon, was da abgeht«, bitte ich ihn um Atem ringend.

»Pass auf«, meint er und deutet auf Mrs. Fluff, die gerade neugierig unsere Anbauwand beschnuppert. »Du bringst diese blöde Katze zurück, ehe sie uns an den Fernseher schifft, und sagst unserer lieben Chefin, dass wir heute später kommen. Ich mache in der Zeit aus dieser Bat-Höhle wieder ein Wohnzimmer und koche Kaffee. Und dann reden wir – von Mann zu Mann. Okay, Mr. Superschurke?«

Es ist unfassbar! Das zwischen Owen und Cynthia läuft echt schon seit unserem ersten Vorstellungsgespräch in dieser Bar.

Dass die beiden gleich auf einer Welle waren, war mir ja klar, aber so?!

Am unglaublichsten ist aber, dass Owen ihr gegenüber wirklich den charmanten, geduldigen Liebhaber mimt.

»Weißt du«, erklärt er mir, »Cyn ist eine ganz besondere Frau. Sie verdient es, auf Händen getragen zu werden.«

Ich glaube, ich kippe gleich vom Sofa!

»Sie ist einfach so … bezaubernd. So süß und unschuldig. Wenn ich so darüber nachdenke, ist sie ein bisschen wie du.«

»Okay, das ist schräg«, gebe ich mit erhobenen Händen zurück. »Du hast also eine Affäre mit einem weiblichen Abklatsch von mir?«

Owen schaut versonnen an die Decke. »Keine Affäre. Es ist Liebe.«

Ich bin sprachlos. Aber nur kurz.

»Du willst mir jetzt also sagen, dass deine Aufreißerzeit vorbei ist? Dass du eine echte Beziehung eingehen willst, mit unserer Chefin?«

Er zieht eine Augenbraue nach oben. »Als ob du ein Recht hättest, mir auf die Tour ›Steck den Füller nicht in Firmentinte‹ zu kommen.«

Okay, der Punkt geht an ihn.

»Ich geb ja zu«, fügt er an, »am Anfang wollte ich sie wirklich nur ins Bett kriegen. Als sie sich geziert hat, stieg der Reiz, sie erobern zu wollen, sogar noch mehr. Doch irgendwie ist das gekippt und ich wollte plötzlich mehr. Sie kennenlernen und so. Und was soll ich sagen … Sie ist echt cool.«

Ich schüttle den Kopf. »Erstaunlich, was Frauen alles zu tun vermögen«, sinniere ich. »Aus dir macht Cynthia einen Schmusekater und Liz bringt mich dazu, endlich mal die Initiative zu ergreifen.«

»Ich glaube nicht, dass das nur Liz' Verdienst ist, oder?«

Er spielt auf Lillian an und auf das, was in der Sauna passiert ist.

Ich bin immer noch ein bisschen stolz auf mich, wie ich reagiert habe. Als sie versuchte, mich zu küssen, habe ich sie regelrecht von meinem Schoß geworfen. Ich habe ihr klargemacht, dass sie Liz in keinster Weise das Wasser reichen kann, weder im geschäftlichen noch im sexuellen Bereich. Und dass sie sich von uns fernzuhalten hat, wenn sie will, dass ihr Bruder auch nur noch einen Auftrag von ›Johnston & Martin‹ erhält. Denn sind wir ehrlich – sie sind auf Liz doch genauso angewiesen wie andersrum.

Lillian war ziemlich angepisst, hat mich aber wohl verstanden. Zumindest hat Liz gestern mit Victor telefoniert und es machte nicht den Anschein, als gäbe es ein Problem zwischen den beiden Firmen.

Trotzdem kann ich Lillian wegen ihrer erneuten Anmache nicht böse sein. Denn sie hat mir die Augen geöffnet. Egal, ob ich etwas will oder nicht will – wenn ich nicht den Mund aufmache, wird das keiner wissen. Also versuche ich seitdem, etwas mehr aus mir herauszukommen. Ich küsse Liz, wenn mir danach ist, sage, was ich denke, und manchmal traue ich mich sogar, sie zu berühren.

Gegen ihre Entscheidungsgewalt komme ich jedoch noch nicht an, wie mir der gestrige Abend bewiesen hat. Kino … So ein Müll! Ich hätte sie viel lieber nach Hause begleitet und dort weitergemacht, wo wir im Taxi aufgehört haben.

Verdammt, es tut schon fast weh, wie sehr ich diese Frau begehre! Und dennoch schaffe ich es nicht, dass sie sich endlich ganz auf mich einlässt. Warum? WARUM?

Ich schlage Owen auf den Oberschenkel. »Na los, Kumpel. Genug emotionales Gequatsche für einen Tag. Lass uns zur Arbeit fahren und sehen, was unsere Herzdamen machen.«

»Tu mir nur den Gefallen und sprich Cynthia nicht darauf an. Ihr ist das Ganze verdammt peinlich.«

»Wärst du mir auch«, gebe ich lachend zurück und weiche dem Schlag aus, den Owen mir daraufhin versetzen will.

Den ganzen Tag kann ich die Augen nicht von Liz lassen. Sie gibt sich heute besonders professionell und lässt mich, wie schon gestern auf der Feier, kaum merken, dass wir zusammen sind.

Trotzdem wandern meine Gedanken immer in die gleiche Richtung. Ich sehe sie Kaffee trinken und denke daran, wie es ist, sie zu küssen. Sie spricht am Telefon mit einem Kunden und ich stelle mir vor, wie sie lustvoll meinen Namen stöhnt. Sie beugt sich über einen Aktenschrank und ich male mir aus, wie es wäre, mit den Händen über ihren Hintern zu fahren, die Finger zwischen ihre Beine gleiten zu lassen. Als sie zum Mittag mit einer Banane in der Hand von ihrem Büro in Cynthias wechselt ... Nun, ich muss wohl nicht erklären, was mir dabei durch den Kopf geht.

Owen denkt ähnlich, das sehe ich ihm an, wenn er dabei wohl auch nicht Liz als Hauptdarstellerin im Kopf hat.

»Verdammt«, rufe ich ungehalten aus und fege einen Stapel Skizzen von meinem Tisch. »Ich halte das einfach nicht mehr aus!«

»Tony-Bony, so impulsiv kenne ich dich ja gar nicht«, grinst Owen mich über seinen Bildschirm hinweg an.

»Ich bitte dich«, grunze ich. »Wie soll ich mich beherrschen, wenn sie den ganzen Tag mit dieser Fick-mich-Ausstrahlung herumrennt und ich genau weiß, dass sie mich trotzdem nicht ranlässt?«

»Ihr habt es noch nicht miteinander getrieben?«, fragt Owen ungläubig.

»Nein, wir hatten noch keinen Sex«, bestätige ich. »Zufrieden?«

»Motz mich nicht an, das liegt ja nicht an mir! Und an ihr sicher auch nicht ...«

»War klar …«

»Hallo, Frauen wollen erobert werden, verführt werden. Dass du darin eine Pfeife bist, wissen wir beide.«

»Du dann aber auch, wenn ich dich an gestern Abend erinnern darf.«

Er winkt ab. »Bei Cynthia ist das was anderes. Sie braucht Zeit. Liz hingegen … die ist so was von bereit für dich, das sag ich dir! Du musst nur zugreifen, glaub mir. Es grenzt an ein Wunder, dass man nicht ständig einen feuchten Fleck zwischen ihren Beinen sieht, wenn du in der Nähe bist.«

Ich springe auf. »Red nicht so über sie!«

Owen grinst noch breiter. »Oh Mann, du musst echt dringend Druck abbauen. Soll ich Lillian anrufen?«

Ich greife nach dem Erstbesten auf meinem Schreibtisch, der Computermaus, und werfe damit nach Owen. Ich muss dieses Ding endlich gegen eine Bluetooth-Variante austauschen, denn wieder ist es das Kabel, das mir zum Verhängnis wird und die Maus auf halbem Weg aufhält und auf den Tisch knallen lässt.

Owen lacht. »Ist doch nur Spaß, Kumpel.«

Ich atme tief durch, setze mich wieder und versuche, mich auf die Programmierung vor mir zu konzentrieren. Klappt super – nicht. Denn sofort wandern meine Gedanken wieder zu Liz und der Banane.

Owen hat recht. Ich muss endlich etwas unternehmen. Ich weiß nicht, warum sie bisher nicht mit mir schlafen wollte, aber mit dieser Keuschheitstour muss Schluss sein. Wir sind doch nicht im Kindergarten, wo Händchenhalten das höchste der Gefühle ist. Wir sind erwachsen und da gehört Sex zu einer Beziehung genauso dazu wie essen gehen und Filmabende auf der Couch.

Das ist es! Das ist der Grund, warum wir noch nicht weitergegangen sind. Weil wir bisher nie die Chance dazu hatten, seit wir ein Paar sind.

Immer wenn wir uns getroffen haben, waren wir in der Öffentlichkeit. Niemals hatten wir auch nur ein bisschen Zeit für uns, abgesehen von den kurzen Taxifahrten. Und das wiederum waren die einzigen Momente, in denen so was wie erotische Stimmung zwischen uns geherrscht hat.

Ich muss also nur dafür sorgen, dass wir endlich etwas Privatsphäre bekommen. Und ich weiß auch schon, wie.

Als Liz wieder in ihr Büro zurückgeht, stehe ich auf und folge ihr.

»Liz, hast du kurz Zeit?«

Sie fährt regelrecht zusammen und sieht mich an wie ein scheues Reh, als sie bemerkt, dass ich es bin.

Was ist nur los mit ihr? Seit wann kuscht meine Göttin derart?

Kurz überlege ich, einen Rückzieher zu machen. Doch dann denke ich, dass sie vielleicht einfach genau das braucht, was ich ihr geben will: Sex, am liebsten eine ganze Nacht lang.

»Wenn's schnell geht«, antwortet sie und deutet auf ihr Telefon. »Ich habe gleich einen Call.«

»Ich wollte nur fragen, ob du schon Pläne fürs Wochenende hast«, frage ich zurückhaltend und gehe ein paar Schritte auf sie zu. Ich will ja nicht gleich mit der Tür ins Haus fallen.

»Nun ja«, sagt sie zögerlich. »Da ist dieses Konzert von diesem bekannten Philharmonie-Orchester. Ich weiß nicht, ob es noch Karten gibt, aber ich würde gern mit dir dorthin gehen.«

Ich nicke. »Jaaaaaa«, antworte ich gedehnt. »Oder du kommst Samstagabend zu mir. Du hast mich bei unserem ersten Date so verwöhnt, dafür würde ich mich gern revanchieren.« Als ihre Augenbrauen nach oben schnellen, schiebe ich hinterher: »Kulinarisch, meine ich! Also, ich würde gern für dich kochen. Und danach könnten wir uns einen Film anschauen oder so.«

Oh Mann, klingt das scheiße. Als ob nicht klar wäre, worum es mir dabei geht.

Und so wie Liz aussieht, ist sie von der Idee nicht sonderlich begeistert.

»Essen, ja«, meint sie, wird dann aber von einer Stimme hinter mir unterbrochen.

»Ein Filmabend? Das klingt ja richtig spaßig. Können Owen und ich auch kommen?«

Ich wirble herum und sehe Cynthia in der Tür stehen. Ach nicht doch …

»Das wird dann quasi ein Doppeldate«, strahlt sie mich an.

Was soll ich denn jetzt sagen, wodurch Liz nicht das Gefühl bekommt, ich würde sie nur einladen, um sie ins Bett zu kriegen? Eigentlich bleibt da ja nur eine Antwort …

»Klar, gern«, stimme ich zu und bin selbst verwundert, dass es mir gelingt, nicht zerknirscht zu klingen. »Das wird sicher toll.«

Owen ist genauso begeistert von dieser Idee wie ich – nämlich gar nicht. Das einzig Positive daran ist, dass ich Samstagnachmittag nicht allein in der Küche stehe, um Suppe, Rinderbraten und Mousse au Chocolat zuzubereiten, sondern tatkräftig von meinem Mitbewohner unterstützt werde. Wir sind beide alles andere als geübte Köche und mir graut es jetzt schon davor, was die Frauen zu dieser Pampe sagen werden.

»Ich sehe nur eine Chance für uns, hier nicht als Single rauszugehen«, meint Owen verzweifelt, als er die bräunliche Pampe umrührt, die eigentlich eine Möhrencremesuppe sein sollte.

»Tu, was immer du tun musst, um uns zu retten.«

Owen wirft den Löffel in die Spüle, nimmt den Topf und geht in Richtung Badezimmer. Zwei Sekunden später höre ich die Klospülung. Als er zurückkommt, hält er einen Flyer in der Hand. »Was hältst du von Spaghetti aglio e olio mit Seezunge?«

»Klingt super«, gebe ich grinsend zurück und reiche ihm das Telefon. »Ich bin sicher, Luigi zaubert uns auch den passenden Nachtisch für seine treuesten Stammkunden!«

Tatsächlich trifft das Essen ungefähr eine Viertelstunde vor den Mädels ein, sodass wir alles ansprechend auf die Teller verteilen können.

Unser Lieblingsitaliener war wirklich großzügig, denn er hat neben lecker aussehenden Vanilletörtchen auch noch den zum Essen passenden Wein dazugelegt.

Ich bin sicher, Liz und Cynthia werden sich bei ihm bedanken – wenn wir ihnen irgendwann verraten, dass nicht wir dieses Dinner gezaubert haben. Und das werden wir bestimmt ... allerdings nicht heute. Denn ihre Begeisterung für das Essen und damit für uns wollen wir uns vorerst nicht kaputt machen.

Prinzipiell verläuft der Abend gut und auch ziemlich nach Plan. Während des Essens unterhalten wir uns angeregt und anders als bei dem Treffen in der Cocktailbar fühle ich mich dieses Mal nicht in Owens Schatten. Was vielleicht auch daran liegt, dass er seinen Charme auf Cynthia kanalisiert und nicht wie wild im Raum versprüht.

Hinterher machen wir es uns im Wohnzimmer gemütlich. Ich setze mich mit Liz auf die Couch, brav nebeneinander, während Owen mit Cynthia auf dem Schoß im Sessel thront.

Eine Weile klicken wir uns durch die Filmangebote unseres Streamingdienstes, finden aber nichts, worauf wir uns einstimmig einigen können. Also beschließen wir schließlich, einen Film zu nehmen, den eigentlich niemand sehen will, und landen bei ›Das Parfum‹.

Ich starte den Film, lege einen Arm um Liz und fange an, zu grübeln, warum sie sich bei meiner Berührung erst wieder versteift, bevor sie sich entspannt gegen mich sinken lässt.

Geschlagene zwanzig Minuten halten wir durch, Grenouilles Schicksal zu verfolgen, bis Owen mit beiden Händen auf die Armlehnen des Sessels schlägt.

»Okay, mach die Scheiße aus, Tony. Dafür ist mir meine Zeit zu schade. Erst recht, wenn ich so eine attraktive Frau auf meinem Schoß habe.«

Cynthia kichert, stimmt ihm dann aber zu. »Der Film ist echt Mist.«

»Das Buch war viel besser«, bestätigt auch Liz und so greife ich nach der Fernbedienung und schalte den Fernseher kurzerhand aus.

»Na gut, was machen wir dann mit dem angebrochenen Abend?«, frage ich. »Wollen wir noch in irgendeine Bar? Oder vielleicht ins Kino?« Ich sehe Liz dabei an und kann nicht verhindern, dass meine Stimme genervt klingt. Aber sie soll ruhig merken, dass ich auf diese Aktivitäten keine Lust mehr habe.

Andererseits habe ich innerlich schon aufgegeben, dass dieser Abend noch zu dem führt, was ich ursprünglich vorhatte: Liz zu verführen. Das hatte sich praktisch schon in dem Moment erledigt, als klar war, dass ihr Kindermädchen und mein Anstandswauwau dabei sein würden.

»Lasst uns doch was spielen«, schlägt Cynthia vor. »Ich liebe Gesellschaftsspiele!«

»Wenn ihr nicht gerade Bock auf Mau-Mau habt, wird es schwierig«, erwidere ich. »Mehr als ein Kartenspiel gibt's in diesem Haushalt nämlich nicht.«

»Hmmm.« Cynthia überlegt. Dann leuchten ihre Augen plötzlich. »Oh, ich kenne ein Spiel, wozu wir nichts weiter brauchen als ein bisschen Kreativität.«

»Und das wäre?«, fragt Liz mit deutlicher Skepsis in der Stimme.

Cyn grinst sie verschwörerisch an. »Spielen wir ›Wahrheit oder Pflicht‹!«

KAPITEL 21

Liz

Das hat Cyn jetzt nicht gesagt. Oder doch?

»Das ist eine hervorragende Idee«, meint Sanders, den ich immer noch nicht mit Vornamen anspreche. Das wird sich jetzt auch nicht ändern, weil er mich mit diesem seltsamen Blick bedenkt, während er weiterspricht. »Lasst uns doch ein paar Geheimnisse aufdecken.«

Ich sehe Cyn an, die an ihrem Weinglas nippt und mir danach zulächelt. Hat sie Sanders das mit der Wette erzählt? Nein, das hat sie nicht. Das würde sie nicht … Oder?

»Ja, hervorragende Idee«, stimme ich Sanders zu und setze mich aufrecht hin. »Lasst uns das spielen. Und Cyn darf gleich die erste Frage beantworten. Oder willst du lieber Pflicht nehmen?«

Meine Freundin lächelt. »Zuerst legen wir Regeln fest.«

»Ach, da gibt es Regeln?«, will ich wissen.

Cyn nickt. »Wir machen es unschuldig. Ich will hier nicht eine Orgie auslösen. Also bei Pflicht dürfen keine sexuellen Handlungen an jemand anderem gefordert werden.«

»Und an sich selbst?«, fragt Sanders und erntet dafür ein Kichern von Cyn.

»Nein, auch nicht an sich selbst. Bei den Fragen gibt es keine Einschränkungen. Wer eine Frage nicht beantworten will, muss eine Pflichtaufgabe erfüllen. Wer auch das nicht macht, verliert. Und man muss immer abwechseln. Also, man kann nicht immer Wahrheit nehmen.«

»Und was bekommt der Gewinner?«, hake ich nach.

»Ich weiß nicht. Das müssen die drei Verlierer unter sich ausmachen.«

Ich stoße den Atem aus und brumme vor mich hin.

»Komm schon, Liz«, sagt Tony und streicht mir über den Arm. »Das könnte Spaß machen. Und so lernen wir uns noch besser kennen.«

Ich will ihn nicht besser kennenlernen. Mal ehrlich, ich mag ihn jetzt schon viel zu sehr. Ihm so nahe zu sein und mich beherrschen zu müssen, um nicht über ihn herzufallen, kostet mich mehr Kraft, als ich zugeben will. Es sind noch zwölf Tage. Zwölf. Dann ist die Wette gewonnen. Dann kann ich mit Tony ausleben, was ich mir seit über zwei Wochen wünsche.

Mein Blick findet wieder den von Cyn. Sie lächelt und ich hasse sie gerade. Das macht sie mit purer Absicht, um zu gewinnen. Aber die Rechnung hat sie ohne mich gemacht.

»Schön, bin dabei. Aber dazu brauche ich mehr Wein«, murmle ich und will aufstehen.

Aber Tony springt auf und nimmt mir das Glas ab. »Ich bringe dir welchen.«

»Bring Bier mit!«, ruft Sanders ihm nach.

»Das heißt bitte«, schnaube ich. »Sie könnten ruhig höflicher mit ihm umgehen. Manchmal habe ich das Gefühl, Sie sehen Tony als Untergebenen an.«

»Wie Sie?«, will Sanders wissen.

»Ich bin seine Freundin.«

»Nur verhalten Sie sich nicht so.«

Meine Mundwinkel wandern nach oben. »Wirklich? Und das wissen Sie, weil Sie ein Experte für Beziehungen sind?«

Sanders öffnet gerade den Mund, da kehrt Tony zurück. Er hat die Weinflasche mitgebracht und zwei Bier, schenkt mir ein und setzt sich dann neben mich.

Ich werfe Sanders einen finsteren Blick zu und lehne mich an Tony. Es fühlt sich so seltsam vertraut an und gleichzeitig versetzt es mich in Panik. Deswegen bin ich wohl versteifter, als ich sollte. Er muss schon denken, ich bin prüde …

»Und wer fängt jetzt an?«, will ich wissen und trinke einen Schluck Wein.

»Ich, wenn ich darf.« Cyn schmunzelt und wendet sich an Tony. »Wahrheit oder Pflicht?«

»Oh, ähm, Wahrheit?«, antwortet Tony.

»Bist du beim Sex lieber oben oder unten?«

Ich verschlucke mich fast, weil ich diese Frage nicht von Cyn erwartet habe. Aber irgendwie interessiert mich die Antwort. Also sehe ich Tony an, der wieder rot wird. Finde ich jedes Mal süß.

»Ich … ääääähhh … Oben?«

»War das jetzt eine Antwort?« Sanders lacht und trinkt einen großen Schluck Bier.

»Ja, ich denke schon«, erwidert Tony halbherzig und trinkt ebenfalls aus der Flasche. »Owen, Wahrheit oder Pflicht?«

»Pflicht. Lass dir was Gutes einfallen.«

»Ruf bei deiner letzten Eroberung an und entschuldige dich dafür, dass du dich nicht gemeldet hast.«

»Alter«, grunzt Sanders. »Ich hab die Nummer nicht. Denkst du, ich behalte die Nummern?«

»Okay, dann …« Er grinst. »Dann ruf bei unserer alten Englischlehrerin an und verführe sie am Telefon.«

»Spinnst du? Die ist über achtzig.«

»Aber sie steht im Telefonbuch und du hast ihr schon Streiche wie diesen gespielt.«

»Da waren wir betrunken.«

»Kneifen Sie etwa, Sanders?« Ich grinse und proste ihm zu.

Er schnalzt mit der Zunge und zieht sein Handy aus der Hosentasche. Ich bin erschrocken, wie charmant er am Telefon mit der Dame redet, die auf Lautsprecher ist und reichlich verwirrt reagiert, auf sein Spiel nicht einsteigt. Irgendwann gibt Sanders auf.

»Bin ich froh, dass die noch ein Festnetztelefon hat und keine Rückruffunktion kennt.«

Wir lachen, sogar ich.

»Das zählt trotzdem, oder?«, fragt Sanders und wir stimmen alle zu.

Er hat es ja versucht, sich richtig bemüht. Wenn er nicht so ein Kotzbrocken wäre, hätte er sogar mich damit rumgekriegt.

Er sieht mich an und ich erwarte eine fiese Frage oder Aufgabe. Aber er wählt Cyn. »Wahrheit oder Pflicht?«

»Pflicht«, sagt sie und lacht.

»Trink das Glas Wein ex aus.«

Cyn zieht einen Schmollmund. »Was? Das ist alles?«

»Wir fangen mal ruhig an«, erwidert Sanders mit einem Zwinkern.

Seufzend füllt Cyn ihr Glas voller und trinkt es ex aus. Das wird sie in spätestens fünf Minuten bereuen. Cyn verträgt viel, aber so schnell so viel Wein zu trinken …

»Liz! Wahrheit oder Pflicht?«

Bei Cyn ist Pflicht sicher ungefährlicher als bei jemand anderem. »Pflicht«, erwidere ich daher.

»Oh, schade, ich wollte dir gerade etwas entlocken. Na ja.« Sie kichert. Der Wein steigt ihr wohl gerade zu Kopf. »Gut, dann will ich, dass du Tony küsst.«

»Du wolltest keine sexuellen Handlungen.«

»Das ist doch keine sexuelle Handlung! Außer, ihr fummelt dabei rum. Ich habe euch noch nie knutschen sehen.«

Ich schnaube und werfe meiner Freundin einen finsteren Blick zu. Dann sehe ich Tony an. »Wäre das für dich in Ordnung? Wenn nicht, dann ...«

»Ich habe damit kein Problem, Liz«, erwidert er und stellt das Bier ab.

Gut. Ein Kuss. Ein lächerlicher Kuss. Ich habe ihn schon so oft geküsst. Allerdings hat uns noch nie jemand dabei gesehen ...

Ich stelle das Glas neben sein Bier und rücke näher. Langsam beuge ich mich nach vorn und er kommt mir entgegen.

»Wie jetzt, seid ihr fünf?« Sanders grunzt. »Ihr sitzt so weit auseinander, dass man denken könnte, ihr hättet euch noch nie geküsst.«

Tony sieht mich nur an, sagt aber kein Wort. Ich rutsche näher, lege meine Hände an seine Taille.

»Noch näher«, brummt Sanders.

»Dann sitze ich auf seinem Schoß«, brumme ich zurück.

»Und das wäre schlimm, weil ...?«, fragt er gedehnt.

Ich werde ihn umbringen. Ihn und Cyn. Was spielen die für ein abgekartetes Spiel mit mir?

Dennoch rücke ich näher und Tony hilft mir auf seinen Schoß. So nah war ich ihm sicher noch nie. Er sieht mich mit seinen blauen

Augen nervös an. Das wäre die perfekte Höhe für ihn, um seine Lippen an mein Dekolleté zu legen …

Ich schlucke und beuge mich zu ihm hinunter. Unsere Lippen treffen sich und eine ungeahnte Wärme sammelt sich in meinem Magen, wandert tiefer, bis in meine Körpermitte.

Ja, ich habe ihn schon oft geküsst. Aber diesmal fühlt es sich ganz anders an. Er zieht mich enger an sich und vertieft den Kuss. Und ich … ich gehe mit. Meine Zunge tastet sich vor, bis sie auf seine trifft. Am liebsten würde ich jetzt stöhnen, aber das darf ich nicht. Das würde ihm das falsche Signal senden. Wobei … es würde ihm das richtige Signal senden, nur *darf* ich nicht weitermachen.

Deswegen löse ich mich von ihm, bleibe aber auf seinem Schoß sitzen und streiche durch sein schwarzes Haar. Es fühlt sich gut an, auf diese Weise von ihm gehalten zu werden. Viel zu gut.

»Liz, du bist«, lallt Cyn.

»Sanders, Wahrheit oder Pflicht?«, frage ich, ohne meinen Blick von Tony zu lösen.

»Na, dann wohl Wahrheit.«

»Was war der verrückteste Ort, an dem Sie Sex hatten?«

Sanders lacht. »Im Beichtstuhl.«

Ich reiße meinen Blick jetzt doch von Tony los. »Was?«

»Ja, kein Scherz. Ich war damals mit meiner Flamme in irgendeiner alten Kirche, die sie unbedingt besichtigen wollte. Und weil ich so genörgelt habe, hat sie mich in den Beichtstuhl gezerrt, in dem natürlich niemand saß, und wir haben es dort getan. Danach habe ich Kirchen nie wieder betreten können, ohne einen St…« Er sieht Cyn an und räuspert sich. »Jedenfalls, Beichtstuhl. Tony, du bist mit Pflicht dran.«

»Sag mir, dass ich Liz küssen soll.« Er grinst und ich schaudere dabei. Vor Erregung.

»Mit Liz hat die Aufgabe zu tun«, meint Sanders. »Aber ich will, dass du ihr einen Antrag machst.«

»Was?«, keuchen Tony und ich gleichzeitig.

»Keinen echten. Ich will nur sehen, wie du vor ihr auf die Knie fällst und sie bittest, deine Frau zu werden. Sie muss nicht antworten, obwohl klar ist, dass sie ablehnen wird. Ihr kennt euch ja noch nicht lange.«

»Wozu dann das Ganze?«, schnaubt Tony.

Sanders zuckt mit den Schultern. »Unterhaltung? Damit sie weiß, worauf sie sich in den nächsten Jahren freuen kann, wenn ihr so lange zusammenbleibt?«

Ich will gerade sagen, dass ich nichts von so was halte, als Tony mich auf die Couch setzt und tatsächlich vor mir ein Knie beugt. »Du musst das nicht machen«, flüstere ich.

Er holt tief Luft, ergreift meine Hand und sieht mir in die Augen. »Elizabeth, an jenem Tag, als ich dich das erste Mal sah, wusste ich, dass du mein Schicksal bist«, beginnt er.

Ich halte den Atem an. Er sieht mich so ernst an, dass mein Herz wie wild zu schlagen beginnt.

»Ich mag es, wie du mich anlächelst, und ich kann noch immer nicht glauben, dass ich der Grund dafür bin. Und jedes Mal, wenn du mich küsst, frage ich mich, wie ein Kerl wie ich eine Göttin wie dich verdient hat.« Er bewegt seine Hand, als würde er eine Ringschachtel öffnen. »Würdest du mir den größten Wunsch erfüllen, den ich noch habe, und meine Frau werden, Elizabeth? Denn ich könnte mir kein größeres Glück vorstellen, als jeden Abend neben dir einzuschlafen und jeden Morgen neben dir aufzuwachen.«

Ich schlucke und fühle die Tränen in meinen Augen aufsteigen. Es ist vollkommen still. Ich hatte erwartet, dass Sanders lachen wird. Aber niemand sagt ein Wort. Fast meine ich, niemand atmet.

Langsam rutsche ich von der Couch, bis ich mit Tony auf Augenhöhe bin. Ich schlinge meine Arme um seinen Nacken und bedecke seine Lippen mit meinen.

Ich weiß nicht, warum ich davon ausgehe, dass er es ernst meint, und doch bin ich sicher, dass diese Worte nicht nur so dahergesagt waren. Er ist in mich verliebt. So richtig. Bis über beide Ohren. Und ich … Ach, wem mache ich was vor? Ich habe mich auch in ihn verliebt.

Scheiß auf diese Wette! Ich würde es immer bereuen, wenn ich uns nicht diese Chance geben würde.

»Spielt ihr noch?«, höre ich Cyn irgendwann sagen.

»Ich gebe auf«, erwidere ich, nachdem ich mich von Tony gelöst habe, und sehe sie an.

Ein Lächeln liegt auf ihren Lippen. Ich glaube, sie hat den Wink verstanden.

Da das Spiel zu Ende ist, gibt Sanders noch ein paar Anekdoten zum Besten, denen wir eine Weile lauschen und lachen. Cyn ist mittlerweile auf ihm eingeschlafen und er trägt sie – jawohl, er trägt sie! – in sein Zimmer und schließt die Tür hinter sich.

Tony und ich bleiben allein zurück. Der Wein ist fast leer und ich habe sicher den Großteil der Flasche getrunken.

»Soll ich dir ein Taxi rufen?«, fragt Tony, nachdem wir eine Weile geschwiegen haben.

»Willst du mich loswerden?«, frage ich zurück und versuche mich an einem Lächeln.

Sein Blick bleibt ernst. Okay, er will mich loswerden. Ich habe vermutlich etwas gemacht, das er nicht gut findet. Vielleicht hat er festgestellt, wie kaputt ich emotional wirklich bin, und sucht das Weite.

»Nein«, flüstert er. »Willst du bleiben?«

Ich nicke, umfasse sein Gesicht mit meinen Händen und beginne, ihn zu küssen. Ich klettere auf seinen Schoß, platziere meine Knie links und rechts von seinen Hüften, obwohl ich einen Rock trage. Zumindest habe ich heute Unterwäsche an, fluche aber darüber.

Andererseits … ich will mir mit ihm Zeit lassen. Das soll keine schnelle Nummer werden. Ich will jeden Moment davon genießen. Immerhin habe ich Cyn bereits gesagt, dass die Wette an sie geht, und jetzt kann ich endlich richtig mit Tony zusammen sein und ihm auf diese Art nahe kommen.

Tony sieht mich überrascht an, lehnt sich dann aber zurück und lässt seine Hände unter meinen Rock wandern. Ich halte ihn nicht auf. Er streicht über meine Pobacken, beginnt, sie zu kneten.

Ich spüre, wie erregt er schon ist. Oh ja, er will mich mindestens genauso sehr wie ich ihn.

»Liz, lass uns in mein Zimmer gehen«, haucht er mir ins Ohr. »Ich will nicht, dass wir unterbrochen werden.«

Ich nicke, rutsche von ihm hinunter und lasse mich von ihm in sein Schlafzimmer führen. Er macht das Nachttischlicht an und bleibt dann etwas verlegen vor dem Bett stehen.

Ich gehe zu ihm, lege meine Hände an seine Hüften und beginne, meine Finger über seinen Hosenbund streichen zu lassen. Er trägt die Hose, die Cyn ihm gekauft hat. Ich muss es ihr wirklich lassen, sie hat Modegeschmack, denn Tony sieht unglaublich heiß darin aus.

»Liz«, flüstert er und steht immer noch starr vor mir.

»Bitte sag mir, dass du Kondome hier hast«, sage ich leise und sehe ihm in die Augen.

»Kondome«, wiederholt er. »Warte einen Moment.«

Damit läuft er aus dem Zimmer und ich höre, wie Dinge umgeworfen werden. Vermutlich sucht er gerade die Packung, die Sanders und er sich teilen. Bei dem Gedanken wird mir ein wenig komisch zumute. Sie wohnen zusammen … Wenn Cyn Sanders eingeweiht hat, hat er vielleicht mit Tony über die Wette gesprochen. Die, die ich jetzt aufgebe, weil ich ihn will.

Als Tony zurückkommt, verscheuche ich die Gedanken. Er ist nicht der Typ, der mit mir spielen würde. Niemals. Deswegen habe ich die Gefühle zugelassen. Weil ich sicher sein kann, dass er es ehrlich meint, immer gemeint hat. Und tief in meinem Inneren weiß ich, dass auch ich es immer ernst gemeint habe, zumindest jetzt.

Er hat eine Packung in der Hand und legt sie auf den Nachttisch. Dann steht er wieder wie eine Salzsäule da. Okay, offenbar muss ich das Ruder übernehmen.

Meine Finger umfassen den Saum seines eng anliegenden Shirts. Ich schiebe es hoch und er hilft mir, es über seinen Kopf zu ziehen. Sein Brustkorb hebt und senkt sich ziemlich schnell. Er ist nicht muskelbepackt, aber das habe ich an Männern ohnehin nie gemocht. Tony ist … ziemlich perfekt. Vor zwei Wochen hätte ich mir für den Gedanken an die Stirn geschlagen. Aber jetzt …

»Liz«, versucht er es wieder und ich hake meine Finger in seinen Hosenbund, während ich ihn ansehe.

»Es geht dir zu schnell.« Ich seufze.

»Was? Nein!«, erwidert er heftig und räuspert sich. »Also …«

»Hast du eine Krawatte?«, will ich wissen.

»Was? Wieso?«

»Hast du oder nicht?«

»Irgendwo im Schrank … Willst du mich etwa … fesseln?«

Mein Mundwinkel hebt sich. »Nein. Obwohl das sicher auch heiß wäre. Aber ich will etwas anderes machen.« Er sieht mich skeptisch an. »Ein Schal geht auch oder dein Shirt. Aber ich mache es nur, wenn du mir vertraust.«

»Du wirst mich nicht festbinden und dann weglaufen?«, hakt er nach.

»Ganz bestimmt nicht«, hauche ich und lege meine Lippen an seine Halsfalte.

Er riecht gerade unwiderstehlich und als er leise stöhnt, überzieht eine Gänsehaut meinen Körper. Ich will ihn so sehr, dass es schon schmerzhaft ist.

Tony löst sich von mir, geht zum Schrank und kommt mit einer abscheulichen grünen Krawatte zurück.

»Okay, ich gehe mal mit dir einkaufen. Die Krawatte passt nicht zu dir.«

Er räuspert sich. »Einverstanden.«

Ich nehme seine Hand und ziehe ihn aufs Bett. Sanft drücke ich ihn in die Kissen und setze mich auf seinen Schoß. Dann binde ich ihm die Krawatte um die Augen. Er schluckt, lässt es aber zu.

»Siehst du noch etwas?«

»Nein«, flüstert er und klingt dabei nicht sehr glücklich. Das werde ich ändern.

»Gut. Mit verbundenen Augen soll es intensiver sein.«

»Was?«, fragt er und keucht, als meine Zunge über seinen Hals streicht, die Brust hinabwandert, bis ich bei seinem Bauchnabel ankomme.

Die Beule in seiner Hose ist nicht mehr zu übersehen, selbst in dem schwachen Licht der Nachttischlampe nicht. Und so gern ich ihn einfach ausziehen und vögeln würde, reiße ich mich zusammen. Ich will keine schnelle Befriedigung, ich will das hier genießen und ich will, dass er es genießt. Nach den letzten Wochen hat er eine Belohnung verdient und die werde ich ihm geben.

»Du darfst fast alles machen«, sage ich zu ihm. »Du darfst mich berühren und mit mir sprechen, mir sagen, ob ich schneller oder langsamer werden soll. Aber du darfst die Augenbinde nicht abnehmen.«

»Aber ich will dich sehen, Liz.«

»Du darfst mich sehen«, erkläre ich. »Wenn du in mir bist, darfst du die Binde abnehmen. Aber bis dahin sollst du nur fühlen.«

»Okay«, haucht er, während ich meine Hände über seinen Körper streichen lasse.

Er vertraut mir. Ich habe das zwar nicht verdient, aber es motiviert mich. Ich will das richtig machen. Mit uns. Irgendwann muss ich ihm beichten, wie das alles mit uns begonnen hat. Nur nicht jetzt. Jetzt will ich ihn verwöhnen.

Langsam öffne ich seine Hose, schiebe sie samt Boxershorts über seine Hüften. Ich sehe noch nicht hin, konzentriere mich darauf, ihn auszuziehen. Dann wende ich mich seinem Penis zu.

Lillian hat nicht übertrieben. Tony ist gut bestückt und steht wie eine Eins.

Als ich seinen Schaft mit einer Hand umfasse, zuckt er leicht, öffnet dann aber gleich den Mund, nachdem meine Zunge über seine Spitze streicht.

»Gott, Liz«, keucht er und stöhnt kehlig, nachdem ich ihn ganz in den Mund genommen habe.

Ich lasse ihn tief gleiten, presse meine Lippen auf seine Haut und bewege meinen Kopf auf und ab. Seine Stimme wird rau, als er seine Hände an meine Schläfen legt und den Rhythmus vorgibt.

Und ich … ich werde richtig feucht, während ich ihm Lust schenke.

Ich habe es immer genossen, wenn Männer stöhnen, während ich ihnen einen blase. Aber das hier … ist so viel erregender als alles, was ich bisher erlebt habe. Weil ich so lange darauf gewartet habe und in diesen Mann tatsächlich verliebt bin.

Da ich nicht will, dass er in meinem Mund kommt, löse ich seine Hände, umfasse seinen Penis wieder und sauge nur an seiner Spitze.

»Oh Liz«, stöhnt Tony und legt seinen Kopf in den Nacken. »Ich kann nicht mehr warten.«

»Dann sag mir, dass ich dich reiten soll, Tony«, flüstere ich.

Er schluckt und räuspert sich. »Liz, bitte … reite mich.«

»Dann zieh mich aus«, sage ich und lasse seinen Penis los.

Ich ziehe ihn hoch, bringe seine Hände an meine Bluse, als er die Krawatte abnehmen will. »Ohne Augenbinde ginge es besser.«

»Ja, aber du sollst fühlen. Sehen darfst du mich, sobald ich aufsitze, mein Hengst.«

Seine Finger öffnen zitternd die Knöpfe. Ich helfe ihm mit dem BH, öffne die Verschlüsse in meinem Rücken. Dann lege ich seine Hände wieder an meine Brüste, zeige ihm, was mir gefällt, und stöhne, als er seine Lippen von selbst an meine Knospen legt.

Langsam führe ich seine Hände meinen Körper hinab, öffne den Knopf meines Rocks und hebe mein Gesäß, damit er mir Rock und Höschen ausziehen kann.

Ich würde mich gern jetzt schon auf ihn setzen, aber Verhütung geht vor. Also fische ich ein Kondom aus der Verpackung und lege es ihm an. Dann setze ich mich auf seinen Schoß und beginne, mich an ihm zu reiben.

»Jetzt darfst du die Augenbinde abnehmen«, raune ich und schaudere, weil sich diese Bewegung schon so erregend anfühlt, dass ich am liebsten nicht mehr aufhören würde, bis ich komme.

Tony löst die Krawatte von seinem Kopf und wirft sie weg. Ich verändere meine Position, damit ich ihn in mir aufnehmen kann. Dann senke ich meine Hüften, lasse mir Zeit, genieße das überwältigende Gefühl, von ihm ausgefüllt zu werden.

Selbst wenn ich wollte, könnte ich das Stöhnen nicht zurückhalten, als er ganz in mir versinkt. Aber ich will mehr. Ich will viel mehr.

»Setz dich auf«, fordere ich und helfe ihm, sich wieder aufzurichten.

Der Winkel verändert sich und ich stöhne an seine Lippen, nachdem ich meine auf seine gesenkt habe. Ich bringe meine Beine neben ihm in Position und beginne, mein Becken vor und zurück zu schieben.

Jedes Mal, wenn ich ihn wieder tief in mir spüre, steigert sich das Gefühl in meiner Mitte. Meine gesamte Erregung sammelt sich, während ich Tony in mir spüre. Ich will aber nicht vor ihm kommen. Ich will, dass er in mir pulsiert und meinen Orgasmus auslöst.

Aber er wird nicht mehr lange brauchen, das spüre ich. Er ist so unglaublich hart, füllt mich so perfekt aus und sein heißer Atem auf meiner Haut lässt mich alles um uns vergessen.

Ich halte mein Stöhnen nicht zurück. Es ist mir gleich, wer mich hört. Tony soll wissen, wie gut er mir tut. Denn ich habe Sex nie so genossen wie jetzt mit ihm.

»Liz, ich komme gleich«, raunt er.

»Ja, komm, Tony«, flüstere ich und lege seine Hände an meine Hüften. »Hilf mir, dich zum Höhepunkt zu bringen.«

Er umfasst mein Gesäß und verleiht meinen Stößen mehr Kraft. Sein Atem wird schneller und ich spüre, wie sein Körper sich anspannt. Dann lässt er alles los, öffnet seinen Mund und stöhnt heiser, während er in mir zu pulsieren beginnt.

»Oh Tony«, keuche ich, weil ich auch endlich meine Lust freisetzen kann.

Ich spüre ihn immer noch pulsieren, als ich zu zittern beginne und den Kopf in den Nacken werfe. Erst ist es nur ein kleines Knistern, das sich wellenartig zu einer gewaltigen Explosion in meinem Körper ausweitet. Meine Beine beben genau wie meine Mitte, als ich endlich komme. Und wie ich komme! Ich fühle diesen Höhepunkt sogar bis in meine Fingerspitzen, während ich meine Bewegungen langsamer werden lasse und es wage, meine Augen zu öffnen und Tony anzusehen.

Er betrachtet mich und irgendwie fühle ich mich gerade unbehaglich. Habe ich mich zu sehr gehen lassen?

»Du bist wunderschön, wenn du kommst«, flüstert er, als er seine Hände an mein Gesicht legt und mich zu sich zieht, um mich zu küssen.

Ich lehne mich auf ihn, bis wir wieder auf der Matratze liegen. Tony rollt uns zur Seite und zieht sich aus mir zurück. Er nimmt das Kondom ab und wirft es in den Mülleimer, bevor er sich wieder zu mir legt.

Mit einem Lächeln streicht er über meinen Arm und mustert mich. »Dafür hat sich jeder Tag Warten gelohnt«, meint er und haucht einen Kuss auf meine Schulter.

»Ja«, murmle ich und ziehe ihn zu mir.

Normalerweise würde ich jetzt das Weite suchen. Oder ihn noch mal nehmen. Aber ... jetzt will ich einfach in seiner Nähe sein, von ihm gehalten werden.

»Soll ich gehen oder...«, frage ich trotzdem.

»Bleib, bitte«, erwidert er und schließt seine Arme um mich.

Ich nicke und schmiege mich an ihn. Dann schließe ich meine Augen.

Ja. Dafür hat es sich gelohnt, zu warten. Es hat ja nur zweiunddreißig Jahre gedauert, um das zu erkennen.

KAPITEL 22

Tony

Als ich am nächsten Morgen die Beine ausstrecke, fühle ich ein Ziehen in jedem einzelnen meiner Muskeln. Es ist nicht so schlimm wie nach dem Joggingdebakel, aber trotzdem merke ich, dass mir die vergangene Nacht in den Knochen steckt.

Ich hatte lange keine Frau mehr in meinem Bett, ich wüsste nicht, ob Monate oder sogar Jahre. Und nun hat Liz mich gleich mehrmals in dieser Nacht gefordert, das kann man schon als Hochleistungssport betrachten.

Ich grinse wohlig in mich hinein, als ich daran denke, wie ich sie heute Nacht geweckt habe.

Irgendwie hatte ich wohl die komplette Decke an mich gerissen, eine Gewohnheit, die ich als langjähriger Single nur schwer werde ablegen können. Warum ich aufgewacht bin, weiß ich gar nicht, vermutlich hatte ich mich selbst so mit der Decke verknotet, dass ich regelrecht gefesselt war. Nachdem ich mich befreit hatte, fiel mein Blick neben mich und mir stockte der Atem. Es war wie eine Szene aus einem Traum – einem hocherotischen Traum.

Liz lag auf der Seite, vollkommen nackt, mit leicht angezogenen Beinen.

Das Mondlicht fiel durch das offene Fenster und, ich schwöre, genau auf sie. Es verlieh ihrer Haut einen blassen Schimmer, der wirkte, als würde er aus ihrem Inneren kommen, als müsste sie ihr wahres Antlitz, das einer Göttin, nicht länger verbergen.

Ein paar Minuten betrachtete ich sie in vollkommener Ehrfurcht. Aber dann tat ich doch, was jeder Mann in dieser Situation getan hätte. Ganz sanft legte ich meine Finger auf ihren Arm, fuhr über die weiche Alabasterhaut auf und ab, glitt zu ihrer Schulter, dann auf ihren Rücken.

Sie sagte nichts, aber an dem leisen Lächeln auf ihren Lippen erkannte ich, dass sie ebenfalls wach war. Doch anstatt sich zu mir zu drehen, zog sie die Knie noch näher zum Bauch, igelte sich regelrecht ein.

Keine Ahnung, ob sie wirklich lieber schlafen oder mich damit locken wollte. Ersteres kam für mich aber keinesfalls infrage. Mein Penis war schon wieder so hart, dass es fast schmerzte, und schrie förmlich danach, von ihr erlöst zu werden.

Meine Hand fuhr weiter abwärts, über ihren Po, ihre Beine hinab und wieder nach oben. Als meine Finger abermals über ihren Hintern strichen, stöhnte sie leise auf.

Na also, auch ihr war nicht nach Schlafen.

Anstatt wieder nach oben zu wandern, glitt meine Hand von hinten zwischen ihre Beine. Zärtlich streichelte ich über ihre Schamlippen. Durch ihre Haltung waren sie geschlossen, trotzdem spürte ich die Feuchte, die mich dazwischen erwartete.

Sanft spreizte ich sie und ließ meinen Finger durch ihre Spalte gleiten, was ihr ein weiteres Stöhnen entlockte, lauter diesmal.

Es reichte mir nicht mehr, sie nur mit meinen Fingern zu berühren. Ich stützte mich hoch, küsste ihren Hals, ihren Arm, ihren Po, während mein Finger das Zentrum ihrer Lust fand und dieses zu massieren begann.

Als ich merkte, dass sie unruhig wurde, zog ich mich von ihr zurück. Klar wollte ich, dass sie kam. Es gab keinen schöneren Klang als den, wie sie heiser meinen Namen keuchte. Aber ich wollte, dass sie kam, während ich in ihr war.

»Hör nicht auf«, bat sie, während sie sich auf den Bauch drehte. Dabei ließ sie die Knie angewinkelt, sodass sie ihren Hintern einladend in die Höhe streckte.

Am liebsten hätte ich sie sofort von hinten genommen. Das tat ich auch, aber vorher …

Ich hockte mich hinter sie, fuhr noch einmal über ihre Spalte, die so herrlich feucht war, bevor ich zwei Finger in sie hineinschob. Ich spürte, wie sich ihre Beckenmuskeln zusammenzogen, als ich ein paar Mal hinaus- und wieder in sie hineinglitt. Dabei legte ich meinen Daumen auf ihre Perle, was ihre Lust noch weiter steigerte.

Aber eine Frau wie sie verdiente mehr. Sie verdiente einen Orgasmus mit allen Mitteln.

Also zog ich meine Hand fort und begann stattdessen, sanft mit der Zunge ihre Spalte zu lecken.

»Tony«, hauchte sie, die Stimme einen Tick höher als sonst.

Ich bekam eine Gänsehaut und mein Schwanz pulsierte so sehr, dass ich Angst hatte, zu kommen, bevor er auch nur in ihrer Nähe war. Diese Frau war einfach der Wahnsinn.

Als auch sie nicht mehr weit von einem Höhepunkt entfernt zu sein schien, ließ ich kurz von ihr ab. So schnell wie möglich griff ich nach einem Kondom auf dem Nachttisch und stülpte es mir über. Und dann endlich durfte ich mir, nein, uns, Erlösung verschaffen.

Es war so leicht, in sie einzudringen, und dennoch legte sie sich so eng um mich, dass es mir die Luft raubte.

Ich bewegte mich vor und zurück, während sie bäuchlings vor mir kniete. Erst langsam und nur ein kleines Stück, dann immer tiefer und schneller.

Nur am Rande nahm ich wahr, wie sie die Hände ins Laken krallte und den Rücken durchdrückte, um mich noch mehr aufnehmen zu können. Viel zu sehr war ich damit beschäftigt, meinen eigenen Höhepunkt hinauszuzögern, um mit ihr zusammen zu kommen.

Als sie ihr Becken noch ein Stück mehr aufrichtete, die Reibung veränderte, war es jedoch zu spät.

Die Hände fest um ihren Po gelegt, stieß ich noch zweimal zu, bevor ich mich unter lautem Stöhnen in ihr ergoss.

Sie war noch nicht fertig und so blieb ich, wo ich war, bewegte mich vorsichtig weiter und stimulierte zusätzlich ihren Kitzler mit den Fingern.

Keine zehn Sekunden später folgte sie mir, wobei ihr kehliges Stöhnen laut in meinem Zimmer widerhallte.

Ich blinzle ein paar Mal. War das alles nur ein Traum?

Nein, ich weiß genau, dass all die hammergeilen Dinge der letzten Nacht wirklich passiert sind. Ich hatte Sex mit Elizabeth Johnston. Mit meiner Freundin. Endlich!

Und ganz im Ernst – selbst beim Sex ist Liz eine Göttin …

Und in diesen Genuss bin ich nur gekommen, weil ich endlich über meinen Schatten gesprungen bin. Imaginär klopfe ich mir für mein Verhalten gestern Abend auf die Schulter. Zum allerersten Mal hatte ich den Arsch in der Hose, zu meinen Gefühlen zu stehen, und zwar derjenigen gegenüber, die sie betreffen. Ich habe mein Herz geöffnet und dafür den Hauptpreis bekommen. Und zwar mehrfach … Und wieder grinse ich.

Ich drehe mich um und will meinen Arm um Liz legen, greife aber ins Leere. Sie ist nicht da.

Panik steigt in mir auf. Habe ich etwas falsch gemacht? War ich so schlecht, dass sie, kaum dass ich geschlafen habe, geflüchtet ist? War sie niemals hier und ich habe das alles nur geträumt?

Die letzte Variante wäre mir die liebste, auch wenn sie nicht weniger peinlich ist als die anderen.

In Windeseile springe ich auf, greife mir ein paar saubere Boxershorts und meine Jeans und schlüpfe hinein. Dann reiße ich meine Zimmertür auf – und knalle im Gang fast mit Owen zusammen. Ich öffne den Mund, doch er legt einen Finger auf seine Lippen und schiebt mich rückwärts in mein Zimmer zurück.

»Ist Cynthia noch da?«, frage ich ihn heiser. Vielleicht sind die beiden ja zusammen abgehauen, wegen eines vergessenen Termins oder so.

Abwegig, ich weiß, aber doch durchaus möglich!

Owen zerstört meine Illusion. »Sie schläft noch. War ein bisschen viel Wein gestern …«

»Liz …«, stoße ich hervor.

»… ist in der Küche und kämpft gerade mit der Bedienung unserer Kaffeemaschine.«

Ein tiefer Seufzer der Erleichterung entfährt mir. Ich bin kurz davor, Owen um den Hals zu fallen, doch der eigenartige Ausdruck, mit dem er mich betrachtet, hält mich davon ab.

»Hör zu, das fällt mir jetzt echt nicht leicht«, meint er und legt mir beide Hände auf die Schultern. »Aber du bist mein bester Kumpel und ich kann nicht weiter dabei zusehen, wie du in dein Unglück rennst.«

Ich runzle die Stirn und warte, was er mir zu sagen hat.

»Cyn war gestern noch ziemlich redselig, bevor sie angefangen hat, ganze Wälder abzuholzen«, fängt er an, stockt dann, fährt sich durch die dichten Locken und setzt neu an. »Du weißt, dass ich das mit euch beiden von Anfang an etwas seltsam fand. Dass du den Boden geküsst hättest, auf dem Liz läuft – okay. Aber, und nimm mir das bitte nicht übel, dass es ihr genauso geht? Du bist nicht gerade der Typ Mann, der an die Seite einer solchen Frau passt. Du bist eine zahme, wenn auch etwas nervige Fliege, sie ist eine Schwarze Witwe, wenn du verstehst.«

»Komm auf den Punkt«, knurre ich.

»Sie spielt nur mit dir, Tony!«

Barsch schlage ich seine Hände von meinen Schultern. »Ich dachte, über den Punkt sind wir hinaus.«

»Sie hat eine Wette mit Cynthia laufen«, platzt er mit unterdrückter Lautstärke heraus. »Ich weiß nicht, was der Einsatz war, aber es ging darum, dass Liz es keine vier Wochen mit einem Kerl aushalten würde, ohne mit ihm in der Kiste zu landen. Um das zu gewinnen, hat sie sich einen ausgesucht, mit dem das ganz sicher nicht passieren würde: dich.«

Es juckt mir in den Fingern, Owen meine Faust ins Gesicht zu dreschen. Wie kann er so was nur behaupten und sich gleichzeitig als meinen besten Kumpel bezeichnen?

»Falls es dir trotz unserer recht dünnen Wände entgangen sein sollte«, werfe ich ein, »wir hatten diese Nacht Sex. Das wäre ganz sicher nicht passiert, wenn es diese beschissene Wette gäbe.«

Er will etwas erwidern, aber ich lasse ihn nicht.

»Warum erzählst du so eine Scheiße? Warum lügst du, Owen? Was ist dein Problem?«

»Es ist die Wahrheit«, sagt er mit Nachdruck. »Ich würde dich nie anlügen!«

»Ach nein?« Ich bin fuchsteufelswild. Es kostet mich jede Menge Beherrschung, ihn nicht anzubrüllen. Aber ich will nicht, dass die beiden Frauen etwas von unserer Unterhaltung mitbekommen. »Wie ehrlich du sein kannst, hast du mir ja bei der Schilderung von unserem ersten Abend mit Cynthia bewiesen. Was habe ich gleich noch gemacht? Ihr auf den Schoß gekotzt?«

»Das war ein Scherz!« Er wirft die Hände in die Luft. »Hier geht es um viel Wichtigeres.«

»Und das wäre?«

»Ich will nicht, dass sie dir wehtut, verdammt noch mal. Du hast so was nicht verdient.«

»Was? Eine Beziehung mit einer verdammt tollen Frau?«

»Verarscht zu werden!«

»Sie …«

Er hält mir eine Hand vors Gesicht. »Okay, du glaubst mir nicht, verstanden. Kann ich nachvollziehen. Aber dann lass es mich dir beweisen.« Er dreht sich um. »Ich hatte übrigens keinen Sex diese Nacht, herzlichen Glückwunsch. Das High Five bekommst du später«, sagt er mit einem Grinsen über die Schulter, bevor er mein Schlafzimmer verlässt. Ich folge ihm leise, wobei ich überlege, ob ich ihm sofort den Hals umdrehe oder mir erst noch ansehe, was er nun schon wieder vorhat.

Ich folge ihm, bleibe aber an der Ecke zur Küche stehen.

»Morgen«, grüßt er Liz.

»Sanders, Sie sind meine Rettung. In Zeiten app-gesteuerter Kaffeevollautomaten bin ich mit so einem Urgestein etwas überfordert.«

Ich höre, wie eine Schranktür geöffnet wird, dann das Geräusch des Wasserhahns und schließlich das leise Blubbern der Kaffeemaschine.

»Während wir warten«, ertönt Owens Stimme wieder, »darf ich Sie da etwas fragen, Ms. Johnston?«

Wie er ihren Namen betont, lässt klar werden, was er davon hält, dass sie sich immer noch siezen. Ich persönlich finde das auch albern, aber das ist eben Liz' Art, mit der eigenartigen Stimmung zwischen den beiden umzugehen.

»Nur zu«, fordert Liz ihn auf und ich spitze die Ohren.

»Warum sind Sie mit Tony zusammen? Ich meine, Sie könnten jeden haben.«

»Danke für das Kompliment«, sagt sie in unterkühltem Tonfall.

»Ach kommen Sie«, meint Owen. »Sie wissen, was ich meine. Sie können mir nicht erzählen, dass Tony in Ihr Beuteschema fällt. Ich kenne Frauen wie Sie. Und kommen Sie mir nicht mit *der Charakter zählt* – sie beide kannten sich gerade ein paar Tage und schon hieß es, wir sind zusammen. So schnell lernt man keinen Charakter kennen.«

»Ich glaube nicht, dass ich mich vor Ihnen erklären muss«, schnaubt Liz.

Nein, muss sie nicht. Könnte sie aber. Ich für meinen Teil hätte es gern gehört. Aber nur weil ich ihr gestern vor den anderen beiden meine Liebe gestanden habe, muss sie das ja nicht auch tun, oder?

»Ja, stimmt. Nur …« Owen gibt einen Laut von sich, als würde er sich den Kopf darüber zerbrechen. »Ich will es einfach nur verstehen. Sie sind eine Granate, eine gut aussehende, erfolgreiche Frau, die weiß, was sie will.«

Hallo, baggert er gerade meine Freundin an?

»Tony hingegen ist noch völlig grün hinter den Ohren, ein unauffälliger Typ ohne Pläne für die Zukunft oder Erfolge in der Vergangenheit. Ich kann mir beim besten Willen nicht erklären, was Sie an ihm finden.«

Autsch, das sitzt ...

Aber wenn ich ehrlich bin, spricht Owen genau das aus, was mir seit der ersten Begegnung mit Liz durch den Kopf geht. Ich habe mir ja selbst keinerlei Chancen bei dieser Frau ausgemalt und kann bis heute nicht begreifen, wie es mir gelungen ist, ihr Herz für mich zu gewinnen.

»Gegensätze ziehen sich an, Mr. Sanders«, antwortet Liz und ich kann förmlich hören, wie sie mit den Schultern zuckt. »Darf ich Sie nun auch etwas fragen?«

»Bitte, nur zu.«

»Wieso wollen Sie mir Ihren Freund ausreden? Denn auf nichts anderes läuft das hier doch hinaus, oder?«

Sehr gut, Liz, das interessiert mich auch!

»Weil ich den wahren Grund kenne, warum Sie mit Tony zusammen sind. Ich weiß von der Wette.«

»Was für eine Wette?«, fragt Liz mit kühler Stimme.

Ha! Wusste ich doch, dass da nichts dran ist. Aber wieso zieht Owen so eine Show ab?

»Die Wette, die Sie mit Cynthia am Laufen haben. Ich würde mir für eine Beziehung mit vierwöchigem Sexverbot auch jemanden suchen, der mich eigentlich gar nicht interessiert.«

Mit schweißnassen Händen warte ich darauf, dass Liz sich verteidigt, unsere Beziehung verteidigt. Sie soll Owen den Kopf waschen, aber so richtig – eben auf die typische Liz-Art.

Aber sie schweigt.

Mir wird heiß und kalt zugleich und ich halte den Atem an. Hat er sie mit diesem Vorwurf echt so geschockt, dass meine toughe Freundin sprachlos ist?

»Das ist Quatsch«, sagt sie schließlich nach einer gefühlten Ewigkeit.

Mehr nicht. Nur ›Das ist Quatsch‹. Und dass ihre Stimme dabei zittert, verleiht diesen Worten nicht unbedingt mehr Gewicht. Im Gegenteil, es klingt einfach nur unglaubwürdig.

Ruckartig sackt mein viel zu schnell schlagendes Herz in meinen Magen und bleibt als kalter Stein dort liegen, als mir klar wird, dass Owen die Wahrheit gesagt hat.

Ich bin eine Wette, nicht mehr …

Liz merkt selbst, dass ihre Reaktion eher eine Bestätigung war. »Es mag so angefangen haben, aber hat sich anders entwickelt, als ich erwartet habe. Auch wenn es Sie nichts angeht und ob Sie es glauben oder nicht, Sanders, aber ich habe mich tatsächlich in Ihren Mitbewohner verliebt.«

»Natürlich«, schnaubt Owen.

»Natürlich«, wiederholt Liz mit Nachdruck. »Sonst wäre ich wohl kaum noch hier.«

Wieder entsteht eine Pause.

Ich ringe mit mir, wie ich auf das, was ich gerade gehört habe, reagieren soll. Sie sagt zwar, dass sie sich in mich verliebt hätte, gibt aber gleichzeitig zu, mich benutzt zu haben. Zweiteres tötet jeden Schmetterling, der aufgrund Ersterem anfangen möchte, zu flattern. Jede Euphorie der vergangenen Nacht verschwindet und hinterlässt eine Spur, eine Last, die sich zu dem Stein in meinem Magen gesellt.

»So wie ich Sie einschätze, werden Sie damit jetzt brühwarm zu Tony rennen. Aber ich bitte Sie, Owen.« Zum ersten Mal spricht Liz ihn mit Vornamen an und unterstreicht damit, wie ernst es ihr ist. »Tun Sie das nicht. Ich werde es ihm schon erzählen, wenn die Zeit reif ist.«

»Er muss mir nichts erzählen.« Ich weiß selbst nicht, woher ich den Mut und die Kraft nehme, in die Küche zu treten. Meine Kehle ist leicht kratzig und meine Knie so weich, dass ich mich am liebsten setzen würde. Doch ich bleibe standhaft, breche nicht zusammen und fange zu meiner eigenen Überraschung auch nicht an, zu heulen – denn genau danach ist mir gerade zumute.

»Ich hab es dir gesagt, Kumpel«, meint Owen in leicht überheblichem Tonfall und lehnt sich gegen die Spüle. »Sie …«

»Halt die Klappe, Owen«, weise ich ihn zurecht. »Und lass uns kurz allein.« Meine Worte sind zu grob, also schiebe ich ein »Bitte« hinterher.

Owen ist nicht derjenige, der Schuld an dieser beschissenen Situation hat.

Als er hinausgeht, klopft er mir kurz aufmunternd auf die Schulter. Eine nette Geste, die mir gerade aber leider nichts bringt.

»Tony, lass es mich erklären«, setzt Liz an, aber ich hebe abwehrend eine Hand.

»Da gibt es nichts zu erklären, ich hab schon verstanden. Schön, zu hören, dass du in mich verliebt bist, falls du das nicht nur dahergesagt hast.«

»Habe ich nicht, es ist so«, bekräftigt sie. Sie stößt sich von dem Küchenschrank ab, an dem sie gelehnt hat, und will einen Schritt auf mich zu machen, hält aber mitten in der Bewegung inne.

Ein Teil von mir will, dass sie weitergeht. Dass sie weiterspricht und damit jede Distanz zwischen uns überwindet. Doch die

Philosophen-Traumblase, in der das passiert wäre, ist vor ein paar Sekunden zerplatzt.

»Und trotzdem hast du mit mir gespielt, mich benutzt. Du hast vieles gesagt oder gemacht, was du gar nicht so gemeint hast, stimmt's?« Ich klinge weder freundlich noch abweisend, als ich das sage. Eher distanziert, als ob es um einen neuen Auftrag ginge und nicht um mein Herz.

»Ja … Nein! Ach verdammt, das ist kompliziert.«

In einer verzweifelt anmutenden Geste fährt sie sich durch die Haare. Sie trägt sie offen, ein seltener Anblick.

Einer, an den ich mich gar nicht erst zu gewöhnen brauche, wie mir schmerzlich bewusst wird.

Ich nicke. »Ich muss darüber nachdenken, das verstehst du sicherlich. Ich denke, es ist besser, wenn du jetzt gehst.«

»Okay, es hat jetzt ohnehin keinen Sinn, mich zu rechtfertigen. Ich weiß, du bist verletzt und du brauchst deine Zeit«, ergibt sie sich kleinlaut, eine Tonlage, die ich so gar nicht von ihr kenne. »Du bist wütend, das verstehe ich.« Ihre Augen glänzen und sie blinzelt. Dennoch bewahrt sie Haltung.

Es ist Liz, verdammt, was erwarte ich auch anderes?

»Aber bitte lass dich nicht von deinem Zorn daran hindern, uns eine Chance zu geben. Ich will, dass du weißt, dass ich mich für dich und gegen die Wette entschieden habe. Aus freien Stücken …«

»Du hast dir nur eingeredet, in mich verliebt zu sein«, murmle ich, während ich ihr dabei zusehe, wie sie in Richtung Tür geht.

Es dauert keine zwei Minuten, in denen sie in Schuhe und Jacke schlüpft und nach ihrer Handtasche greift. Dann ist sie fort.

Ich vergeude keine Zeit, auf die Tür zu starren, die sich hinter ihr geschlossen hat, sondern gehe schnurstracks in mein Zimmer, ziehe mich an und verlasse ebenfalls die Wohnung.

Es genügt, dass ich mich jetzt mit meinen inneren Dämonen auseinandersetzen muss. Da will ich mich nicht auch noch Owen und Cynthia stellen müssen.

KAPITEL 23

Liz

Ich kann nicht fassen, dass das ausgerechnet heute passiert! Er ist nie im Urlaub. Nie! Aber heute hat mein Schokoladenpralinen-Dealer geschlossen. HEUTE! Dabei habe ich ihm am Montag noch gesagt, dass ich in nächster Zeit täglich Pralinen benötige. Das hat sich nicht geändert, auch wenn heute bereits Donnerstag ist.

Andererseits … das Eisgeschäft, das um die Ecke aufgemacht hat, hat mir fast adäquaten Ersatz geliefert. Fast. Eis ist eben keine Praline. Und sosehr ich die Vorzüge von Schokolade genieße … sie tröstet mich doch nicht darüber hinweg, was geschehen ist.

Seit Sonntagmorgen habe ich nichts von Tony gehört oder gesehen. Das heißt, doch. Als Sanders mir mitteilte, dass Tony sich die nächsten Tage freinimmt. Seine Worte klingen noch in meinen Ohren: »Du hast dir nur eingeredet, in mich verliebt zu sein.«

Wenn der Berg an Pralinenschachteln und Eisverpackungen einer eingebildeten Verliebtheit und somit eingebildetem Liebeskummer geschuldet ist, habe ich wirklich eine bessere Vorstellungskraft, als ich mir zugetraut hätte.

Ich kippe gerade etwas Baileys auf mein Schokoladeneis, als es an der Tür klopft. Eigentlich habe ich gedacht, bereits allein zu sein, aber das war wohl ein Irrglaube. Einen Moment lang gebe ich mich der Hoffnung hin, dass Tony vor der Tür stehen könnte. Aber dieser kleine Hoffnungsschimmer verschwindet schnell. So etwas würde er nicht machen. Nein.

Und tatsächlich streckt nicht er, sondern Cyn ihren Kopf durch den Türspalt. »Wolltest du heute nicht auf die Firmenfeier, die wir ausgerichtet haben?«, fragt sie kleinlaut.

Mit Cyn habe ich nach diesem Wochenende höchstens fünf Sätze gewechselt. Irgendwie gebe ich ihr die Schuld und sie nimmt sie aufopferungsvoll an. Immerhin hätte Tony nichts von der Wette erfahren, wenn sie nicht betrunken ihrem … Liebhaber? Freund? Was auch immer! … davon erzählt hätte. Dann hätte ich es ihm erklären können. Wenn ich ihm mehr Sicherheit gegeben hätte. Denn das hätte ich, weil ich wirklich in ihn verliebt bin und nicht nur verliebt sein will.

Tja. Hätte, hätte, Fahrradkette.

Oh, der Baileys wirkt. Wurde aber auch Zeit.

»Liz?«, holt mich Cyns besorgte Stimme zurück.

»Hatte keine Lust. Ist doch eine wie die andere. Wer weiß, wen ich dort getroffen hätte«, murmle ich und stopfe mir einen Löffel Baileys-Schokoladeneis in den Mund.

Cyn kommt zu mir und setzt sich auf den Stuhl vor meinem Schreibtisch. »Es hätte dir vermutlich nicht geschadet, mal rauszugehen. Du siehst … beschissen aus.«

Ich hebe eine Augenbraue. »Hast du das Wort von Sanders? Sonst kommt dir so was doch nicht über die Lippen.«

Sie winkt ab. »Ist doch egal. Es geht dir nicht gut, oder?«

»Wie kommst du darauf?« Ich lache und deute auf den Mülleimer, in dem sich drei Pralinenschachteln und eine Flasche Baileys befinden. Von heute.

»Genau deswegen.« Sie seufzt, beugt sich nach vorn und ergreift meine Hände. »Liz … wir sollten darüber reden.«

»Worüber genau?«, frage ich und gebe mir keine Mühe, die Kälte aus meiner Stimme zu nehmen. »Darüber, dass meine angeblich beste Freundin ihrem … Ich würde jetzt gern Stecher sagen, aber das ist er ja nicht, oder? Also, darüber, dass meine angeblich beste Freundin dem Mitbewohner meines Freundes steckt, dass er nur eine Wette war? Und obwohl ich mich wirklich in ihn verliebt habe, glaubt er mir nicht, wirft mich raus und meidet mich seitdem.«

Cyn seufzt erneut und streicht über meine Hand.

Ich ziehe sie weg. »Weißt du, ich war verkorkst. Ich habe keine Gefühle gewollt, habe sie nicht gebraucht. Ich wollte Sex mit den Männern, mit attraktiven Männern, die ich trotzdem nie wiedersehen musste, wenn ich keine Lust hatte. Und jetzt sieh mich an!« Ich deute auf mich, weil ich Eisflecken auf meinem schwarzen Kleid habe. Und es mir egal ist. »Wie soll ich mit diesem Liebeskummer umgehen? Ich kann so was nicht, Cyn. Ich bin dafür nicht gemacht. Was soll ich jetzt also tun?«

Sie seufzt noch einmal, greift nach meiner Hand und hält sie fest. »Drüber hinwegkommen, Liz. So wie du immer über Schmerz hinweggekommen bist.«

»Das ist etwas anderes«, flüstere ich und kämpfe damit, diese verdammten Tränen zu unterdrücken. »Cyn, ich … ich bin wirklich in ihn verliebt.«

»Hast du ihm das gesagt?«

»Ja, verflucht! Und er hat mich trotzdem rausgeworfen.«

»Er ist nicht gerade einfach …«, pflichtet Cyn mir bei. »Owen meint, er hätte versucht, mit ihm zu sprechen, aber Tony will ihn nicht sehen. Er will niemanden sehen. Dabei versucht Owen wirklich, ihm klarzumachen, dass er einen Fehler begeht.«

»Sanders soll dorthin gehen, wo der Pfeffer wächst«, brumme ich. »Ganz ehrlich, der Kerl hat nichts Besseres zu tun, als Tony und mir Steine in den Weg zu legen.«

»Weil er ihm von der Wette erzählt hat?«, will Cyn wissen und ich nicke. »Ich hätte dir das auch erzählt, Süße. Weil ich gedacht hätte, du solltest es wissen. Nur hättest du anders reagiert. Hättest herausgefunden, ob Tony wirklich mit dir spielt, dir angehört, was er zu sagen hat, und anschließend entschieden, ob du ihm immer noch vertraust. Aber du bist eben tough und besitzt eine recht brauchbare Menschenkenntnis.«

»Ja, vielen Dank, davon habe ich jetzt etwas«, zische ich und entwinde ihr meine Hand. »Sonst noch was? Ich würde jetzt gern allein sein.«

In dem Moment muss natürlich das Handy aufleuchten. Erst richte ich mich auf, hoffe wieder, dass es Tony ist. Aber das Display zeigt einen anderen Namen. Den auch Cyn von ihrem Platz aus zu erkennen scheint.

Tiziano Salvini.

»Gehst du nicht ran?«, fragt Cyn, als ich das Handy nur anstarre.

Schnaubend hebe ich es auf und nehme den Anruf an. »Johnston«, sage ich emotionslos.

Einen Moment ist es still am anderen Ende und ich frage mich, ob Tiziano sich verwählt hat und jetzt überlegt, einfach wieder aufzulegen. Es ist bald einen Monat her, dass wir eine Nacht durchgevögelt haben, und er hat sich nicht ein Mal gemeldet. Was will er also jetzt?

»Elizabeth?«, erklingt seine seidig weiche Stimme.

»Ja?«

Ich weiß nicht, warum, aber ich stelle das Handy auf Lautsprecher und lege es vor mir ab.

»Hier ist Tiziano Salvini«, sagt er und ich weiß, dass er schmunzelt, weil er davon ausgeht, dass ich sehr wohl seine Nummer habe.

»Hallo, Tiziano. Ist schon länger her«, erwidere ich immer noch emotionslos.

»Du klingst aufgebracht, Madonna. Ich hoffe, nicht meinetwegen.«

»Ganz bestimmt nicht, Tiziano«, sage ich und Cyn streckt mir beide Daumen nach oben hin. »Was kann ich für dich tun?«

Ich höre ein leises Lachen. Vermutlich denkt er sehr wohl, dass ich seinetwegen schlecht drauf bin. Tja, falsch gedacht, elender aufgeblasener Sexgott.

»Ich habe eventuell einen Auftrag für dich, Madonna. Die Eröffnung lief wunderbar und wir werden in eurer Gegend weiter expandieren. Allerdings mit einem anderen Geschäftsmodell. Ich würde gern eine Feier planen, um diese neue Schiene gebührend vorzustellen.« Er macht eine theatralische Pause. »Hast du Interesse?«

»Klingt nicht uninteressant«, meine ich und sehe Cyn an.

Sie zuckt mit den Schultern. Diese Art von Event liegt ihr nicht, das weiß ich.

»Vielleicht können wir uns morgen in der Bar ›Lunatic‹ treffen? Ich bin ab morgen Mittag in der Stadt und würde dich gern sehen und die Details persönlich besprechen.«

An seinem Tonfall erkenne ich, dass er nicht nur Details besprechen will. Selbst Cyn erkennt es, denn sie schüttelt mit einem zur Schnute verzogenen Mund den Kopf.

»Meinetwegen«, sage ich und Cyn reißt die Augen auf. »Aber ich habe ab neun Uhr ein Event, auf dem ich sein muss. Also können wir nur die gröbsten Vorstellungen besprechen.«

»Oh Madonna, du willst mich leiden lassen, hm?«, erwidert Tiziano mit dunkler Stimme. »Aber vermutlich habe ich das verdient. Na gut, lass uns sehen, wie das Gespräch morgen verläuft und ob du danach wirklich zu dem Event willst.«

»Wir treffen uns um halb acht. Bis morgen, Tiziano.«

»Bis morgen, Madonna. Ich werde von dir träumen.«

Ich lege auf, bevor er noch etwas sagen kann. Cyn hat jetzt schon rote Ohren, dabei haben wir nichts wirklich Eindeutiges gesagt.

»Du weißt, dass er Sex will?«, fragt sie atemlos.

Ich hebe einen Mundwinkel. »Ja, das ist mir bewusst.«

»Und du? Willst du … ihn?«

»Es wäre eine Ablenkung, aber eigentlich … will ich Tony.«

Cyn greift wieder nach meinen Händen. »Dann triff dich nicht mit Tiziano. Er ist ein Tiger. Der zerfleischt dich.«

Ich tätschle meiner Freundin die Hand. »Und ich bin eine Löwin, Cyn. Ich habe keine Angst vor Tigern.«

Sie stößt den Atem aus und ich sehe, wie es in ihrem Kopf rattert. »Na schön, dann triff dich eben mit ihm«, meint sie und kann sich ein Grinsen kaum verkneifen.

»Was hast du schon wieder vor?«, frage ich sie, als sie aufsteht und zur Tür schlendert.

»Nichts. Gute Nacht, Liz.«

Sie verschwindet aus meinem Büro und schließt die Tür. Einen Moment überlege ich, ob ich das Treffen doch absagen soll, dann zucke ich mit den Schultern.

Ich bin eine Löwin. Was soll also morgen schon passieren?

KAPITEL 24

Tony

Als ich meine Augen öffne, ist es dunkel im Zimmer. Ob es allerdings morgens, abends oder sogar Nacht ist – keine Ahnung.

Seit Montag sind meine Vorhänge zugezogen und ich sehe nur etwas von der Außenwelt, wenn ich mich aus meinem Zimmer schleppe, um aufs Klo zu gehen oder was zu essen zu holen.

Das passiert allerdings nur, wenn ich absolut sicher sein kann, dass sich außer mir niemand in der Wohnung aufhält.

Ansonsten verbringe ich die meiste Zeit hinter verschlossener Tür in meinem Bett und ziehe mir eine Netflix-Serie nach der anderen rein, ohne auch nur von einer den Sinn zu verstehen.

Die Welt außerhalb meiner vier Wände interessiert mich nicht. Sie existiert nicht. Sie ist untergegangen, und zwar in dem Moment, als meine Göttin mich von Wolke sieben geschubst hat, direkt in die Hölle.

Seit ich Liz hinausgeworfen habe – und nichts anderes war meine Bitte, zu gehen –, hatte ich keinen Kontakt mehr zu ihr. Auch wenn ich ständig an sie denken muss.

Anstatt mich wie ein erwachsener Mann zu benehmen und das klärende Gespräch mit ihr zu suchen, suhle ich mich in Selbstmitleid und quäle mich mit Vorwürfen.

Wie konnte ich nur so dumm sein, so blind, so überheblich, und glauben, diese wundervolle Frau hätte tatsächlich etwas für mich übrig. Aber hey, wen wundert es. Sie hat so ein überzeugendes Schauspiel abgeliefert, dass sie am Ende sogar selbst dem Irrtum erlegen ist, in mich verliebt zu sein.

Ohne mich aufzurichten, greife ich nach der Wasserflasche neben meinem Bett. Schon als ich sie anhebe, merke ich an ihrem Gewicht, dass sie leer ist.

Mein Magen meldet den gleichen Zustand an, wohingegen meine Blase bald zu platzen droht.

Na gut, es wird Zeit für eine kurze Expedition in die Außenwelt.

Ich raffe mich auf, bleibe aber vor der verschlossenen Tür stehen und presse ein Ohr dagegen. Mindestens eine Minute stehe ich so da, doch auf der anderen Seite herrscht absolute Stille. Ich kann es wagen, denke ich.

Ich schließe auf, öffne die Tür und lausche noch einmal. Nichts.

So lichtgeflutet wie der Rest der Wohnung ist, muss es mitten am Tag sein. Owen ist also vermutlich auf Arbeit, perfekt.

Ich stapfe als Erstes ins Bad. Den Spiegel ignoriere ich gekonnt – den Anblick eines ausgehungerten Vampirs muss ich mir nun wirklich nicht geben.

Nachdem ich mich erleichtert habe und sogar ein wenig Wasser den Weg in mein Gesicht gefunden hat, gehe ich in die Küche. Zuerst aktiviere ich die Kaffeemaschine und versenke dann meine Nase im Kühlschrank.

Owen war einkaufen und wenn ich sehe, was er angeschleppt hat, ist das wohl ein weiterer Versuch, mich aufzumuntern.

Ich weiß selbst nicht, warum ich mich ihm so verweigere, obwohl er sich echt bemüht. Er kann ja nichts dafür, dass Liz mich ausgenutzt hat. Obwohl, eigentlich schon. Immerhin hat er uns diesen blöden Job besorgt, durch den das Ganze erst angefangen hat.

Und er ist immer noch mit Cynthia zusammen, die genauso viel Anteil an dieser Wette hat wie Liz.

Nein, ich werde von dem Zeug, das er gekauft hat, nichts anrühren. Schon aus Prinzip nicht!

Na gut, vielleicht nehme ich die Packung Kirschen mit. Dann kann ich mich mit ein bisschen Zielspucken ablenken …

Als ich gerade an der Spüle stehe, um das Obst abzuwaschen, höre ich einen Schlüssel in der Haustür.

Oh nein, oh nein, nein, nein.

Kurz überlege ich, einfach loszurennen und mich wieder zu verbarrikadieren, doch da steht Owen auch schon in der Küchentür.

Einen Moment lang starren wir uns nur an. Und dann tut Owen etwas, das ich niemals von ihm erwartet hätte.

Ohne ein Wort lässt er seine Laptoptasche fallen, kommt zu mir und nimmt mich in den Arm.

In anderen Zeiten hätte ich mich über ihn lustig gemacht und ihn als Schwuchtel bezeichnet. Jetzt stehe ich nur steif da, lasse zu, dass er mich an sich drückt, und merke zu meiner Überraschung, dass es … sich gut anfühlt?

Einen Moment stehen wir so da, bis Owen mich wieder loslässt und ein paar Schritte zurückweicht. »Alter, siehst du scheiße aus.«

Ah, da ist er wieder – der Owen, den ich kenne.

Ich gebe ein missgelauntes Brummen von mir und wende mich wieder den Kirschen zu, die ich nun in eine Schüssel fülle. In der

Zeit holt Owen zwei Tassen aus dem Schrank, füllt sie mit Kaffee und fügt meinem Becher Milch hinzu.

»Meinst du nicht, dass fünf Tage genug sind?«, fragt er, als er mir meinen Kaffee reicht.

Ich schüttle nur den Kopf, schiebe mich an ihm vorbei und stapfe mit Kirschen und Kaffee zurück zu meinem Zimmer.

Mir fällt auf, dass ich das Wasser vergessen habe, aber ich gehe bestimmt nicht zurück, solange die kommunikationssüchtige Kröte da ist. So gut die Umarmung tat, reden will ich trotzdem nicht.

Da ich die Hände voll habe, bin ich allerdings nicht schnell genug und so steht Owen bereits im Türrahmen, als ich die Sachen auf meinem Nachttisch abstelle.

»Mann, Tony, so geht es nicht weiter. Wenn du nicht reden willst, okay, musst du nicht. Aber du kannst dich nicht den Rest deines Lebens wie eine Ratte in diesem Loch verkriechen.«

»Eine Maus«, korrigiere ich ihn. »Eine graue, unauffällige, unsichtbare Maus.«

»Na ja, im Moment würde ich dich eher mit einer Made vergleichen: bleich und ohne Rückgrat.«

»Du Arsch«, grummle ich, merke aber selbst, wie sich meine Mundwinkel ein Stück heben.

Owen deutet auf meinen Nachttisch. »Deswegen habe ich auch Kirschen mitgebracht – auf so was stehen du und deine Artgenossen doch, oder?«

»Was machst du überhaupt schon hier?«, will ich wissen.

»Für manche Menschen gibt es so was, das nennt sich Wochentage. Heute ist übrigens Freitag, und was macht man da? Genau, mittags Feierabend.«

»Schön für dich …«

Er wird wieder ernst. »Du weißt, dass du am Montag wieder auf Arbeit musst.«

Ich schüttle den Kopf und deute auf meinen Schreibtisch, bevor ich mich rücklings aufs Bett fallen lasse.

Owen geht hinüber und ich sehe, wie er das Blatt studiert, das zuoberst auf einem Stapel Papiere liegt. Meine Kündigung …

»Das ist nicht dein Ernst«, meint er, als er den Sinn erfasst. »Das werde ich nicht akzeptieren.«

»Dich fragt aber keiner«, grummle ich und drehe mich zur Wand, um ihm das Höchstmaß an Ignoranz zu zeigen, das ich aufbringen kann.

Ich zucke zusammen, als Owen das Schreiben mit einem lauten Knall zurück auf den Tisch befördert. »Tony, du kannst doch nicht einfach alles hinschmeißen, was wir aufgebaut haben.«

Ruckartig fahre ich wieder herum. »*Du* hast dir was aufgebaut«, werfe ich ihm an den Kopf. »Du hast den ruhigen Job, den du immer wolltest, und dazu eine Kollegin, die du jederzeit flachlegen darfst, wenn es dich auf Arbeit überkommt.«

»Cyn und ich schlafen nicht miteinander«, sagt er trocken, doch ich ignoriere es.

Meine Stimme kratzt, als ich weiterrede. Nachdem ich tagelang kaum gesprochen habe, überfordert mein Rumgebrülle sie etwas.

»Für mich war es der größte Fehler, mich darauf einzulassen. Ich wollte weder in einer kleinen Klitsche arbeiten noch wollte ich mich von irgendwelchen Frauen ablenken lassen. Und nun schau mich an!«

Das tut er, lange. Dann seufzt er. »Okay, ich verstehe dich. Zumindest, was den Job angeht. Weiter mit Liz zusammenzuarbeiten, wäre vielleicht wirklich nicht so sinnvoll.«

Ich gebe Applaus zu dieser Erkenntnis.

»Allerdings«, bremst er mich aus und ein schiefes Grinsen legt sich auf sein Gesicht, »bittest du in deiner Kündigung um einen Aufhebungsvertrag, also ist heute offiziell dein letzter Arbeitstag. Deswegen bestehe ich darauf, dass wir deinen Ausstand feiern.«

Ich lache laut und richte mich auf. »Klar, ich sehe bestimmt so aus, als ob ich in tierischer Partylaune bin. Wo wollen wir hin? In irgendeinen Techno-Schuppen oder gleich ins Bordell?«

»Wir gehen ins ›Lunatic‹. Du, Cyn und ich.«

»Vergiss es«, sage ich und lasse mich wieder nach hinten fallen.

Doch Owen gibt nicht auf. Er geht zu den Fenstern, reißt die Vorhänge beiseite und öffnet sie. »Während ich hier lüfte und versuche, ein paar saubere Klamotten zu finden, bei denen es mir nicht peinlich ist, wenn man uns zusammen sieht, gehst du unter die Dusche. Und lass dir Zeit, Alter. Du stinkst.«

Der kann mich mal, ich bewege mich keinen Zentimeter. Und wenn er die Sonne vom Himmel holt und mir direkt damit ins Gesicht leuchtet.

Als er bemerkt, dass er so nicht weiterkommt, verlässt er mein Zimmer. Eine Minute später kommt er allerdings zurück, bewaffnet mit unserem roten Putz-(und Kotz-)Eimer.

Was will er denn damit?

»Zwing mich nicht dazu, Tony«, sagt er und setzt den Eimer an, als wolle er mir den Inhalt entgegenschleudern. Die paar Tropfen Wasser, die dabei herausschwappen, zeigen mir, dass er es ernst meint.

»Okay, okay«, sage ich abwehrend und springe auf.

Lieber ein Abend mit den beiden Verrätern als tagelang auf dem Boden schlafen, bis mein Bett wieder trocken ist.

Die Bar ist ziemlich voll dafür, dass es noch nicht mal sieben ist. Allerdings hat sich der größte Teil der Besucher am Tresen versammelt, um auf den dortigen Fernseher zu starren. Es läuft Football.

Als ich mit Owen hereinkomme, steuert er schnurstracks auf einen Tisch in einer Nische zu, der vom Eingang nicht zu sehen war. Cyn sitzt bereits dort und winkt uns verhalten zu. Vermutlich gehen die beiden öfter hierher und das ist ihr Stammplatz.

»Hey, Tony. Gut schaust du aus.«

Ich könnte gleich wieder gehen, wenn ich das Mitleid in ihrem Blick sehe. Bin ich wirklich aus meiner Höhle gekrochen, um den Abend mit Mutter Theresa und ihrem liebsten Jünger zu verbringen? Wie verrückt war ich, das hier einer Bettdusche vorzuziehen?

Mit dem Gutaussehen hat sie allerdings recht. Es ist ein Wunder, was eine Dusche und ein paar gute Klamotten (jene, die Cyn selbst für mich ausgesucht hat) aus einem Wrack wie mir machen können.

Ich grummle ebenfalls eine Begrüßung und lasse mich dann auf einen Stuhl fallen, von dem ich den Fernseher im Blick habe. Ich habe weder Interesse an noch Ahnung von Football, aber es ist eine gute Ausrede, weder Owen noch Cyn ansehen zu müssen, die sich gerade zur Begrüßung einen scheuen Kuss geben.

Wann bitte ist mein sexsüchtiger Mitbewohner von den Sandy-Chantal-Foxy-Püppchen zu einer echten Frau und einer echten Beziehung gewechselt?

Vermutlich im selben Moment, als auch du beschlossen hast, eine Frau der Karriere vorzuziehen, beantwortet mein innerer Philosoph die Frage. *Die Liebe verändert die Menschen.*

Na toll, wer hat den denn mitgenommen? Ich dachte, er würde mich wenigstens heute Abend in Ruhe lassen, nachdem er mich schon die ganze Woche gegängelt hat.

Am Rande bekomme ich mit, wie Owen Cyn von meiner Kündigung erzählt. Sie tuscheln angeregt, wobei ich Phrasen wie ›letzte Chance‹ und ›aus und vorbei‹ aufschnappe.

Ja, Leute, genau so ist es. Seht das endlich ein!

»Was willst du trinken?«, fragt Cynthia mich nach einer Weile.

Ich zucke mit den Achseln. »Bier, Wein, völlig gleich.«

Fünf Minuten später stellt mir der Kellner ein hohes Glas mit dunkelbrauner Flüssigkeit hin. Fragend sehe ich Cyn an.

»Wir sollten das hier beenden, wie wir es angefangen haben«, sagt sie grinsend und erst da sehe ich, dass Owen und sie die gleichen Getränke bekommen haben.

Nun weiß ich auch, was es ist. Cuba Libre, das Zeug, das mich bei unserem ersten Treffen so umgehauen hat.

Ich muss grinsen. Stimmt, was spricht schon dagegen, sich heute richtig abzuschießen. Es interessiert doch eh niemanden, wie es mir morgen geht.

Kein Schmerz im Kopf kann größer sein als jener in deinem Herzen, lamentiert mein Philosoph.

Und ich gebe ihm recht.

»Na dann, auf einen schnellen Abend«, sage ich, hebe mein Glas und stoße mit den anderen an. Dann setze ich es an die Lippen und kippe die Hälfte in mich hinein.

Ich stutze. Das schmeckt irgendwie … Ich sehe Cyn und Owen an, die es kaum noch schaffen, ein Lachen zu unterdrücken.

»Sehr witzig«, sage ich und trinke auch noch den Rest der Cola aus, die keinen Tropfen Alkohol enthält.

Nun verfallen die beiden wirklich in schallendes Gelächter. Und selbst bei mir zeigt sich ein Grinsen. Anstatt sauer zu sein, freue ich mich fast über die Veräppelung, denn sie gibt mir zum ersten Mal seit *dem Tag* das Gefühl von Normalität.

Der Kellner tritt erneut zu uns heran und ich bestelle mir einen echten Cuba Libre – unter dem Versprechen an Owen, ihn langsam zu trinken, um nicht irgendjemandem auf den Schoß zu kotzen.

Wider Erwarten entwickelt sich der Abend relativ unterhaltsam. Cyn und Owen scheinen sich vorher einige zwanglose Themen überlegt zu haben, bei denen nicht die Gefahr besteht, auf Liz oder die Arbeit zu kommen.

So richtig bei der Sache bin ich trotzdem nicht. Auch wenn sie unsere Unterhaltung kontrollieren, auf meine Gedanken können sie keinen Einfluss nehmen – und die schweifen immer wieder zu meiner Göttin, ob ich es will oder nicht.

Einen halben Cuba Libre später ist Owen völlig in seinem Element, indem er versucht, Cynthia die komplexen Zusammenhänge des Marvel-Universums zu erklären. Er plant einen Kinoabend bei uns zu Hause und will nun herausfinden, mit welchen Filmen er Cynthia am besten in die Welt einführt, wobei er immer wieder meine Unterstützung fordert.

Ich antworte, wann immer ich etwas gefragt werde, bringe mich aber selbst eher selten ein. Den Blick nach wie vor zur Bar gerichtet, schwankt dieser zwischen dem Fernseher, dem Barkeeper und den angetrunkenen Zuschauern hin und her, ohne auch nur eine Sache bewusst aufzunehmen.

Kurz wird mir der Blick versperrt, als ein groß gewachsener Mann zwischen uns und der Bar entlanggeht, gefolgt von einer adretten Brünetten, die ihm im Stechschritt folgt.

Ich bin froh, dass mein Glas auf dem Tisch steht, denn wenn ich gerade getrunken hätte, hätte ich mich mit Sicherheit verschluckt. So ist es mein Atem, der aussetzt und mich dem Erstickungstod nahe bringt.

Das darf doch nicht wahr sein! Das kann nicht wahr sein!

Ich schaue den beiden nach, blicke dann mit geweiteten Augen zu Owen und Cynthia, die noch immer in ihr Gespräch vertieft sind. Entweder haben sie es nicht mitbekommen oder sie überspielen das Auftauchen der Frau.

Ich zwinge mich, Luft zu holen, ohne in Schnappatmung zu verfallen. Vielleicht habe ich mich ja auch geirrt?

Ich drehe mich um. Der Mann, offensichtlich ein Italiener, und die Frau, die ganz klar und ohne jede Verwechslung Ms. Elizabeth Johnston ist, haben sich an einen kleinen Zweiertisch im hinteren Teil der Bar verzogen, wo es etwas ruhiger und intimer zugeht. Der Typ zieht einen Stuhl für Liz zurück, die sich mit einem koketten Lächeln setzt und ihren Rock glatt streicht. Als ob sich auf diesem engen Teil auch nur eine Falte bilden könnte.

Der Italiener setzt sich ihr gegenüber, nimmt eine Mappe aus seiner Handtasche – ja, der Typ trägt eine Handtasche mit sich rum! – und schiebt sie Liz zu. Mir entgeht nicht, wie er ihre Hand berührt, als sie diese entgegennimmt. Und auch nicht die Blicke, mit denen er sie mustert. Es wundert mich, dass sie noch nicht nackt ist, so wie er sie damit auszieht!

Liz hingegen ist im absoluten Profimodus, das sehe ich ihr an. Sie ignoriert seine Signale gekonnt und blättert in den Unterlagen. Nur an der Röte auf ihren Wangen, die ich selbst in diesem Schummerlicht erkennen kann, sehe ich, dass die Avancen des Italieners sie nicht kaltlassen. Außerdem ist sie für einen reinen Geschäftstermin etwas zu unzüchtig gekleidet, der beige Rock zu kurz, der Ausschnitt der schwarzen Bluse einen Knopf zu weit geöffnet.

Sofort muss ich daran denken, wie sie unter den Kleidern aussieht, wie ihr perfekter, wunderschöner Körper nackt auf meinem Bett lag. Wie es sich angefühlt hat, über ihre Brüste zu streichen, zu sehen, wie sich ihre Nippel dabei aufrichteten. Nippel, die sich nun vielleicht diesem schmierigen Arsch entgegenrecken.

Ich muss mich abwenden. Und bemerke, dass Owen und Cynthia sich nicht mehr über ›Iron Man‹ und Co unterhalten, sondern mich schweigend betrachten. Ihre Blicke sind vorsichtig, lauernd und ein wenig erwartungsvoll.

»Das ist Tiziano Salvini, ein sehr wohlhabender Kunde mit mehreren Firmen im ganzen Land und großen Expansionsplänen hier in der Region«, erklärt Cyn, ohne dass ich sie darum gebeten hätte.

»Es geht also ums Geschäft?«, will ich wissen.

»Bei Liz vermutlich. Bei Tiziano eher zweitrangig«, erwidert sie ehrlich.

»Ihr wusstet, dass sie hier sein würde.«

Es ist keine Frage, es ist eine Feststellung, die durch doppeltes Nicken bestätigt wird.

»Und ihr habt mich hergeschleppt, damit ich sehe, wie gut es Liz ohne mich geht, dass sie jetzt endlich wieder ihr gewohntes Leben führen kann, nachdem diese tolle Wette beendet ist.« Ich schaue über meine Schulter, wo Liz und dieser Salvini gerade über irgendetwas lachen, ehe ich an Cyn gewandt nachschiebe: »Hat sie was mit ihm?«

»Sie hatte«, gibt Cyn zerknirscht zu. »Das war aber vor dir.«

»Du meinst, vor der Wette … Und jetzt?«

Sie schüttelt den Kopf, doch mir entgeht das kurze Zögern nicht.

Alles klar!

Ich greife meinen Cuba Libre und will ihn hinunterstürzen, bremse mich aber nach der Hälfte, als ich mich an mein Versprechen Owen gegenüber erinnere. Als ich bei einem weiteren Blick jedoch sehe, wie der Italo-Arsch sich zu Liz neigt und eine

Haarsträhne zwischen die Finger nimmt, die sich aus ihrem Dutt gelöst hat, trinke ich den Rest aus.

»Tony.« Cyn beugt sich zu mir und ergreift meine Hand, als ich gerade mein Glas abstelle. »Liz hatte einige Männer, Männer wie ihn.« Sie deutet mit dem Kinn auf den Lackaffen. »Es waren kurze Affären, ohne ein Vorher oder Nachher. Schneller Sex, mehr nicht. Dann haben wir diese Wette abgeschlossen und ihr seid in unsere Agentur gestolpert. Du warst ganz anders als diese Kerle«, wieder ein Kinndeuten, »und ich wusste sofort: Wenn einer das Herz meiner kleinen Liz erreichen kann, dann du. Und nichts anderes hast du getan.«

Nun legt Owen auch noch seine Hand auf unsere. Was soll das werden? Bin ich hier in einer Bar oder beim Psychiater-Duo des Jahres?

»Sie hat die ganze Woche genauso gelitten wie du«, erklärt mein Freund. »Das habe sogar *ich* mitgekriegt. Und ich schwöre dir, wenn du jetzt dort rübergehen würdest – sie würde diesen Salvatore-Arsch für dich sitzen lassen, hundertprozentig.«

»Salvini«, korrigiert Cyn, aber wir beachten sie nicht.

»Ihr seid doch bescheuert«, grummle ich und mache mich los.

Ein Kellner tritt heran. »Möchten Sie noch einen?«, fragt er und zeigt auf mein leeres Glas. Auf eine zustimmende Geste von mir hin nimmt er es und tauscht es gegen ein volles, das er dank seiner guten Menschenkenntnis bereits mitgebracht hat.

»Sieh es als den ultimativen Test«, wirft Cynthia ein. »Wenn sie dich nicht liebt, wird sie diesem heißen Italiener bestimmt keinen Korb deinetwegen geben. Sie würde dich gekonnt abwimmeln, wenn auch professionell und freundlich. Dann weißt du zumindest genau, woran du bist.« Sie sieht mich herausfordernd an.

Ich nehme mein neues Glas und nippe daran, nur um ihrem Blick ausweichen zu können. Was sie mir da beschreibt, klingt tatsächlich irgendwie logisch, aber auch nach einem Selbstmordkommando. Andererseits, es würde mir vermutlich wirklich helfen, mit der ganzen Sache besser klarzukommen. Cyns Worte wecken etwas in mir, das ich den Rest der Woche erfolgreich unter einem Berg Selbstmitleid begraben habe: Hoffnung.

Wenn nur die geringste Chance besteht, dass Liz doch mehr für mich empfindet, als ich ihr zugestehe, sollte ich ihr – nein, sollte ich *uns* – dann nicht diese Chance geben?

Die Sache hat nur einen Haken: Ich habe nicht den Mumm, mich ihr zu stellen. Die Angst, enttäuscht, verletzt oder vorgeführt zu werden, ist einfach zu groß.

Wieder sehe ich zu Liz. Auch an ihrem Tisch wird Händchen gehalten, allerdings nur einen Moment, dann schüttelt sie die Pranken des Italieners ab. Auch ihr Gespräch wirkt nicht mehr so ruhig und seriös wie vorhin, sondern irgendwie … emotionaler?

Ist das gut oder schlecht?

Liz greift nach ihrem Weinglas, das noch fast voll ist, und leert es in einem Zug. Dann steht sie auf, nickt Salvi-Irgendwas noch mal zu und wendet sich zum Gehen.

Ihre Wangen sind noch immer rot und sie wirkt aufgeregt, als sie an uns vorbeigeht, ohne uns auch nur mit einem kurzen Blick zu bedenken. Nein, sie hat keine Ahnung, wer an diesem Tisch sitzt.

Warum ist sie so aufgewühlt? Warum hat sie es plötzlich so eilig, zu gehen?

Ein Teil von mir wünscht sich, dass sie den Italiener auch ohne mein Eingreifen zurückgewiesen hat. Doch es könnte auch die Vorfreude auf ein kleines Stelldichein sein, das sie jetzt so antreibt.

Kaum dass sie die Bar verlassen hat, wende ich mich wieder ihrer Begleitung zu. Der Handtaschenträger steckt dem Kellner gerade einige Scheine zu und winkt ab, als dieser nach Wechselgeld suchen will. Dann erhebt er sich ebenfalls.

Plötzlich flammt wieder das Bild der nackten Liz auf meinem Bett vor meinem inneren Auge auf. Doch nicht ich bin es, der über ihre makellose Haut streicht, sich den Weg zwischen ihre Beine ertastet und mit den Fingern tief in sie vordringt. Sondern er.

Als er an uns vorübergeht, erkenne ich das anrüchige Grinsen in seinem Gesicht und weiß, dass er genau die gleichen Bilder im Kopf hat wie ich.

Ob es der Alkohol, Cynthias und Owens Ansprache oder reine Selbstüberschätzung ist, die mich antreibt, weiß ich nicht. Mut und Intelligenz sind es sicher nicht, denn dann wäre mir klar, was gleich unweigerlich folgen muss.

Auf jeden Fall springe ich auf, als hätte ich mich auf eine Reißzwecke gesetzt, und folge dem Typen mit großen Schritten.

»Hey, Sie da!«, rufe ich, als er bereits nach der Türklinke greift, um den Laden zu verlassen.

Er hält inne und dreht sich zu mir um. »Meinen Sie mich?«

Ich straffe die Schultern. »Lassen Sie die Finger von meiner Freundin«, sage ich, ohne eine Sekunde über meine Worte nachzudenken.

Mein Gegenüber verschränkt die Arme vor dem Körper und mustert mich unverhohlen. »Ich glaube nicht, dass ich jemals mit einer Frau verkehrt habe, geschweige denn es vorhabe, die sich mit dir Würstchen abgeben würde.«

»Oh doch, Sie haben gerade mit ihr an einem Tisch gesessen.«

Erst werden seine Augen groß, dann lacht er. »Die Madonna? Che cazzo dici!«

Ich ahme seine Geste nach, verschränke die Arme und funkle ihn wütend an.

Plötzlich verändert sich sein Gesichtsausdruck, als würde ihm etwas klar werden, worüber er schon den ganzen Abend nachgedacht hat. »Non ci posso credere! Dann verhält sie sich wegen dir so? Sie verzichtet auf göttlichen Sex mit mir wegen … dem hier?« Er deutet mit einer abwertenden Geste auf mich.

Ich kann nicht verhindern, dass mir das Blut in den Kopf schießt. Cyns Plan … Der Beweis. Liz hat den Italo-Arsch wirklich abserviert. Gut, ob sie das wegen mir getan hat, weiß ich nun nicht. Aber zumindest wirft sie sich nicht dem nächstbesten Loverboy an den Hals.

»Hör zu, du Wurm.« Der Typ funkelt mich finster an. »Die Madonna ist viel zu schade, um sich an dich wegzuwerfen. Das wissen wir doch beide. Und auch sie wird das begreifen, spätestens wenn sie vor mir kniet, mir ihren Po entgegenreckt und meinen Namen stöhnt, während ich sie von hinten nehme. Denn nichts anderes wird heute Nacht geschehen.«

Sein Grinsen ist so eindeutig, so abartig, dass mir schlecht wird. Ich würde es ihm am liebsten aus seiner verdammten Visage prügeln.

Ich muss den Verstand verloren haben, denn genau das mache ich jetzt. Ich hole mit meiner rechten Faust aus und lasse sie mit aller Kraft, die ich habe, auf sein Gesicht zurasen. Sie trifft auf etwas Hartes und ein scharfer Schmerz durchzuckt meinen ganzen Arm, als ich so jäh in der Bewegung gestoppt werde.

Doch es ist weder Tizianos Kinn noch seine Nase oder sein Auge. Es ist seine Handfläche, mit der er meinen Schlag einfach in der Luft gestoppt hat.

Einen kurzen Moment bewundere ich die Kraft, die er haben muss, und verfluche mich gleichzeitig für meine Schwäche.

Dann, langsam wie in Zeitlupe, sehe ich, wie der Italiener seinerseits zum Schlag ausholt. Ich sehe seine Faust auf mich zukommen, weiß genau, dass er auf meine Schläfe zielt, und bin doch unfähig, mich auch nur einen Millimeter zur Seite zu bewegen.

Der Treffer sitzt. Ein unsagbarer Schmerz entsteht über meinem linken Auge und breitet sich von dort über meinen Schädel in meinen ganzen Körper aus.

Die Wucht des Aufpralls schleudert meinen Kopf zur Seite. Mein Körper folgt ihm, ich knalle gegen eine Wand und sinke daran zu Boden. Ich keuche laut auf, als Tiziano mir mit seinem teuren, glatt polierten Lederschuh in die Seite tritt.

»Ich gehe jetzt die Madonna zur Vernunft bringen«, höre ich seine tiefe Stimme. »Und du Wurm bleibst besser da, wo du hingehörst: am Boden.«

Dann ist er fort.

Sowie der Italiener die Bar verlässt, taucht Cyn neben mir auf. »Oh mein Gott, Tony!«, ruft sie aus und geht neben mir in die Knie.

Sie legt ihre Hände an meine Wangen, doch ich spüre es kaum. Es ist, als wäre mein ganzer Körper in Watte gepackt, die jede Empfindung abdämpfen und von mir fernhalten will. Jede, außer dem dumpfen, pochenden Schmerz in meinem Kopf.

Mit einem Auge sehe ich sie an. Das andere presse ich zusammen, da ich nicht will, dass mir das feuchte Etwas, das über mein Gesicht rinnt, hineinläuft. Blut, schätze ich.

Keine Ahnung, wie sie es schafft, doch Cyn bringt mich auf die Beine und führt mich in einen kleinen, abgegrenzten Raum. Die Lichtblitze vor meinen Augen werden weniger und ich erkenne

Waschbecken, Spiegel und Wandhalterungen mit Trockentüchern.

Aber keine Pissbecken. Vermutlich bin ich in der Damentoilette.

Sie bugsiert mich ans andere Ende und lehnt mich mit dem Rücken gegen eine Wand. Es kostet mich unendlich viel Überwindung, stehen zu bleiben und nicht zurück auf den Boden zu sinken. Dahin, wo ich hingehöre …

Wasser rauscht und im nächsten Moment spüre ich, wie mir etwas Kühles über die Wange, mein Auge und die Stirn fährt. Dann betupft Cynthia vorsichtig meine Schläfe und ich sauge zischend die Luft ein. Es brennt wie Feuer.

»Das sieht nach einer bösen Platzwunde aus«, sagt sie mit zitternder Stimme. »Die muss bestimmt genäht werden. Himmel, Tony, was hat dich dazu getrieben, dich derart mit dem Kerl anzulegen?! Der hätte dich umbringen können!«

Die Tür öffnet sich abermals. Verschwommen sehe ich eine andere Frau hereinkommen.

»Was zum …«, setzt sie an, wirft dann einen Blick auf die blutigen Tücher im Waschbecken und verlässt die Toilette ohne ein weiteres Wort.

Kaum ist sie fort, öffnet sich wieder die Tür. Dieses Mal ist es Owen, der hereinkommt.

»Der Typ ist weg«, keucht er. »Ich habe mit einem Taxifahrer geredet, er hat gesehen, wie … Alter, siehst du scheiße aus!«

Ich blinze ein paar Mal, bis mein Sehvermögen wieder völlig hergestellt ist. Den Schmerz werde ich allerdings nicht so einfach los.

»Was … hat er gesehen?«, presse ich hervor.

»Er hat Liz gesehen, wie sie ein anderes Taxi genommen hat«, erklärt Owen. »Dann kam der Italo raus, stieg in ein Auto und fuhr in dieselbe Richtung.«

»Er will zu ihr.« Ich schiebe Cynthias Hand beiseite, die immer noch mit meiner Wunde beschäftigt ist. »Cyn, wohin ist Liz gefahren?«

Sie ist blass und ihre Augen sind groß wie die eines Rehs im Scheinwerferlicht, als sie antwortet: »Heute ist diese komische Künstlerehrung in einer Galerie am Stadtrand, die wir ausgerichtet haben. Liz wollte die Betreuung übernehmen, wenn sie mit Tiziano fertig ist.«

»Sie ist fertig mit ihm, er aber nicht mit ihr«, erkläre ich knapp. »Traust du ihm zu, dass …«

Cyns Augen weiten sich noch mehr, sodass ihre Iris nahezu verschwindet. Sie versteht, worauf ich hinauswill, ich muss es nicht aussprechen.

»Ich habe ihn als zuvorkommenden Geschäftsmann mit guten Manieren kennengelernt«, sagt sie. »Aber wenn ich Liz richtig verstanden habe, kann er sehr direkt und energisch sein. Er weiß genau, was er will, und in der Regel bekommt er es, aber …«

»Cyn!«, unterbricht Owen ihren Redeschwall. »Besteht die Gefahr, dass er sich … na ja, einfach nimmt, was er will, selbst wenn Liz ihm einen Korb gibt?«

Cyn schlägt die Hände vor die Augen, in denen sich Tränen gesammelt haben. »Ich weiß es nicht«, schluchzt sie.

Ich habe das Gefühl, als würde die Welt stillstehen und die Zeit gleichzeitig so rasend vorbeiziehen, dass jeglicher Kampf dagegen sinnlos ist. Liz ist in echter Gefahr und ich habe keine Ahnung, was ich tun kann, um sie zu beschützen.

Owen hingegen schon. »Ich hab sie!«, ruft er aus und hält mir sein Handy entgegen.

Der Firmenkalender ist darauf geöffnet und am heutigen Tag sind der Name und die Adresse der Galerie eingetragen.

»Ich werde die Polizei rufen«, beschließt Owen.

»Mach das«, sage ich und schiebe mich an den beiden vorbei. »Ich werde aber nicht hier warten und Däumchen drehen, während sich dieses Arschloch an Liz vergreift.«

»Tony, was machst du?«, versucht Cyn, mich aufzuhalten. »Du musst ins Krankenhaus, du könntest …«

Den Rest ihres Satzes höre ich nicht mehr, denn die Toilettentür hat sich bereits hinter mir geschlossen.

KAPITEL 25

Liz

Ich drehe mein Sektglas, während ich mir das Bild ansehe, das den Titel ›Zerbrochenes Herz‹ trägt. Irgendwie ist es vollkommen abstrakt und gleichzeitig verstehe ich, was der Künstler mir sagen will. Ich erkenne mich darin wieder.

Seufzend wende ich mich dem nächsten Bild zu. Meine Anwesenheit ist nicht notwendig, aber ich verstecke mich hier irgendwie.

Nachdem Tiziano mir klargemacht hat, was er wirklich von mir erwartet, nämlich eine Nacht lang Sex mit der Chance, das zu einer wöchentlichen Angelegenheit zu machen, musste ich meine Gedanken ordnen. Fast hätte ich ihm den Inhalt meines Weinglases ins Gesicht gekippt, entschied mich dann aber doch, ihn zu trinken.

Nicht, dass sein Angebot nicht verlockend gewesen wäre. Er ist gut im Bett, er ist attraktiv und charmant, wenn er will. Aber er ist nun einmal nicht Tony. Er war auch nicht mehr so charmant, nachdem ich ihm erklärt habe, dass ich mich in einen anderen verliebt habe und mich nicht auf ein Abenteuer mit ihm einlassen würde, solange noch die geringste Chance besteht, es wieder in Ordnung zu bringen.

»Verliebt, Madonna?«, hat er mit diesem ungläubigen Lächeln gesagt, das ich ziemlich arrogant finde. »Eine Frau wie du sollte nicht jede Nacht mit demselben Mann verbringen. Du bist ein Diamant, Madonna, kein Stein wie viele andere Frauen. Du solltest Sex genießen, nicht ihn über dich ergehen lassen.«

Ich schnaube, wenn ich daran denke. Ja, Tiziano hat mehr Erfahrung, als Tony je haben wird. Er hat Dinge mit mir gemacht, von denen ich schon bei dem Gedanken daran weiche Knie bekomme. Aber … das, was Tony und ich haben … hatten … Diese eine Nacht hat mich mehr gefordert als jene mit Tiziano. Und danach habe ich mich nicht benutzt gefühlt. Sondern unendlich zufrieden. Ich habe Tony keinen meiner Höhepunkte vorgespielt, wie ich es bei manch anderem getan habe. Keinen. Ich bin gekommen wie noch nie zuvor. Noch nicht einmal mit Tiziano.

Noch einmal seufze ich und hebe das Glas an meine Lippen. Es ist leer. Ich winke einem Kellner und tausche es gegen ein volles aus.

Auf dem Weg zur Galerie hat Tiziano mir mehrere Nachrichten geschickt. Anscheinend hat sein Fahrer mein Taxi aus den Augen verloren und der Italiener hat mich mehrfach angefleht, mir zu verraten, wo ich mich befinde. Was ich nicht getan habe. Ich habe ihm erklärt, dass ich heute Abend nicht zur Verfügung stehe und sein geschäftliches Angebot nur annehme, wenn er sich zu benehmen weiß. Seitdem hat er sich nicht mehr gemeldet.

Schulterzuckend trinke ich das Glas in einem Zug leer. Was habe ich von Sex, wenn ich ihn mit dem falschen Mann habe?

Ich winke dem Kellner noch mal, als ich vor dem Bild ›Wahre Liebe‹ stehen bleibe. Ich verstehe diese Kunst wirklich nicht, aber im leicht angeheiterten Zustand und mit gebrochenem Herzen pulsieren diese Farben und zeigen mir, was mir entgeht.

Ich bin so damit beschäftigt, meine Tränen zurückzuhalten, dass ich den Tumult am Eingang der Galerie kaum bemerke. Erst als jemand meinen Namen ruft und ich mir einrede, dass es Tonys Stimme ist, drehe ich mich um.

Vor Schreck fällt mir das Glas aus der Hand, landet auf dem Boden und zerspringt in Tausende Splitter. Sekt spritzt auf meine Schuhe und Beine, aber ich ignoriere es. Ich setze mich in Bewegung, laufe auf den Mann zu, der von zwei Sicherheitsleuten festgehalten und zu Boden gedrückt wird.

»Loslassen«, zische ich ihnen zu und die Männer sehen mich verwirrt an. »Er gehört zu mir.«

Der Blick des Sicherheitsmannes, der mir näher steht, wandert zwischen Tony und mir hin und her. »Sind Sie sicher?«, fragt er ungläubig. »Er sieht aus, als wäre er ein Junkie, und riecht nach Alkoholiker.«

»Ihre Meinung können Sie für sich behalten«, fahre ich den Typen an und stemme meine Hände in die Hüften. »Er gehört zu mir und wenn Sie keine Probleme mit der Galerieleitung bekommen wollen, lassen Sie ihn jetzt los.«

Der Mann zuckt mit den Schultern und löst den Griff von Tony. Der Zweite hält ihn immer noch fest, hilft ihm aber wieder auf die Beine. Finde ich sehr anständig von ihm.

Tony ist fast nicht in der Lage, selbst zu stehen, also stütze ich ihn und er lässt es zu.

»Was ist mit dir geschehen?«, hauche ich und führe ihn durch die gaffende Menge hindurch zu einer Art Garderobe, die man mir zur Verfügung gestellt hat. Dort setze ich ihn auf einen gepolsterten Stuhl und will mich abwenden, um nach dem Verbandszeug zu suchen, als er nach meiner Hand greift.

»Liz, bitte sag mir, dass ich nicht zu spät bin«, flüstert er und seine Lippen beben. Sein Gesicht ist geschwollen, sein linkes Auge ist komplett geschlossen. An seiner Schläfe hat er eine Platzwunde, aus der immer noch frisches Blut läuft, das sein graues Shirt vollkommen besudelt hat. Er ist blass und es würde mich nicht wundern, wenn er mir gleich umkippt.

Unwillkürlich muss ich an unser erstes Treffen denken. Wer hätte gedacht, dass ich diesen Vampir eines Tages so lieben würde?

»Zu spät wofür?«, frage ich sanft und lege meine Hand an seine unverletzte Wange.

Will er sich mit mir versöhnen? Hat er Angst, dass er mich schon an den Nächsten verloren hat?

»Dieser Italiener … hat er dir … Bist du …«, stammelt er und schluckt schwer.

»Welcher Italiener?«, will ich wissen und Tony erzählt mir von dem Zusammentreffen mit Tiziano, der ihn auch so zugerichtet hat.

Ich schnaube und rolle mit den Augen. »Männer«, murmle ich, aber mein Herz geht gleichzeitig über vor Glück.

Er wollte mir helfen. Er hat Tiziano aufgehalten und ist trotz seiner Verletzung hergekommen, um mir beizustehen. Obwohl er schon beim ersten Kampf chancenlos untergegangen ist.

»Ist er hier?«, fragt Tony und räuspert sich.

»Nein«, erwidere ich. »Und wenn er es wäre, hätte ich ihm klargemacht, dass er mir keine Vernunft beibringen kann. Weil ich zum ersten Mal in meinem Leben das Gefühl habe, das Richtige zu tun, indem ich ihn ablehne.«

Tony scheint die Worte erst nicht zu verstehen, dann seufzt er. »Ich bin froh, dass er dir nicht wehgetan hat, aber …« Er sinkt zurück und blickt an die Decke. »Gott, ist mir schlecht.«

»Bleib sitzen«, sage ich besorgt und tätschle seine Hand. »Ich hole dir Wasser und den Verbandskasten. Halte bitte noch einen Moment durch, dann rufe ich auch einen Krankenwagen.«

Tony hebt nur die Hand und ich bin nicht sicher, ob er mich überhaupt verstanden hat. Also beeile ich mich, hole zwei Wasserflaschen und suche anschließend in der Garderobe nach dem Verbandskasten.

Als ich zu Tony zurückkomme, hat er die Augen geschlossen. Sein Atem geht recht flach und eine tiefe Panik überkommt mich, als er seine Lider flatternd öffnet und wohl versucht, zu lächeln.

»Wieso hast du nur so einen Blödsinn gemacht?«, frage ich und öffne ihm eine Flasche. Behutsam führe ich sie an seinen Mund und er trinkt ein paar Schluck.

»Ich wollte nicht, dass er dir wehtut«, erklärt er und lässt seinen Kopf wieder zurücksinken. »Dabei habe ich mich nur wieder zum Depp vom Dienst gemacht. Du hast alles im Griff und ich stolpere von einer Schlägerei, in der ich keine Chance hatte, hier herein und sorge dafür, dass jeder denkt, du hilfst obdachlosen Junkies.«

Vorsichtig tupfe ich die blutende Wunde an seiner Schläfe ab und ziehe scharf den Atem ein. »Das muss genäht werden«, sage ich und Tony gibt nur ein Brummen von sich. »Ich bringe dich am besten ins Krankenhaus.«

»Keine Umstände«, seufzt er. »Ich schaffe es schon irgendwie, ein Taxi zu finden, das mich mitnimmt. War gar nicht einfach. Nur wegen ein bisschen Blut und so …«

»Tony«, flüstere ich und hebe sein Kinn leicht an.

Er öffnet die strahlend blauen Augen … na ja, zumindest eines … und sieht mich an, als hätte ich ihn gerade selbst verprügelt. »Es tut mir leid, Liz«, sagt er so leise, dass ich ihn fast nicht hören kann. »Ich bin so dumm … so dumm, zu denken, dass du meine Hilfe brauchen würdest. Du hast alles im Griff, du brauchst niemanden.«

»Da hast du vielleicht recht«, erwidere ich ebenso leise. »Aber das ändert nichts daran, dass ich dich will, Anthony Evans.«

Er lacht und keucht dann, fährt sich mit einer Hand an die Stirn. »Wieso solltest du mich wollen, wenn du einen Mann wie diesen Salvador Dalí haben kannst?«

»Tiziano Salvini«, verbessere ich ihn.

»Was auch immer«, brummt er.

»Weil er wie die meisten Männer ist, die ich hatte. Sie wollen eine aufregende Nacht mit mir und es kümmert sie nicht, wie ich mich fühle oder ob ich etwas anderes will. Aber du …« Ich nehme seine Hand und hauche einen Kuss darauf. »Du bist anders. Du hast dich mit Tiziano angelegt, um mich zu schützen, obwohl dir klar gewesen sein muss, dass er dich fertigmachen könnte.«

»Ja, so klar war mir das nicht, aber danke«, erwidert er, doch sein Mundwinkel wandert nach oben.

»Er hätte das nie für mich getan. Niemals. Du schon. Verdammt, Tony, du bist über deinen Schatten gesprungen und hast mir vor unseren Freunden einen Antrag gemacht. Ich weiß, wie schwer dir das gefallen sein muss. Das war der Moment, in dem mir klar war, dass ich dich schon längst liebe.«

Er hebt eine Augenbraue. »Ist das so?«, fragt er.

Ich nicke. »Ich weiß nicht, wann ich mich in dich verliebt habe. Aber ich weiß, dass ich es mir nicht nur einbilde.« Ich hole tief Luft und sehe ihm direkt ins Gesicht. »Anthony Evans, ich liebe dich. Und ich weiß, dass ich dir wehgetan habe. Aber wenn du es irgendwie schaffst, mir zu verzeihen, würde ich dich um eine zweite Chance bitten.«

Tony sieht mich einen Moment lang schweigend an. »Du hast die Wette schon verloren?«

»In dem Augenblick, als ich mit dir geschlafen habe, war die Wette verloren.«

»Du nimmst sie nicht wieder auf, wenn wir jetzt von vorn beginnen und du es … bis zum Ende durchziehst?«

»Nein. Ich habe die Wette aufgegeben, weil mir klar geworden ist, dass ich mit dir zusammen sein will. Ganz gleich, was Cyn dafür bekommt.«

»Was bekommt sie denn?«, will er wissen.

Ich rolle mit den Augen. »Frag lieber nicht«, murmle ich und hieve ihn hoch, um ihn ins Krankenhaus zu bringen.

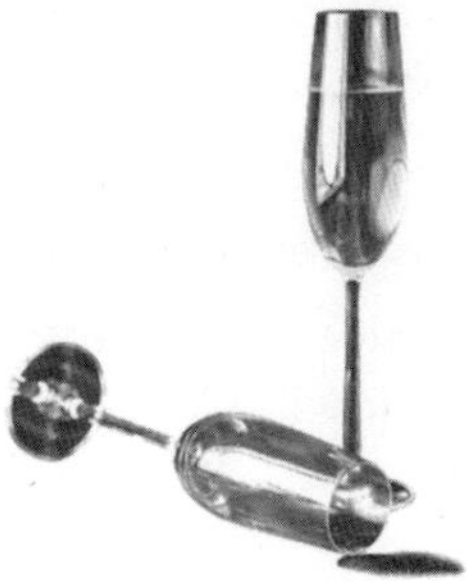

EPILOG

Liz

Oh mein Gott, du bist so wunderschön!«, kreischt die Schwester der Braut noch schriller, als es die Brautmutter bereits getan hat.

Ich kneife die Augen zusammen und hake den nächsten Punkt auf meiner Liste ab. Dann blicke ich auf die Uhr und klatsche in die Hände. »Meine Damen, es wird Zeit für die Fotos vor der Trauung mit der Brautfamilie«, verkünde ich und scheuche die Frauen hinaus in den Garten.

»Wird aber auch Zeit«, knurrt mir der Fotograf zu.

Jason oder … war es Mason? Egal.

Er scheint nicht die beste Laune zu haben. Dabei hat er sich diesen Auftrag ausgesucht. Ich mache ihn nur, weil Cyn mich dazu zwingt.

»Nur die Ruhe, Junge«, knurre ich zurück.

Er schnaubt und wendet sich der Braut, ihren drei Schwestern, ihren Eltern und ich weiß nicht wie vielen Brautjungfern in abscheulichen pfirsichfarbenen Kleidern zu. Wie ich Hochzeiten doch hasse.

Zumindest mit dem Wetter haben wir Glück. Nachdem es die letzten Wochen nicht besonders warm war, der Sommer eher verregnet und so gar nicht für Outdoor-Hochzeiten geeignet, fand ich eine Trauung im September unter freiem Himmel eher gewagt. Aber … das Risiko hat sich gelohnt. Selbst ich kann mir beinahe vorstellen, so zu heiraten. Beinahe. Dazu bräuchte ich jedoch den richtigen Mann an meiner Seite.

»Du siehst wunderschön aus«, flüstert mir Tony ins Ohr.

Ich drehe mich langsam zu ihm um und lächle ihn dankbar an, als er mir ein Glas Sekt hinhält. »Du kannst dich selbst mit den Schuhen noch katzenhaft anschleichen.«

Er zuckt die Schultern. »Cyn meinte, bei Hochzeiten sollte man leise sein, wenn man nicht selbst heiratet.« Er legt einen Arm um mich und ich lehne mich an ihn. »Die Kleider der Brautjungfern sind abscheulich.«

»Ja, Bräute möchten halt gern im Mittelpunkt stehen, wenn sie heiraten«, erkläre ich und rolle mit den Augen. »Wer weiß, was für Kleider die Braut selbst schon anhatte. Sie war auf fünf Hochzeiten ihrer Brautjungfern selbst in dieser Rolle.«

»Du merkst dir auch wirklich jedes Detail«, meint er.

»Gehört zum Job«, erwidere ich und trinke mein Glas halb aus. »Danke, dass du mit mir hier bist«, flüstere ich und lehne mich noch mehr an ihn.

»Keine Ursache. Immerhin ist es irgendwie auch meine Schuld, dass du Hochzeiten mitplanen darfst.«

Sein Dackelblick lässt mein Herz schneller schlagen.

Er darf sich dann auf andere Weise entschuldigen. Immer und immer wieder …

»Wenn es nur mitplanen wäre …«, stöhne ich und reibe mir die Schläfen, um meine Gedanken wieder auf Kurs zu bringen. »Cyn hat mit dem ganzen Kram nichts am Hut. Dabei ist sie die Romantikerin von uns beiden. Sie bespricht mit den Paaren bestenfalls die Essensvorstellungen. Catering, Blumen, Musik und alles andere darf aber ich im Detail planen.« Ich seufze. »Manchmal denke ich, sie macht das absichtlich, damit mir Hochzeiten doch irgendwann gefallen.«

»Ich hatte schon gehofft, dass du langsam, aber sicher mit Hochzeiten etwas anfangen kannst«, sagt er, räuspert sich und zupft an seiner Krawatte herum. Die ich ihm gekauft habe. Hellblau, perfekt zu dem dunkelblauen Anzug, den wir gemeinsam ausgesucht haben.

»Kann ich.« Ich zwinkere, stelle das Glas ab und schlinge meine Arme um ihn. »In den Momenten, wo wir uns verdrücken und du mir hilfst, etwas Stress abzubauen.«

»Ja, den Ort sollten wir uns diesmal überlegen«, erklärt er und wird dabei tatsächlich rot. »Man könnte uns nämlich auf der Hochzeit hören. Die Wände sind ziemlich dünn. Ich weiß das, weil ich gerade jemanden erwischt habe.«

»Ach, deswegen wirst du rot«, necke ich ihn. »Ich dachte, du denkst gerade daran, was du alles mit mir anstellen darfst, wenn wir uns nach der schnulzigen Trauung und vor dem Essen zurückziehen. Und das, obwohl wir seit bald einem halben Jahr fast jede Nacht miteinander schlafen.«

Er räuspert sich. »Ich kann nicht aus meiner Haut, Liz. Jedes Mal, wenn ich daran denke, wie du stöhnst, wenn ich … also … du weißt schon …«

Ich lächle. »Nein, Tony. Weiß ich nicht. Aber ich rate jetzt einmal, dass du daran denkst, wie deine Zunge von meinem Hals hinunterwandert«, hauche ich und küsse ihn flüchtig. »Immer tiefer, bis zwischen meine Beine, die ich weit für dich öffne …«

»Liz«, brummt er, zieht mich aber enger an sich. »Ich hoffe, du bist gut versichert. Die Beule in meiner Hose geht auf deine Kappe.«

Ich ignoriere den Einwand. »Ich denke nur gerade daran, wie du deine Finger in mich führst, während du mit deiner Zunge Kreise über meine empfindlichste Stelle ziehst. Wie ich deinen Namen hauche und meine Finger in deinen Haaren Halt suchen, während mich mein Höhepunkt überrollt und du immer noch nicht aufhörst, mich zu lecken, weil es dir gefällt, wie ich unter dir zittere …«

Tonys Blick ist bereits glasig und er beugt sich zu mir hinunter, um mich zu küssen, als mein Headset angeht.

»Wir bräuchten jetzt die Braut, Liz. Der Bräutigam wird schon nervös, weil die Fotos noch nicht fertig sind und die Trauung gleich anfängt. Tony hat nicht Bericht erstattet«, erklingt Owens genervte Stimme. »Ist er bei dir?«

Tony, der ebenfalls ein Headset trägt, seufzt. »Schick mich jetzt bloß nicht zu ihm zurück. Der sieht doch, was du mit mir angestellt hast.«

Ich zwinkere und drücke einen Knopf an meinem Headset. »Tony ist hier. Ich brauchte moralische Unterstützung mit Brautzilla«, erkläre ich. »Ich scheuche die Hühner gleich zur Trauung.«

»Wie auch immer. Solange ihr euch nicht vor der Feier absetzt und die Hochzeitssuite in Anspruch nehmt, ist es mir gleich«, erwidert Owen und stellt die Kommunikation dann ein.

»Hochzeitssuite«, überlege ich laut und grinse Tony an.

Er schüttelt den Kopf. »Nein, kommt nicht infrage. Da gehen wir nur hin, wenn wir einmal das Brautpaar sind.« Er reißt die Augen auf, als ihm klar wird, was er gesagt hat. »Ich meine … also …«

Ich hauche einen Kuss auf seine Lippen. »Schon gut, Tony. Dank dir kann ich mir tatsächlich vorstellen, einmal so eine lächerliche Show abzuziehen. Wobei … solange es mit dir ist, könnte es wirklich schön sein.«

Er räuspert sich und beugt sich dann ein Stück herab. Seine Lippen sind an meinem Ohr, als er flüstert: »Ich werde dich daran erinnern, wenn es mal so weit ist.«

»Mach das«, flüstere ich zurück und küsse ihn dann.

Mit ihm kann ich mir fast alles vorstellen. Weil er mir gezeigt hat, dass selbst ich fähig bin, jemanden wirklich zu lieben.

ABSPANN

BETTY & FANNY

Würde zu einem Buch wie ›Ich wette, du verliebst mich nicht‹ eine klassische Danksagung passen?

Eher nicht …

Außerdem wussten wir nicht so recht, was wir schreiben sollen – bis zu einem Skype-Gespräch, in das ihr jetzt mal hineinlauschen dürft.

F: »Betty, warum habe *ich* – die sogar schon lachen muss, wenn sie das P-Wort sagt – einen Erotikroman mit dir geschrieben?«

B: »Tja … Das weiß ich auch nicht so genau. Aber komm, du hattest immerhin die Rolle, die etwas … züchtiger unterwegs war.«

F: »Ja, na Gott sei Dank!!!«

B: »Also eigentlich habe ich gedacht, wir schreiben einen Fantasyroman zusammen und …«

F: »Hä, hast du das echt gedacht? Ich wusste von Anfang an, dass wir Sauereien zusammen machen.«

entrüsteter Blick von Betty

F: »Na ja komm, die Messen …«

B: »Hey, bring jetzt keine Gerüchte auf!«

Jaja, die Buchmessen … Genau genommen die Frankfurter Buchmesse 2018 – der Ort, an dem es begann.

Und gerade in diesem Jahr 2020, in dem die Leipziger Buchmesse ausgefallen ist, merken wir umso mehr, wie wichtig die Messen sind – für uns Autoren wie auch für euch Leser.

Wo sonst kommen wir zusammen und haben die Chance auf einen so hautnahen Austausch? Wo sonst bietet sich die Gelegenheit für eine mehrtägige Buchparty? Wo sonst kommen wir auf die verrücktesten Ideen, wenn nicht auf den Messen???

An dieser Stelle möchten wir uns bei all jenen bedanken, die solche Events erst möglich machen. Die Veranstalter, die Organisatoren, die Security, das Catering-Team und nicht zuletzt all die Verlage und Autoren, die sich mit viel Aufwand und Mühe präsentieren.

Vor allem natürlich danken wir einem Verlag – unserem Heimathafen auf den Messen: dem Sternensand Verlag.

Nicht nur, dass die Verlegerin C. M. Spörri unseren Büchern – und somit auch ›Liz&Tony‹ – ein wunderschönes Zuhause gegeben hat und sie mit so viel Liebe und Sorgfalt behandelt, als wären es ihre eigenen.

Liebe Corinne, nur dir haben wir es zu verdanken, dass wir uns überhaupt kennengelernt haben. Es war bei uns keine Liebe auf den ersten Blick, aber du hast uns zusammengeführt, sodass wir schlussendlich unzertrennlich wurden. Danke, dass du den Grundstein für eine so tolle Freundschaft gelegt hast, auf die wir beide nicht mehr verzichten möchten.

So, schnell die Tränchen der Rührung wegwischen und weiter im Skype-Text:

F: »Ich glaube, Liz und Tony waren eine völlige Schnapsidee – also, zumindest sind sie aus einer Messe-Schnapsidee entstanden.«

B: »Ja, weil wir ziemlich angeheitert waren, als wir gesagt haben: Lass uns mal ein Buch zusammen schreiben.«

F: »Hahahaha … Penis … Hahaha, lass uns einen Erotikroman schreiben, das wäre so lustig, hahahaha … jaaaaaah *seufz* …«

Angeheitert, das waren wir wohl, als diese Idee aufkam. Und sicher auch das eine oder andere Mal beim Schreiben, sonst wäre gerade Fanny wohl nicht so aus sich herausgegangen.

Deswegen schicken wir hier einen Dank (und das ist keine Werbung) an die Firma ›Rotkäppchen‹. Danke für das leckerste und inspirierendste Getränk der Welt. ☺

Schauen wir wieder, was die beiden Autorinnen noch so zu bequatschen hatten:

F: »Wann hast du das erste Mal eine erotische Szene geschrieben?«

B: »Beim ›dunklen Prinzen‹ tatsächlich, so vor eineinhalb Jahren.«

F: »Und? Blut geleckt?« *freches Grinsen*

B: »Wenn es passt, joa. Aber es muss eine Geschichte dahinterstecken. Ich mag es nicht, wenn es gleich anfängt mit Bang-Bang und dann null Entwicklung folgt, sondern nur Bang-Bang-Bang-Bang-Bang …«

F: »Also lesen – mhhuaa jaaaa, doch, lesen tu ich so was ganz gern mal. Aber selber schreiben? Ich??? Nee …«

B: »Ich mag die Mischung aus Fantasy und Erotik. Aber auch bei Liebesromanen: Wenn es sich reinfügt und ein Knistern zwischen den Protagonisten erzeugt, finde ich es toll.«

F: »So wie im ›dunklen Prinzen‹.«

B: »So wie bei ›AniWu‹.«

F+B: »So wie bei ›Liz&Tony‹!«

beide lachen

B: »Am Anfang habe ich echt mit mir gehadert, ob ich das kann, ein Buch mit jemandem zusammen schreiben. Du musst dich ja doch sehr auf die andere Person einstellen. Aber mit dir war es echt lustig, ich hab viel gelacht über deine Szenen! Und was du mir für Steilvorlagen gegeben hast.«

F: »Ganz ehrlich? Ich hätte auch nie gedacht, dass es so einfach ist. Am Anfang haben wir zusammen rumgesponnen, ausnahmsweise haben wir sogar ein gaaanz klein wenig geplottet – was weder du noch ich sonst machen. Und dann haben wir uns eigentlich wie beim Tennis den Ball zugespielt. Ich hätte nie gedacht, dass es so gut klappt, hätte ich nie erwartet! Ich glaube aber auch, dass wir ein recht ähnliches Prinzip im World- und Charakterbuilding haben und eine ähnliche Schreibtechnik. Vielleicht hat es deshalb so gut funktioniert.«

B: »Ich fand es auch schön, dass wir es bei ›Liz&Tony‹ mal umgedreht haben. Nicht immer ›Graue Maus trifft auf Big Boss‹.«

F: »Absolut. Ich glaube auch, dass wir den Lesern nicht sagen müssen, wer welchen Charakter geschrieben hat. Dafür sind uns die beiden dann doch zu ähnlich. Wenn sie uns kennen, werden sie es merken …«

Hat Fanny recht? Habt ihr gemerkt, wer von den beiden sich hinter Tony und wer sich hinter Liz verbirgt?

Dann lasst es uns wissen!

Teilt uns eure Vermutung in Rezensionen mit oder auf Facebook, Instagram oder sonst wo. Und macht so noch andere neugierig auf unseren ersten gemeinsamen Roman – dafür danken wir euch von ganzem Herzen!

Vielleicht habt ihr auch eine Lieblingsszene?

Die Autorinnen haben welche:

F: »Was ist deine Lieblingsszene?«

B: »Also von Liz definitiv die, wo sie sagt: ›Ich bekomme Milcheinschuss, wenn ich ihn anschaue‹.«

F: *lacht* »Oh Mann, ja, die war so genial!«

B: »Und bei Tony ist es die erste Philosophen-Szene. Wo er ein Gedicht auf sie verfassen will und dann selbst merkt: Alter, bist du bescheuert?!«

F: »Also meine liebste mit ihm ist nach wie vor die erste Szene, wo Sandy zu Besuch kommt und er sie unter der Dusche erwischt. Und mit Liz: das Bewerbungsgespräch. Da war sie einfach göttlich!«

B: »Na ja, sie ist ja auch Tonys Göttin.« *grinst*

F: »Hach, es war so lustig – wir haben einfach geschrieben und dann der andere immer so: Ja, geil, ich mach mal weiter! Und plötzlich hatten wir einen Schmuddelroman zusammen.«

B: »Einen, der vielleicht sogar noch eine Fortsetzung bekommt.«

F: »Psssssst!«

B: »Ja, streich das halt raus.«

F: »Nö, mach ich nicht!«

Okay, an dieser Stelle verlassen wir die beiden mal, bevor wirklich noch der Zensurstift angesetzt werden muss.

Aber eins können wir euch versprechen: Dieses Duett war kein Einzelfall, ihr habt unsere Namen nicht zum letzten Mal gemeinsam auf einem Cover gelesen.

Doch was wir als Nächstes austüfteln, ist ungewiss. Und zwar nicht nur für euch, sondern auch für uns. Denn wie war das – wir plotten nicht?!

Bis dahin dürft ihr euch aber gern in den Welten verlieren, die wir, jede für uns, erschaffen haben. Schaut doch einfach hier vorbei und lasst euch treiben:

https://bepfeiffer.com/

https://fanny-bechert.de/

Wir danken euch vielmals für eure Lesezeit und hoffen, wir haben euch gut unterhalten!

Bis bald sagen
Betty und Fanny

Über die Autorinnen

Bettina Pfeiffer wurde 1984 in Graz geboren und lebt heute mit ihrem Mann und ihren beiden Kindern in Baden bei Wien.
Seit ihrer Kindheit liebt sie es, sich Geschichten auszudenken. Besonders als Ausgleich zu ihrem zahlenorientierten Hauptjob taucht sie gern in magische Welten ab und begann schließlich, diese aufzuschreiben. So entstand recht schnell die Idee für die ›Weltportale‹ und andere magische Geschichten im Genre Fantasy/Romantasy.
Inspiration findet sie dafür immer wieder durch ihre Kinder, mit denen sie gern auf abenteuerliche Entdeckungsreisen geht.

Fanny Bechert wurde 1986 in Schkeuditz geboren und lebt heute mit ihrem Mann in einem ruhigen Dörfchen im Thüringer Vogtland.

Als gelernte Physiotherapeutin griff sie erst 2012 mit dem Schreiben ein Hobby ihrer Kindheit wieder auf. Was zuerst ein Ausgleich vom Alltag war, nahm bald größere Formen an und so veröffentlichte sie im Juni 2015 ihren ersten Roman im Genre High-Fantasy, der den Beginn der mehrbändigen Reihe „Elesztrah" darstellt. Seitdem widmet sie sich immer aktiver der Tätigkeit als Autorin.

Heute schreibt sie nicht nur Romane, die sie ebenfalls selbst vertont, sondern hat das Texten im Bereich des Online-Marketings auch zu ihrem Hauptberuf gemacht.

Mehr Geschichten der Autorinnen:

Fanny Bechert
Elesztrah (Band 1)
6. November 2016, Sternensand
460 Seiten, broschiert
High-Fantasy
Als Taschenbuch und E-Book

Fanny Bechert
Countdown to Noah (Band 1)
17. September 2017, Sternensand
300 Seiten, broschiert
Dystopie, Jugendroman
Als Taschenbuch und E-Book

B. E. Pfeiffer
Die Kristallelemente (Band 1)
27. März 2020, Sternensand
358 Seiten, broschiert
Märchen
Als Taschenbuch und E-Book

B. E. Pfeiffer
Mistletoe (Einzelband)
22. November 2019, Sternensand
362 Seiten, broschiert
Liebesroman
Als Taschenbuch und E-Book

B. E. Pfeiffer
Götterherz (Band 1)
9. November 2018, Sternensand
362 Seiten, broschiert
Urban-Fantasy Jugendroman
Als Taschenbuch und E-Book

B. E. Pfeiffer
Aschenglitzer
14. Juni 2019, Sternensand
326 Seiten, broschiert
Märchen, Jugendroman
Als Taschenbuch und E-Book

B. E. Pfeiffer
Der Fluch des dunklen Prinzen
9. August 2019, Sternensand
402 Seiten, broschiert
Märchen, Jugendroman
Als Taschenbuch und E-Book

B. E. Pfeiffer
Die Weltportale (Reihe)
27. Juli 2018, Sternensand
624 Seiten, broschiert
High-Fantasy Jugendroman
Als Taschenbuch und E-Book

STERNENSAND VERLAG

Besucht uns im Netz:

www.sternensand-verlag.ch

www.facebook.com/sternensandverlag